一笑

古龍 庚申四月

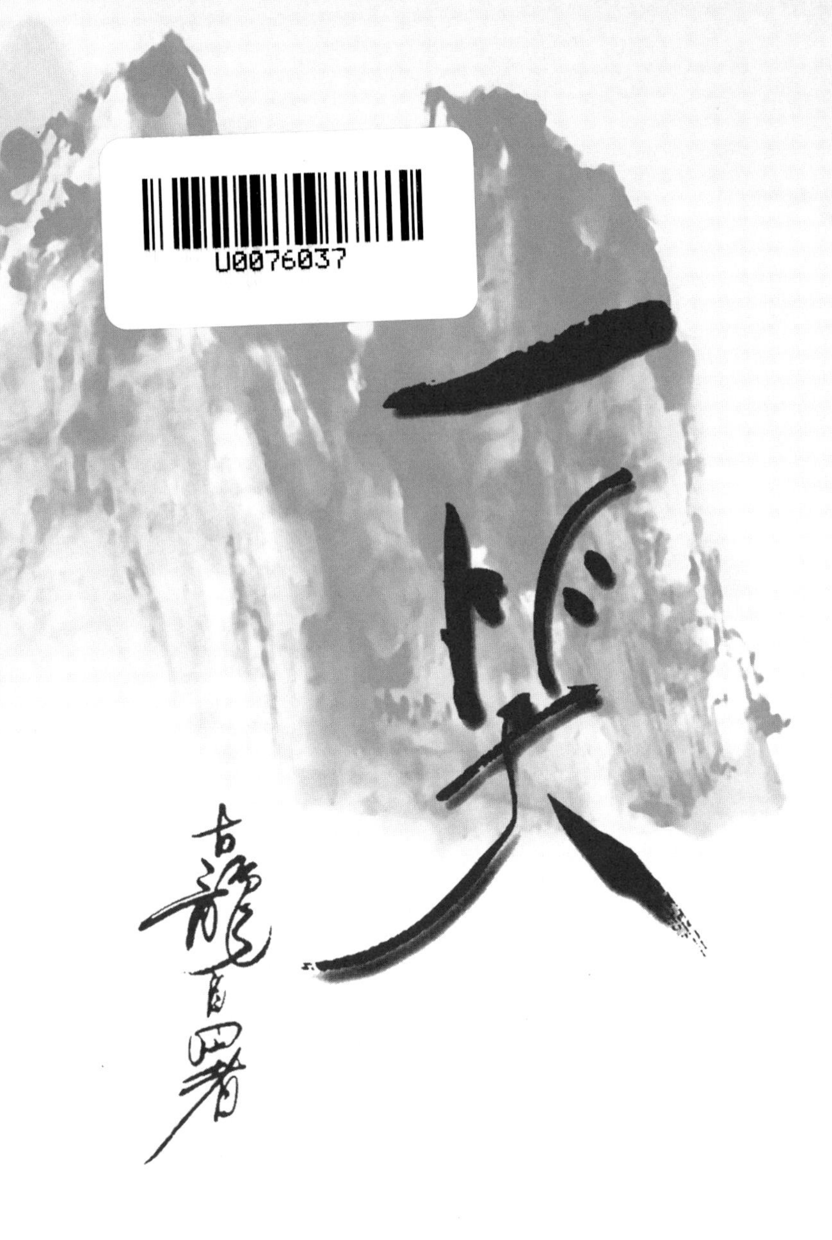

上官鼎與武俠小說

在武俠小說發展過程中，家人同心，戮力於武俠創作的拍檔，頗不乏其人，父子後先創作的，有柳殘陽及其父親單于紅；兄弟檔的有蕭逸、古如風及上官鼎，可以說都是武壇佳話。相較於柳氏父子、蕭家兄弟的各別創作，上官鼎兄弟三人合力共創同部作品，而又能水乳交融、難以釐劃的例子，則是迄今武壇上相當罕見的。

三兄弟協力，鼎取三足之意

上官鼎之名，為兆藜、兆玄、兆凱三兄弟協力共創小說的筆名，鼎取三足之意，大凡故事劇情、人物設定、重要情節，皆三兄弟於課餘閒暇商量討論而定，然後各負責其中章節，大抵兆玄擅於思想、結構，兆藜長於寫男女情感交流，兆凱則優於武打橋段，各有所長。

從少年英豪到調和鼎鼐

上官鼎之名，「上官」複姓源自於武俠說部無論是作者或書中角色刻意「摹古」的傳統；「鼎」字則取「三足鼎立」之意，暗示作品實由劉家三兄弟協力完成的。劉家三兄弟，主其事者為排行第五的劉兆玄。

劉兆玄和大多數的武俠作家一樣，
他喜愛武俠文學，
也投入武俠創作的行列，
或者，他只是將武俠視為他的「少年英雄夢」，
而成長之後，還有更重要的夢想該去達成。
上官鼎的「鼎」，尚有「調和鼎鼐」的功能，
與他之後所擔任的職務，或可密合無間了。

林保淳

鐵騎令

（二）

上官鼎 武俠經典復刻版 6

上官鼎——著

(二)

十五　正反陰陽

司徒青松面色灰白，一連向後退了三四步，沉聲問道：「這位壯士，你——」

岳君青被這突來的變故嚇得不知所措，怔怔插口道：「老前輩是什麼意思？」

司徒青松仔細分辨一下他的嗓音，面色稍霽，沉吟片刻，面色驀然又是一變，怒道：「你——你，鐵腳仙是你什麼人？」

岳君青又是一怔，司徒青松猛可急燥的大叱道：「小子，你聽見嗎？我說——鐵腳仙……」

岳君青反感大起，忍不住衝口還叱道：「我早聽著了，我說——鐵腳仙……」

他本來想說「鐵腳仙並不識得」，但陡然見司徒青松滿面殺氣騰騰，一賭氣閉口不言。

司徒青松像是發了狂，大吼道：「怎樣！」

君青雙目一翻：「不怎樣。」

他口中如此說，心中卻忖道：「司徒青松和什麼鐵腳仙必有極大的淵源了，不知他怎會和我扯上牽連的——」

司徒青松冷不防給君青碰了一鼻灰，他本已怒火大冒，此時更是面色通紅，猛可跨上一步，道：「好！好！你不肯相告，今日別想走出此宮——叱，還不脫下面幕——」

他身隨話起，話音方落，一掌已自抹到——

岳君青一驚，急忙中一顛步，退了一步。

司徒青松目中凶光閃爍，猛可又是一掌劈出。

君青不敢硬架硬擋，一連被逼退好遠才立下身來。

驀地裡，「噹」一聲，清脆傳來。

君青方立定足跟，但覺這一聲大約是銅鑼之類，清脆已極，不知是何用意，但大敵當前，一絲也不敢分心。

卻見司徒青松面色一變，止住身形，毫不停留，反身疾奔而去。

君青大奇，怔在一邊作不得聲，可怪那司徒宮主臨行一言不發，真不知是何用意。

呆立老半天，君青苦惱的拍拍自己額頭，直覺這幾日的遭遇近乎神奇，一連串不得而知的事情接二連三發生，而且都在自己身上，下意識的他感到一點持重的感覺，生像是被這些怪事壓得透不過氣來。

於是，他自然而然又回想到幼時的生活，那高山大樹，那深深清溪，平淡的生活，有時也會在一個人的心版上刻劃下最深的痕跡。

於是，他直覺感到自己在變了，變得很快！想起以前苦心致文的事跡，腦中馬上充滿了一句句古聖賢書，他像是安靜的沉醉了，一絲笑容浮上了嘴角。

但是，立刻的，腦中換了一幕景象，那是一個個圖影，「定陽真經」上的每一小處都清清楚楚出現在目前，歷歷如繪。

他的笑容消失了，雙眉稍稍皺起，打心底裡，他想拋開這些雜亂的思維，但是愈是如此，那些景像愈是清明，纖索不遺的在心中流過。

漸漸的，他又醉心在技擊中。

三四天來的苦心研鑽，真好像把技擊在他心中重重埋下了根，終於，他的笑容又出現了，笑中，包含有豪氣逸飛的味道。

「拍」一聲。

驚醒了沉思中的少年。

君青驚奇的看看，卻是一團小布束落在身前。

他迷惑不解的想了想，終於想到一束布落在地上竟能發出這麼大的聲音，那麼拋擲者的內力必定真純得很了。

這個疑問他一念及，立刻四下一張望，卻是空空蕩蕩，毫無人跡。

「拍」又是一聲，一束布，落在身前。

君青上前拾起兩束布，一觀察卻是像有人從衣衫上撕下來的模樣。

君青百思不得其解，順手一振，兩束布一左一右出飛，「拍」一聲，一齊擊在牆上。

君青悚然一驚，暗暗忖道：「這一聲，沒有方才別人擲過來時響啊，那麼——那麼我是不如他了——」

他根本不知道「他」是何人，但可笑他已生出一種不能釋然的心情。

「拍」，又是一聲。

君青跨上一步。

「拍」，一束布團。

君青又上前一步。

一個念頭閃過他的心頭：「莫非是什麼人來指引我走出此宮？」

這個念頭既興，再也不遲疑，一個起落，縱向前去，來到四道甬道交叉之處。

「啪」一聲，是在左方。

君青慢慢證實了自己心念，不再考慮，緊隨而去。

東轉西彎，前前後後也不知走了多久，只覺始終是向高處而行，君青每到一處分岔道前，必定有布團作爲引導，可是那發布來的人卻始終沒有露面。

又向左折了一個彎，眼前一亮，一排石階級整整齊齊在甬道盡頭。

不再遲疑，奔到那石階前，略一打量，便向上爬。

這一排石階大約只有廿餘級，不到一刻便到頂層，只見一塊石板蓋覆在頂上，君青略用力一掀，石板並不很重，向左右一試，便向右邊移開一些，但覺身上一涼，敢情是外面一陣涼風吹入。

君青翻出洞口，把石板重又覆好，長長吸了一口氣，打心底裡升出一種自在的感覺。仰首一望，但見天空繁星點點，敢情夜正深長，陣陣夜風拂過，使得這入世未深的少年有一種忘我的感覺，良久——君青長噓一口氣。

打量四周，這兒卻是一片荒地，十多丈方圓全是雜樹橫生，葉影婆娑，景致倒是不錯。驀然君青想到一事，暗中奇道：「分明那司徒姑娘說這是水底之宮，深處水底而且我自上而被擒時也正在江水中，但怎地這出口卻反在陸地上，而且，地勢還相當高哩——」

他一念轉及此，立刻一幕幕在宮中的情景又浮上了眼前，暗暗感慨這幾日真是如夢一般，但至少，在他的心中，這幾天離奇的生活已佔下了很重大的地位。

於是他又念及那以布束引自己出宮的人，卻始終沒有露面。不過他已能真確的感到，那是決無惡意的。

想著想著，陡然一驚，忖道：「我盡站在這作何，那司徒青松一刻發現我走出宮中，一定會自此追來，我可敵不住他哩——」

一念及此，再也不敢呆立，伸腳便走。

驀然身後軋軋一陣輕響，君青一驚，身形有若行雲流水，一掠而前，霍的一個反身，全神注視。

卻見那石板出口一掀，一條人影竄出，君青悶不作聲，低低屏息戒備。

軋軋又是一陣輕響，那人翻出洞口，把石板覆上，猛然一直身形，對戒備著的君青一笑，招了招手，斜掠直向左邊走出。

君青一怔，不自覺身形一幌，緊跟而去，那人身形好快，一閃之間，便到那邊密林附近，停下身來，像在等候君青的模樣。

君青不敢怠慢，一掠而至，正待開口，那人急一揮手，作一個禁聲的手勢，輕輕跨入密林。

君青越發感到驚奇，再不停留，一頭也鑽入林中。

那人領先走，好一會才停下來，找著一塊大大方方的平坦石頭，一屁股坐下。

君青搶前數步，正要說話，那人驀地哈哈一笑道：「岳少俠——」

君青一驚，那人緩緩轉過身來，乾咳一聲。

君青閃目一瞧，只見那人約五旬，只是生得眉目端正，英風勃勃，兩目神光奕奕，分明是內家高手。

再也忍不住說道：「老前輩引在下至此有何見教？」

那人輕聲一笑，雙目如電般一掃而過，沉聲道：「若非及時有重大事件發生，司徒青松這傢伙可不知又得怎樣對付你了——」

君青聽得極不入耳，但心中一轉，恍然道：「這般說，是前輩引在下脫離險境——」

那人一笑不答，君青不再多念，一揖到地，朗聲道：「晚輩不知如此，怠慢之處，千望見諒。」

那人又是輕輕一笑道：「好說，好說，不過，岳公子也許對老夫方才之言有不服之心，這也是尋常之情——」

他說到這裡故意一頓，滿面笑意的瞥了君青一眼，果然君青俊臉通紅，像是十分窘困。

那人一笑又道：「但老夫仍有一言相告，那司徒青松的心計，普天之下，恐怕無人能與之匹敵！」

君青一驚，但見那老人說得斬釘截鐵，不由他不相信。

想到這裡，不覺衝口道：「前輩和司徒前輩是舊識嗎？」

話一出口，只覺那老者一怔，好半晌說不出話來，君青心中大奇，卻見那人長歎一聲：

「是啦！我和……我和他，熟得很！」

君青怔怔的「哦」了一聲，那老人沉吟半刻，緩緩道：「方才我在宮中見你和司徒青松僵持不下——」

君青陡然想起一事，問道：「啊，對了，怎麼這水底之宮的出口反在陸地上？」

老人一笑道：「這個乃是司徒青松建宮之時如此設計，水底之宮雖在水底深處，但卻掘了一條隧道一直通到岸邊陸地上作爲出口，平日他們宮中人進入並不從此而行，乃是由水中上下哩。」

君青恍然而語，忖道：「一點也不錯，方才不是一直看向高處進行嗎，這麼說這隧道是極長的了，司徒青松建此水底之宮可真不容易哩！」

那老人微微一笑又道：「方才老夫在宮中見你和姓司徒的僵持不下，發現你是鐵馬岳多謙之子，不知對否？」

君青釋然地點點頭，這才明白所以這老人能得知自己姓氏。

老人似乎滿面喜色，朗朗問道：「敢問岳兄近來可好？」

君青聽他口氣，知是父親朋友，不由更加恭敬，垂手答道：「他老人家近年來一切如昔——」

老人一喜，恭聲又道：「久聞岳大俠隱居終南，三十年如一日，現今想仍在世外桃源修身養性？」

君青心中一沉，敢情老人問中了他的心事，但他見老人對父親想是十分欽敬，不願隱瞞，沉聲道：「家父已於半月前破誓下山——」

「什麼？」

君青低低嗯了一聲道：「終南山適逢天崩地裂，晚輩隨家母逃出——」

老人幾乎不相信自己的耳朵，急聲道：「什麼？」

君青沉聲接著又道：「晚輩隨母兄外離，迄至數日前陷身於此……」

老人一驚，雙目一翻，敢情他這才弄清岳多謙和他們並不是一路，而天崩地裂對於岳家的性命也並沒有傷害，於是，他稍稍平靜了一些。

君青沉默著，那老人緩吸一口氣，沉聲問道：「那麼，岳多謙俠駕何方？」

君青雙目一凝，不假思索答道：「關中！」

那人驚咦一聲，君青咬咬牙，一字一語道：「家父去找劍神胡笠。」

「哦！」那老人突似釋然的噓了一口氣。

君青奇異地望著這個老人。驀然老者似是想起一事，驚道：「令尊和胡笠並沒有交情啊？」

君青沉重的點點首。

老人咦了一聲，尋思道：「方才我以爲岳大哥是去找胡笠聚聚面的，但這般說來，難道——」

他乃是天生性急，再也忍受不住，叫道：「那麼——他是去做什麼？」

君青不想外人得悉太詳盡的內情，於是緩緩答道：「他老人家是去和胡笠比試的！」

他本是緩言慢語，但說到最後再也忍受不住，聲浪不知不覺間提高不少。

那老人驚呼一聲，站起身來半晌，哦了一聲，又頹然坐下。

君青不解的望著他，只見老人不自在的搖了搖頭，不過打心深處，老人暗暗忖道：「七奇享名四十餘年，總有一天，他們自會碰一碰才甘心的，岳大哥決不會失敗──」

沉默──良久。

老人突然瞥見君青嘴唇一陣子蠕動，展眉一笑道：「有什麼話直說不妨！」

君青紅著臉問道：「敢問老前輩名號？」

老人面色一沉，哦了一聲，猛可直起身來，右足一跨，輕輕放在地上。

君青茫然一瞥，陡然見那隻右足敢情是赤著的，而左足端端穿著一隻黑布鞋兒。

一個念頭電閃而過，那老者疾哼一聲，赤著的右足一點地，但聞「嗤」一聲，君青尋聲看時，卻見一粒拳大的圓石被一點之下，竟作粉裂。

「您……您……鐵腳仙！」

君青衝口說出。

老人面上陡然光彩一掠，雙目泛出刺目的神光，口中沉聲緩緩道：「陸倚官！」

君青輕呼一聲，叫道：「陸老前輩，您真就是鐵腳仙？」

陸倚官點點首：「不錯，你可發現了端倪麼！」

君青用力點點道：「是的，司徒青松原來如此——」

陸倚官沉重的點點頭道：「舉天之下，僅老夫一人裝束如此，而那司徒青松實也應某種因素，是以誤會於你啦……」

君青大聲道：「那時晚輩無意中踢出一隻鞋去擊打宮中之人，而後又蒙面四下亂闖，想是這兩般巧合，司徒宮主不見我面，只見我的裝束，是以誤會連生！」

陸倚官一笑道：「真聰明，想來司徒青松此時仍不能釋然於懷哩。」

君青怔怔的站在一邊，吶吶道：「可是——可是陸前輩和司徒宮主有什麼牽扯嗎？」

他實是由於忍受不住，是以有此一問。

陸倚官長歎一聲，點點首道：「不錯，這件事不但關於老夫和他的恩仇，而且還大大牽涉到令尊岳鐵馬哩。」

君青咦了一聲，陸倚官又自長歎一聲。

半晌，陸倚官才接著道：「老夫隱身埋名近卅餘年，這其中的一切，令尊知之最詳，老夫一生闖蕩江湖，不勝則亡，廿多年，無往不利，但令尊卻在老夫臨危之際，救我一命——」

「啊！」君青不能置信的呼了一聲。

陸倚官微微點首，嗯了一聲才道：「至此老夫重習武技，卅年來，雖埋跡深山，但心中卻無時無刻不懷念令尊的俠膽義風哩！」

君青聽他說得感慨已極，心中也不由沉重起來。

好一會，君青才開口問道：「陸伯伯——」

他因陸倚官和父親有舊，是以如此稱呼。

陸倚官沉思著應了一聲。

君青實在忍不住，脫口道：「您的功力此等精湛，怎地會遭到危困？」

他心中對陸倚官那一手點石成粉的鐵腳功夫，實在欽佩萬分，是以有此一問。

鐵腳仙陸倚官微微哂道：「武學之道不可輕言，老夫這一點功夫，不說卅年前，就說今日，又能算得了什麼？」

君青為之茫然，心中卻忖道：「單憑他方才露的一手功夫，起碼也得有多年深研，可是仍不能算上什麼，那麼我——我的功夫——豈不是才初窺門徑？」

一念興起，不由灰心起來。可笑他生性厭武，但浸淫此中不過三數天，便有此種感覺，假若鐵馬岳多謙此時此地親身在場，那麼他不知要對幼子這種古怪的心理大笑多久了。

陸倚官也不多言，自顧沉吟著。

君青奇異的看著他，只見他面上神色莫辨，似在思索一個極端的難題。

驀然陸倚官雙目一凝，抬起頭來對君青道：「老夫知你對方才之言決不能予以置信，老夫且問你，司徒青松和你對過一掌，他的功夫怎樣？」

君青想也不想，脫口答道：「此人功夫乃屬純陰，內力穩健——」

此語一出，連他自己也不由大奇，想不透爲何自己對武術一道思想竟是如此完善。

陸倚官稱讚似的點頭，緊接著問道：「老夫說——是他的功力深淺？」

君青一怔，他此時才開始想到陸倚官問此話的用意，於是他認真的思索片刻。

陸倚官面色凝重的望著他，君青突然開口道：「小侄不知他的武功高低，只是直覺上感到他的功力高出小侄並不太多——」

他稍稍頓了頓又道：「但伯伯方才以布束引小侄出宮，從擲布束的力道上看來，伯伯的功力決不在他之下！」

陸倚官哼了一聲，陡然間，滿面寒霜，神態威猛，雙目中神光奕奕，吸一口氣沉聲道：「假說著，再有一個和他功力深淺相當者，而功夫和他卻完全背道而馳，兩人連手——那就是說，那人的功夫剛猛無比……」

他話未說完，君青猛可念頭一轉，「定陽真經」上的字句如水般流過腦際，大聲不假思索道：「陰陽相輔之下，威力大增！」

陸倚官驚異的直起身子，但君青清楚的看到，在鐵腳仙的面上，那令人不敢直視的威態，似乎更爲加深！

鐵腳仙緩緩坐下身來，沉聲道：「老夫就是敗在這上——」

君青驚呼道：「司徒青松？」

陸倚官肯定的點點頭，重複說：「司徒青松！」

君青茫然了，陸倚官並不解釋，接著道：「卅年前，老夫功夫走的是陽剛之道，單觀老夫的鐵腳功夫，便可推度。老實說，在巔峰狀態時，老夫的腳板對抗一般力道稍弱的兵刃暗器襲擊，也絕不會吃虧——」

他瞥見面前俊美的少年滿面欽敬的面色，不由衷心的感到自豪，於是他歇下了話頭。

君青輕輕地呼一聲，半晌，陸倚官收斂了奔放的心神，繼續又道：「但自從那一仗失手後，卅年來，老夫致力於另一種功夫的研究——」

君青點點頭，急切希望陸倚官說下去。

鐵腳仙喟然接著道：「老夫發奇想要再重新鍛鍊和培養陰柔的功力。」

君青愈聽愈有味，忍不住開口催道：「怎麼？」

陸倚官突然像是充滿豪氣的道：「老夫不相信兩種極端相異的功夫不能同聚在一人身上。卅年中總算尚有小成！」

君青啊了一聲，忍不住插口：「一陰一陽，伯伯的威力將增大三倍以上！」

鐵腳仙一笑，豪氣干雲的道：「老夫常常想，當日若有此等功夫，那司徒青松兩人雖是聯手，豈奈我何——」

忽然樹梢上「嚓」的一聲輕響，陸倚官迅速停下口來，銳利的目光一掃而上。

君青醉心武學中，並沒有發現有異，興味盎然的開口問道：「伯伯，這叫作什麼功夫？」

陸倚官雖然已發現有敵蹤出現，但君青此話一出，卻再也忍耐不住，哈哈笑道：「那叫做『正反陰陽』。」

「拍」一聲，鐵腳仙的右足，又在乾硬的泥土上留下了深深的一個印痕。

十六　鐵騎初現

又是黎明了。

耀目的旭光替這一日之始增添了無限的美麗和神秘，那一輪顯得特別大的紅日悄悄爬上了遠處的山峰。

這一條小山徑，彎曲地伸展過去，到了山壁的轉角處，也順著山勢優美地彎了過去。路的盡頭是朝東的，金黃的陽光相當強烈地照在路徑的轉處，和遠處幽暗背日的山林成了明顯的對比。

然而，四條碩長的影子從盡頭轉角處移了過來——

霎時，出現了四個人。

當先的那少年，挺直著寬闊的身軀，儘管他的雙眉微微皺在一起，但是在那輝煌的陽光下，他英俊的臉頰上泛出同樣輝煌的光芒。他，正是最可能成為武林小一輩中第一高手的岳芷青！

他身後的，自然就是岳一方和岳卓方以及他們的母親許氏了。

岳君青在檀河落水失了蹤，本來對他們是件不堪設想的不幸，但是他們立刻接到了所謂「水底宮主」司徒青松的挑戰書，這反使他們稍為放了心。

因為這證明君青沒有罹難，只是被什麼「水底宮」捉去做人質罷了，只要尋著岳老爺子，總有辦法解救的。

但是，令他們難堪的是，岳老爺子和劍神胡笠的拚鬥也是一樁萬難逆料的事，他們找不出理由說是岳老爺子會敗給胡笠，但是同樣的，他們無論如何也無法找出劍神會敗的理由！

事實上，這時候名滿天下的胡家莊中，岳多謙和胡笠並沒有動手，卻正在目睹著雷公和霹靂手的大戰呢！

岳一方扶著母親，輕噓了一口氣道：「咱們又到嵩山來啦——」

芷青道：「咱們翻過這峰就該往西行了，不必驚動山上少林寺的和尚。」

一方的眼前悄悄浮上了那美麗溫柔的白姑娘，他偷偷瞥了卓方一眼——

卓方的臉上現出一種悵然的神色，但是他的沉默替他掩飾了不少。

清晨的山風，虛無飄渺地在山壑中蕩漾著，這兩個少年的心，也在異樣地蕩漾著……

「嘿，三弟——」

芷青忽然轉過頭來叫著，卓方倒像是驚了一跳一般，抬起頭來道：「什……什麼，大哥？」

芷青怔了一怔道：「你可記得，那次我們上山時在這裡碰著的老叫化何尚？」

一方插道：「大哥你是說那攝魂妖法的惡丐！」

芷青點頭道：「你可記得那惡丐何尚說什麼『姓盧的不夠朋友』……什麼『打發三個小娃兒來就想了事麼』……」

卓方叫道：「你一提，我可記起來啦，他還說他在等什麼人的——」

一方道：「大哥，你是說盧老伯……」

芷青道：「正是，你想想看，他說什麼姓盧的，又說什麼『三個娃兒』，盧老伯不是有三個徒弟嘛？」

一方道：「對了，我看何尚那惡丐所指的必是盧老伯，不知盧老伯及家人現在爲何？」

母親許氏插口道：「芷青，幾時才能到胡家莊？」

那話中充滿焦急和愁苦，芷青的心中何嘗不是如此，只是他還做出樂觀的樣子，他瞥了一方一眼，緩緩道：「大概快到了……媽，翻過這山，咱們就可以雇得著馬車——」

一方是個鬼靈精，連忙接口道：「是啦，我瞧那什麼水底宮主司徒青松也未必和爸爸有什麼血海深仇，試想爸爸隱居了那麼多年，只要爸親自一去，那還有不能解決的事麼？」

許氏卻歎了一口氣道：「一方，這個你不說我也知道，只是，只是，我就是耽心你爸爸啊！」

芷青和一方相對望了一眼，讓沉默代替了無謂的安慰。

「媽——」

許氏有些驚奇地望著卓方，輕言應道：「什麼，卓方？」

卓方的臉上閃爍著一種異常的堅定神色，生像是斬釘截鐵一般地說道：「爸爸雖然名列武林七奇的第二，但是我敢斷言，至少天下沒有一個人能打敗他！」

芷青叫道：「卓方說得對，沒有人能打敗爸！」

驀然，一聲沉厚已極的哼聲傳了過來，那聲音雖是輕微得緊，但是卻重重令幾人震了一下！

芷青忽然叫道：「一方照顧媽媽！」

他的身形如一支箭一般射向了左面，右手一把抓住一枝斜出的樹幹，手中發勁一撐，身形像大鳥一般飛了起來，呼的一聲在空中打了一個圈子！

他這一撲之下沒有發覺有人，立刻借勁騰空，居高臨下地勘察，一連幾個動作一氣呵成，速捷已極！

刷一聲，芷青落了下來，他面帶異色地叫道：「一方別動，卓方快隨我來！」

許氏剛叫得一句：「芷青，到哪裡去？」

芷青和卓方已如兩隻大鳥一般飛沒叢林中。

芷青回首作了一個手勢，陡然提氣躍起尺餘，輕飄飄地落在草尖兒上，霎時身形前衝，如行雲流水一般在草尖兒上飛快地飄過，那草尖兒只少許晃動了一點。

武林中所謂「草上飛」功夫不過是形容其輕功之妙而已，像芷青這樣，才算真正不枉了「草上飛」三字。

卓方知道大哥之意，連忙也提氣緊跟而上，兩條人影飛快地掠過，卻是一點聲息也沒有發出。

霎時，芷青猛停身形，原來前面竟然是個陡斜的坡兒。

卓方一掠身影，停落在芷青身旁，悄聲道：「大哥方才可看見什麼？」

芷青道：「那日咱們擊退惡丐何尙之後，不是一個人在咱們身後道了一聲『好厲害的小娃子』麼？我方才匆匆覺得人影一幌，那背影約莫有幾分相似哩——」

卓方皺眉想了想道：「不管一切，咱們下去探一探？」

芷青本來正是此意，但他心中另有一番責任在肩的感覺，是以聞言道：「那麼媽媽呢？」

卓方道：「有一方在，那準沒事。」

芷青點了點頭，因爲他心裡明白，這個聰明而鋒芒萬丈的二弟，自從離家以來，幾番變故拚鬥，武功經驗著實增進了不少。

當下他指了指坡下，輕聲道：「好，咱們就去探一探。」

他的姿勢不變，刷一聲橫掠而下，卓方也躍身相隨，有如兩道流星掃落下去！

坡下是一大塊平坪，他們向左走了進去，卻是一道極狹的小徑。彎了兩彎，忽然眼前竟出現了一棟古怪的小石屋。那小石屋藏在兩塊凸出的巨石後，若非身立此處，斷難發覺其所在，而且奇的是那石屋無論門窗屋頂，都是渾然一體，生像是由一塊碩大的巨石挖空雕琢而成的。

芷青和卓方悄悄藏身巨石後，向石屋望去，只見石屋空蕩蕩的，像是無人居住。

芷青身爲老大，岳家全權責任全在他肩上，到了這等地步，他不禁凝神沉吟起來。

卓方望著芷青的臉色，悄然沉聲道：「不入虎穴，焉得虎子！」

芷青道：「好，你跟著我。」

呼一聲，芷青貼在地面飛掠到丈前的巨石前，卓方也跟著一躍而前。

芷青有些緊張地向前探望了一下，那石屋空蕩蕩的，安靜得令人有點不安。

卓方附在芷青耳邊道：「大哥，可是瞧見了什麼？」

芷青搖了搖頭道：「不過我可以斷定，這石屋中定然有些古怪。」

卓方道：「怎麼每次到了少林寺底下，就有怪事發生，上一次一連碰上了三個功力驚人的高手，這次又……」

芷青悄聲道：「我們還是設法進去探一探還是怎樣？」

卓方道：「咱們不知虛實，如此進去確是太過莽撞了一些……」

芷青沉吟了一會，正開口道：「那麼我們就回去……」

卓方插口道：「既然兩番都是那人衝著咱們冷哼，我瞧咱們還是進去探一下——」

芷青想了想道：「好！」

這一個決定，在芷青只是偶思而發，但是它卻造成後來無比的影響，兩個蓋代奇人爲了他這一決定而作了一場驚天動地的決鬥！

兩人把真氣提住，遍佈全身穴道，輕輕一幌身子，已巧妙無比地飄過巨石，平穩得像兩隻大鳥一般，飛落在石屋之前。

那石屋果真是空蕩蕩的，一個人影也不見，芷青在前張望了一會，回身對卓方道：「咱們再走進些。」

兩人走得幾步，來到門前，不禁齊齊抬頭一看，只見石屋門簷下掛著一塊碩長的橫匾，匾上淺紋遍佈，分明是一塊大理石做的。

匾上卻刻著一排龍蛇飛舞的大草字：

「上天下地，唯我獨尊」

那字跡豪壯已極，筆畫勾刻之中，充分流露出不可一世的狂態。

芷青卓方相對望了一眼，齊暗道：「是什麼人？好狂。」

芷青悄聲道：「卓方，你在這裡替我把風，我過去瞧瞧。」

說罷身軀一聳，輕靈地飄向右邊。

芷青繞進石屋的右角，迅速無比地向裡飛入，但是忽然之間，他輕哼一聲，身形刷地落了下來。

只見他面前出現一道石壁，前面再無通路。

岳芷青自從下山以來，江湖經驗著實增長了不少，他一看這情形，知道這石屋不可能是至此而止，這石壁後面必然還有古怪。

他上前兩步，待要敲敲石壁，哪知驀然之間，腳下陡一空，重心全失——

芷青的反應委實快到極處，他沉嘿一聲，雙手十指暴張，猛然往前一送，「卟」的一聲，竟然齊齊插入石壁！

只見他力貫十指，指尖上借力，身形漸漸撐平了起來，他向下一看，卻見方才立腳之地完好無異，但他再也不敢下去試試了。

正在這時候，忽然背後風聲颯然，芷青心知有人進入，他身形懸空，全賴十指之力支撐，當下心中大急，右掌猛然拔出，嘩啦啦一聲，挾著一把碎石屑向後揮出一掌——

只聽得「拍」一聲，來人似乎爲掌力所拒，落了下來，芷青力透左掌五指，藉五指之力支住身軀，沉聲道：「來者是誰？」

背後那人道：「大哥，好重的掌力。」

芷青吁了一口氣，輕聲道：「卓方，原來是你——怎麼啦？」

卓方道：「我在外面老覺有點心神不定，忍不住就跟你進來啦——大哥，怎麼你做起壁虎來了？」

芷青道：「你站著別動，你前面那塊地有點古怪——」

卓方見他以一口真力貫注的五指插入壁中，口中言笑自若，絲毫不見倉促，心中不禁大感佩服。

芷青猛然一蹬牆壁，要想倒竄下地，哪知一蹬之下，轟然一聲，左手插入的那塊石磚竟然跟著脫了出來！

芷青咦了一聲，立定身形，向那塊脫出的磚的位置一看，不禁大吃一驚！

那一方壁洞中竟然佈置得有簾有褥，倒像是一個小神龕一般。

底下墊著一塊厚毯，毯上放的不是佛像，卻是一面小小的三角旗！

芷青仔細一看，只見那小旗頗陳舊，似乎是相當年代以前的古物，但是質料卻是極上乘的絲類，是以雖則古舊不新，但仍泛著一絲灰暗色的絲光。

旗幟的正中央繡出一匹鐵灰色的駿馬，那匹馬繡得極是生動，蹄揚鬃飛，栩栩欲生。

芷青陡然臉色劇變，他的心噗通噗通猛然跳著，他的拳頭緊捏著像鐵鑄的一般，一顆顆冷汗從他的額頭上滲了出來。

卓方站在他的身後，顯然沒有看清楚，他帶著奇異的口吻問道：「大哥，這是什麼旗！」

芷青想回答他，但是卻無能爲力，那「三個字」在他喉嚨裡翻騰著，但是他都無法把它說出來。

卓方有點驚異了，他的聲音也提高了一些：「大哥，這是什麼？什麼東西？」

一個冰冷而蒼老的聲音發自窗外：「鐵騎令！」

十七　疑雲陣陣

岳芷青迅比疾雷地一掌向窗外擊出，這一掌動用了十成功力，強勁的內勁在空中逼成嗚嗚怪響的氣圈，普天之下，武林第二代高手，只怕絕難找出第二個這般雄厚的掌勁！

但是芷青自己的感覺卻更令人震驚，只因他那一掌打出，雖然並沒有落空，但是卻如打中一段朽木，絲毫不見著力，生像是那千鈞之勁陡然被人硬生生化解去了一般！

卓方悶哼一聲，呼地縱出窗口，芷青雖在驚駭之中，但是唯恐卓方有失，連忙疾躍跟出。

只見前面立著一個光頭老人，雖然年紀頗是不小，但是體態絲毫不見龍鍾，雙目精光奕奕。

芷青站在卓方身旁，那光頭老人動也不動地瞪著他，他覺得心中甚不自在。

這樣僵持了一會兒，那個老人似乎頗耐得住沉默，卓方更是緘默慣了的，只有芷青直覺得全身熱血都要沸騰了一般，他吃力地，一字一字地道：「你說這是——鐵騎令？」

那老人把目光緩緩移向卓方，但是當他一碰卓方的目光時，他又極快地轉了回來，對於芷青的話，他只微微地點了點頭。

芷青道：「那麼——請問閣下是誰？」

光頭老人皺了皺眉頭，似乎十分不愛說話，帶著粗聲道：「你憑什麼問這個？」

芷青沉著嗓子，緩緩地道：「因爲我姓岳！」

光頭老人用力點了點頭，似乎表示早就知道了，只輕描淡寫地道：「這應該由岳多謙來問的。」

芷青眼前又清晰地浮出那面鐵灰色的小旗，旗面上的鐵馬……

他再也忍耐不住，當下大喝一聲，鼓足實力，再度一拳搗出——

嘶嘶拳風中，芷青由拳變掌，由掌變指，顫顫抖抖之間，施出了剛猛稱絕的「寒砧摧木掌」。

那光頭老人冷冷一笑，單掌當胸一立，也不見他作勢發掌，呼的一股古怪無比的勁道從掌緣間飛了出來，芷青只覺自己勁力一窒，接著一股柔和而強韌無比的力道推了過來，身形再也立不住，一連退了三步！

那光頭的衣袍也被芷青的掌力吹得皺波猛起，但是身形卻是文風不動。

芷青的頭腦卻因此清醒了過來，他鎮靜地問道：「你，不肯以姓名相告麼？」

那光頭老者雙眼一翻，冷然道：「叫岳多謙來問！」

忽然間，一個更冷的聲音道：「『上天下地，唯我獨尊』，是你寫的麼？」

那發話的，正是岳卓方。

光頭老人不勝驚奇地看了岳卓方一眼，然後傲然道：「自然是我親筆寫的。」

芷青正待發話，卓方一扯他的衣袖，輕聲道：「大哥，咱們走。」

當下當先昂首走離石屋，經過光頭老人時，連正眼都沒瞧他一眼，芷青也只好跟著走出。

只聽得那光頭老人驀然長聲唱道：「天下紛歧兮，欲得盟主，武林爭讓兮，卻不知吾！」

芷青聽得不由一怔，卓方猛然拉他一把，匆匆前行，芷青回頭看了一看，那光頭老人正背著雙手，仰視著石門的橫匾，「上天下地，唯我獨尊」，口中漫聲唱著：「……欲得盟主，……卻不知吾！」

反臉前看，卓方已去遠了，連忙提氣施展輕功追了上去。

走過山坡，卓方悄聲道：「大哥你好生糊塗，那廝扣著咱們的『鐵騎令』，那身功力端的深不可測，咱們自然應該快去尋著爸——」

芷青急道：「好不容易找著令旗的下落，咱們豈能就此放過，再說——」

卓方道：「大哥，你能勝過光頭老兒麼？若是你敗了，豈不是多丟一次人，於事無補，而且這老兒既明言爸爸來討，難道他還會溜麼？」

芷青聽得心頭一凜，呆了半晌，低聲道：「三弟，是我錯了——唉，是啊，岳家的臉丟夠了，絕不能再丟一次……」

卓方道：「咱們快去，媽媽他們怕要不耐煩了。」

芷青生像是快一步走就早一點能碰上的一樣，猛然一長身形，像一隻大鳥一般直衝而起，踏著叢草的尖兒飛快而行。

日正當中，岳家母子四人走過了山巒，漸漸走入平原。

「大哥，你說那光頭到底會是誰？」

芷青漫應道：「我可猜不出，哼，反正是個狂妄無比的傢伙，什麼『唯我獨尊』，什麼『欲得盟主，卻不知吾』……」

岳一方道：「他既然知道咱們姓岳，為什麼不肯告訴我們姓名呢？」

芷青道：「我問他，他倒說叫爹爹來問。」

一方道：「光頭老兒武功有沒有爸強？」

芷青老老實實道：「我瞧他硬化我全力一掌，卻不當一回事的模樣看來，那功夫當真是深不可測……」

一方道：「我只問你，他有沒有爸強？」

芷青為難地搖了搖頭道：「我瞧他功力絕不在爸爸之下。」

卓方忽然道：「大哥，你說他掌力極強麼？」
芷青道：「從我那一掌上推測，他掌力功夫端的了不得——」
一方搶著道：「那——是雷公，程暻然！」
卓方道：「也不一定是霹靂神拳班焯！」
芷青點頭道：「唔——如果是，那就麻煩了。」
許氏用輕嗓兒掩飾著自己的疲累，柔聲道：「芷青，還有多遠啊？」
芷青嚥了一口唾液，拉長了聲音道：「媽——快要到了——」

現在，岳家母子到了宛河之陽，三個少年都購了馬，母親也坐在雇著的馬車上。煙塵滾滾，三匹駿馬護著馬車在小道上馳過。
不一會，他們上了一個山坡，忽然之間，一陣陣如雷鳴一般的聲音傳了過來，那聲音中還夾著陣陣吶喊聲，似乎成千的人在呼吼一般。
芷青側耳傾聽了一會，那聲響愈來愈高，間或還有一陣陣馬嘶之聲，他回頭看了看一方，正要發話，馬車已轉過山坡，眼前登時顯出一幕壯觀無比的景象來——
只見山坡下一帶平原，左右兩面是整齊的兵馬，右面人數要比左面多得多，遠遠望去，只見黑壓壓地一大片，也分不出到底有多少人來，車馬當先一面大軍旗上面寫著斗大的一個「金」字。

岳家三兄弟自幼住在深山中，但也曾聽說過當今朝廷正在和金國打仗，見了這情形，齊齊呵了一聲，向左面看去，果然旗上寫的是「大宋」兩字。

金陣中一陣鼓聲喧天，一個高大無比的番將躍馬衝了出來，手中舞著一根粗長的狼牙棒，似乎在向宋軍挑戰。

宋軍陣中卻一味擂著震天戰鼓，對那身高體壯的番將的挑戰毫不理會。

但那一大隊金兵也只在原地吼叫罵戰，並不敢揮兵直進，似乎對這一小營宋兵甚是忌憚。

山坡上的芷青等人不禁有些奇怪，他們仔細向宋軍望去，只見那當中大營上飛揚著一面大旗，上面繡著一個斗大的字：「岳」。軍前小卒卻撐著小旗，上面繡的是「楊」字。

那邊金兵叫囂了一會，忽然在一棵大樹上升起一個草人，上面貼著一塊白布，白布上寫著「岳南蠻」三個漢字。

那高大番將猛然把狼牙棒往馬鞍上一橫，彎弓抽箭，反身射將過去，只聽得「叶」一聲，那支箭端端正正射入草人胸口，霎時金兵歡聲亂吼，而這邊宋兵卻個個咬牙切齒，但是仍然只是擂鼓而已，並不妄動。

一方猛然叫道：「大哥，我想起來啦，這軍隊的主將是岳飛。」

芷青和卓方同時一怔，一方道：「前次范叔叔上終南山來，不是說咱們出了一個少年大將岳飛麼？只怕就是這軍隊的主帥。」

許氏在車裡插口道：「嗯，我記得，范叔叔上次說這岳飛用兵如神，金兵最是怕他不過。」

這時忽然山下鼓聲驟歇，霎時「咚咚咚」三聲猛響，震耳欲聾，宋兵營中飛快地衝出一騎，馬上一個白袍壯漢，倒提一根黑色長槍而出。

霎時宋兵歡呼震天，那白袍將軍直衝出陣前，猛一勒馬，那馬長嘶一聲，人立起來。

那番將一橫狼牙棒，居然操著生硬的漢語道：「來將通名！」

那宋將一抖長槍，大喝道：「識得大將楊再興麼？」

宋軍又是震天一般的歡呼，那番將一拍馬，舉起沉重的狼牙棒攻了進來。

那番將看來一身神力，舞著幾十斤重的鐵棒嗚嗚怪響，只見他躍馬愈衝愈近，呼地一下橫掃下來！

只聽得「噹」一聲，接著紅纓一閃，那高大的番將慘叫一聲，被挑下馬來，橫屍地上！

宋將楊再興一揮長槍，登時宋兵掩殺過去，楊再興一馬當先，槍挑桿打，如入無人之境，金兵頓時敗退。

只聽得喊殺之聲愈來愈遠，戰場上只剩下漫天黃沙，良久才緩緩落了下來，那樹上吊著的草人還在左右晃蕩著。

岳家兄弟久居山中，對於世局毫無知識，但是這時見到這幕戰爭，心中竟是大覺暢快。

芷青道：「一方，你瞧見沒有，那楊再興方才那一手穩若磐石，捷比脫兔，竟然深得武學要訣呢。」

一方興奮地道：「前次范叔叔說金人侵略咱們，大哥，你瞧，他們哪是咱們大宋軍隊的對手！」

可憐這三個自幼隱居深山的少年，不知道這時金兵南攻，禍及江北，若非靠幾個忠勇大將苦撐，早就亡國了。

到了山下，隨時都能碰上一群流離逃難的老百姓，芷青忍不住上前探問，這才知道金人二次南下，大河以南已是城池盡失，甚至淮水一帶也都成了番人勢力，雖賴幾個大將轉戰支撐，但是大家只能勉強安保江南半壁江山的了。

芷青等人一路來就全在山野中跋涉，是以竟然不知世局已有如此大變，看那些難民流離顛沛之苦，不禁惻然，但是身負重任，好不容易得著「鐵騎令」的下落，還有君弟的遭擒，這一切都得找著爸爸才能有辦法，芷青身為長子，心中真是又愧又急。

卓方忽然道：「大哥，你們有沒有發現一件怪事——」

一方插道：「什麼怪事？」

卓方道：「從來聽說武林七奇都是行蹤神秘，譬如說爸爸，一隱居就是三十年，尋常哪能碰得著他，可是，這次咱們下山以來，一連碰上了幾個了不得的高手──」

芷青道：「卓方，你是說咱們碰著的那幾個高手全是武林七奇中的人麼？」

卓方道：「正是，憑良心說，咱們所遇上的幾個，每一個都是高深莫測，若非武林七奇中的，天下難道還有那麼多高手？」

芷青點頭道：「就是上次在少林寺中震毀佛像的蒙面客也委實了不得──」

卓方接道：「所以，我說這就是怪事啦，一向行蹤神秘的七大奇人看來都重現江湖，只怕──」

一方奇道：「只怕什麼？」

卓方道：「只怕有什麼大變要發生了──」

天光陡然一暗，兩塊疾行而來的黑厚烏雲遮住了日光，霎時艷麗盡失，空中顯出一派昏天黑地的氣概來。

卓方仰首看了看天，道：「天有不測風雲……」

是的，正如卓方所言，世事亦復如此，就當這時刻，武林中醞釀著一個空前大變，名震寰宇的七大奇人將同時牽入這漩渦之中哩！

積雪開始微融了——

芷青輕輕躺在洞口的枯草堆上，洞內傳出母親和弟弟們勻靜的呼吸聲，山中靜得像死一樣，連蟲鳴聲都沒有。

芷青斜靠著，他望著黑藍的天空，疏疏有幾顆星光。

「這靜夜，爸在哪兒呢？」他眨了眨眼，天上的星兒也眨了眨眼。

「也許，他也在看這星兒吧……」

有一個問題，他一直不敢去深思，但每當他靜下來的時候，這個問題便自然鑽進他的腦海——

「爸和劍神究竟誰強呢？」

「如果，那石屋中的光頭老人是七奇中的人物的話，那麼——」他想到那神鬼莫測的一掌：「那麼，劍神的功力可由此推知，那麼實在太可怕了……」

「難怪那天晚上，爸爸把行囊背上肩背時，撫弄著那對『碎玉雙環』，臉上露出訣別的神色……唉……」

淚水悄悄湧上芷青的眼眶，從那淚水中，他似乎又看見了父親背著行李，望著門楣上「出岫無心」四個字，蒼老的臉上露出苦笑自責的神情……

他輕歎了一聲，緩緩閉上了眼，但是一當他合上眼，另一幕景象又飄過腦海——

他像是看見父親帶著嚴肅的表情，把一捲皮紙遞給了他，正色地道：「芷青，爸走了，家中的事好生照料。」

他忽覺熱血上湧，呼的一掌拍在身旁巨石上，那石塊立刻成了一堆石屑。

「嘿，好掌力！」

一個聲音發自石後，芷青一躍而起，整個身子還橫在空中，便猛然一個翻身，右掌七分發，三分收，呼地一掌反拍過去，只覺那石後之人陡然一閃身形，登時自己掌力落空。

呼一聲，芷青落了下來，只見對面竟然站著兩個少年，都是一般打扮，身上披著極貴重的狐裘，藉著星光，只見兩人都是劍眉星目，長得白胖俊秀，分明是兩個富家公子的模樣，卻不知怎地跑上這等窮荒山野，而且似乎身懷上乘武功。

芷青在打量人家，人家可也正在打量芷青，雙方僵了一會，芷青發言道：「兩位——兩位公子深夜來此有何貴幹？」

那當先的一個少年道：「咱們有要事在身，夜裡趕路，因見兄台掌力驚人，忍不住喝彩起來，還望兄台多多擔待。」

芷青暗道：「既是人家無意，也就罷了。」

當下拱了拱手，打算走回。

那兩個少年也拱了拱手，轉身離去。

芷青走得幾步，忽然寒風中傳來聲音，他不禁一怔。

「……師叔脾氣古怪，叫咱們怎麼回去向師父交代……」

「……不論如何，總得先找著他才行啊……」

「……青蝠劍客……」

芷青內力何等深湛，那「青蝠劍客」四個字傳入耳中，頓時呆了一呆，連忙一躍而前，展開最上乘的輕身功夫趕了上去。

那兩個少年端的身懷武功，只這一會兒，便已走出十數丈之遠。

芷青只見這兩個少年步法從容，卻是輕靈已極，而且步履之中，自有一番名家風範，心中不由暗暗稱奇。

當下提氣凝神，猛展輕功絕技，一式「波瀾不驚」，身形就如勁風一般，呼的一聲超過那兩人頭頂。

他落下身來，身子已經轉將過來，輕靈無比地落在地上。

那兩個少年吃了一驚，一人道：「怎麼兄台……」

芷青沉聲道：「在下有一事請教——」

那少年似乎十分奇怪，瞪著眼道：「兄台不必客氣，只要咱們知道……」

芷青臉色一沉，一字一字道：「敢問『青蝠劍客』是兩位什麼人？」

那少年聞言似乎陡然受驚，臉色大變。

芷青更是心生懷疑，連忙緊接道：「在下不情之請，萬望兄台見告。」

那少年似乎毫無江湖經驗，比之芷青更是不如，聞言囁嚅半天，才答道：「這個……這個恕在下難以奉告。」

芷青道：「此事有關武林得失，尚請兄台勉爲其難——」

芷青這點江湖歷練在這兩個少年面前倒又像是老練無比了，那少年被他一擠，說不出話來，他後面那年紀更輕的卻尖聲道：「咦，這倒怪了，人家不高興說不成麼？」

芷青心急如焚，大聲道：「不成！」

這一下那年紀較大的少年似乎也被激怒了，他雪白的臉頰漲得通紅，芷青以爲他就要發難，哪知那少年只嚥了一下口水，生像把那口氣硬給嚥下去了。

芷青正要說句緩和局勢的話，那對面的少年尖聲叫道：「咱們不能和你動手，你請讓路吧。」

芷青暗急道：「管他的，就做一次不講理的人吧。」

當下搖頭道：「兩位不說，請恕在下難以從命。」

那少年怒聲道：「我倒要請教一句，兄台如此強行盤問，究竟所爲是何？」

芷青正要開口，忽然左面一響，連忙反身一看，原來竟是一方。

那少年再次怒聲道：「兄台是一定不讓的了？」

芷青退了一步，平緩地點了點頭。

「叮」一聲，那少年拔出了腰間的長劍，抖手之間，光華一閃一匝，劍尖微微跳動。

芷青和一方同時吃了一驚，只因這少年雖只起手擺出一式，但是那劍圈之中竟然凜凜透出一種不可侵犯的味道，只那劍尖微微一跳中，就隱約流露出一派宗師的風度。

那少年喝一聲，呼的一聲劍式發出，芷青見他那劍招來得極是古怪，就如弱絮飄風一般，但卻令人無法捉摸他的勢子，他大驚之下雙掌同時發出，一左一右，正是秋月拳中的「吳剛伐桂」。

但那少年劍式之怪，確是令人拍案叫絕，只見他微微閃了劍尖，就「嘶」的一聲斜穿了進來，不僅芷青的掌勢落了空，而且劍尖所指，正是芷青「氣海」要穴。

芷青暗中驚佩，他從來沒有看過這等精妙的劍式，當下大喝一聲，左拳發出「寒砧催木掌」中的「雷動萬物」，右掌猛然往內一縮，兩股相異的力道一合之下，那少年劍式走空，芷青刷的退了三步！

他心中一直還在思索著：「這是什麼劍式？怎麼這等厲害……」

驀然之間，一聲長笑劃過長空：「好啊，好一招『穿腸破腹』，咱們穿腸劍的門下還差得了麼？」

芷青連忙看去，只見一條人影如流星般劃過長空，霎時落在十丈之外，身形之快，令人目瞪口呆，他目力雖快，也只看到那人依稀是以黑巾蒙著面的。

忽然一旁的一方也叫了一聲，原來那兩個少年一見那黑影，急得大叫一聲，躍身就追將上去，一方待要追趕，芷青一把扯住。

兩人怔怔望著那前後三條黑影如疾矢一般消失在黑暗中，芷青沉著聲，一字一字地道：「那兩個少年是劍神胡笠的弟子！」

岳一方黯然點了點頭，重複了一遍：「噫，是穿腸神劍胡笠的弟子！」

「但是，為什麼那蒙面黑影說『咱們穿腸劍門下……』，難道，這蒙面人是胡笠？……」一方身軀震動了一下，臉上的肌肉猛然抽搐：「如果是胡笠，那麼，爸爸豈不——」他不敢想下去了！

「芷青，你們在說什麼？」是母親的聲音。

只見卓方扶著許氏到了背後，芷青忙笑道：「沒……沒有呢！我和一方瞧見一條人影，有些古怪！有些古怪——」

一方忙道：「是啊，咱們正要去喚醒你們……」

許氏皺著眉頭，她知道芷青沒說真話，但是她不知道是什麼原因令芷青撒謊，芷青原是從不說謊的啊。

芷青期期艾艾地道：「媽，沒……什麼，你還是去睡吧——」

許氏望了他一眼，默然點了點頭。

芷青暗暗吸了一口長氣，他壓抑住心中的悲痛和焦急，望著那點點星光，心中如潮水洶湧一般。

一方也同樣在努力壓抑心中激動，他在想：「天啊，千萬別讓那蒙面人是胡笠吧，如果是的話，爸……」

芷青在想：「天啊，有什麼悲慘的事，千萬別降在爸的頭上吧，我情願死一千次，只要……只要爸打勝那劍神……唉，芷青，前途是萬方多難啊……」

「大哥，這幾日連連碰上不尋常之事，我瞧前途必會還有困碍——」是卓方的聲音。

一方到底聰明絕頂，忙接道：「我瞧媽媽還是到朱大嬸那兒暫住，一面安全些，一面我們也好快些趕路好碰上爸。」

芷青明白一方卓方的意思，但是一方的話，一字一字像針尖一般刺著他的心：「我連媽媽都無力保護麼？……」

母親許氏自然也隱約感到事態的不尋常，雖然她迫切地希望親自碰上岳多謙，但是她也知道如此只有「欲速則不達」——於是她決定接受一方的建議了。

她默默在心中爲丈夫祈禱，然後轉過臉來，用詢問的眼神望著她的長子——岳多謙臨走時曾說過芷青要作主一切的。

芷青痛苦地望了望媽媽，點了兩下頭。

黑沉的天，岳家三兄弟施展了十成輕功，他們的身形輕得像三張枯葉，但是三人的心，沉重得像三千斤的鉛塊！

天上沒有月，但是稀疏的幾顆星兒散佈在雲中，風兒也懶散的搖動著樹尖。芷青和一方等人一語不發，狂馳在山道中。

「刷」一聲，驀然發起在左邊，雖然是很輕微的一下，但岳家的三兄弟已清楚的覺察到。三人幾乎是同一時間立下身來，六道目光一瞥，只見左邊山坡處一道人影一閃而沒，芷青還來不及阻止兩個兄弟，一方和卓方已如一支箭般追了下去。

芷青沒奈何的搖搖頭，望著已將不見蹤跡的兄弟，緩緩走上前去。

一方和卓方兩人身形有如閃電，瞧清那人影乃是向左方轉去，是以立時跟隨著轉上前去。一方一轉過，陡然間勁風襲體，兩人同時猛提口真氣，挫下身來，定目一望，只見迎面站著的是一個蒙面的人，正是那晚所見的。

一方登時緊張起來，雙拳緊握，緊抿著嘴，卓方也顫聲的道：「你——你是劍神胡笠嗎？」

此話一出，兩兄弟都萬分緊張的等待他的回答，那人怔了一怔，好半晌才道：「胡笠？哈哈！你們瞧胡笠可能會有我這等功夫麼？」

一方和卓方登時如掙脫了千斤巨壓，長長噓了一口氣，雖覺這人口氣太大，但也不生討厭之態。

蒙面人忽然聲音放低，沉聲道：「你們……你們算起來還該是……」

言至此，猛可一頓。

一方、卓方異口同聲叫道：「什麼？你說什麼？」

那蒙面者一笑止口，但是沒有人看出在那面幕後，他正是一個古怪的表情。

半晌，那蒙面人啞聲道：「咱們且不談關係，我問你們可是姓岳？」

一方惑然望他一眼，卓方突然插口道：「你——咱們可曾相遇過？」

蒙面者雙目一凝，卓方從他那精亮的目光中，找回了記憶，脫口道：「咱們在少林寺中碰上過！」

一方陡然醒悟，蒙面者卻爲之默然。

卓方伶俐的又道：「他和少林寺老方丈糾纏不清，又和大哥對了一掌，二哥，咱們可不能放過他！」

蒙面者冷冷的一哼道：「小娃子的記性倒不錯，是啦，咱們對過面——」

卓方毫不客氣的又道：「不，不曾對過面，因爲那次你也是以巾覆面的。」

蒙面者頷首道：「那麼你們可是姓岳？」

在少林寺中他雖已測出芷青的功夫是岳家嫡傳，敢情他尚不能完全肯定如此。

一方輕輕點頭，但未說什麼，於是周遭立刻一片沉靜。

「嚓」，輕微的連一方、卓方都一無所知，但蒙面者卻已聽得一清二楚。

他心中暗嘿一聲，雙目如電般掃向左邊一眼，目光移動處，左方轉道處走出一個青年來，一方、卓方瞧去，黑暗中仍清楚辨得，正是芷青大哥。

蒙面者心中一沉，暗暗付道：「上次和這小子對過一掌，這小子的功力確很深厚，但卻不料輕功如此高強，剛才那一點微響分明是他踏花而行，那麼他的造詣決不在我之下了！」

一念方興，輕敵之心大減，但他卻忽略了另一點，在這周遭中，只有一人在隱伏著，而這一點聲響，也正是他隱行時所發出的，不問可知，他的輕功造詣是何等高強了。

蒙面者望了望三人，心中陡然當機立斷，反身負手緩緩行去。

一方咦了一聲，喚道：「怎麼啦？」

蒙面者回頭一瞧，雙目翻向天空，不屑的哼了一聲。

一方怒火上升，但到底忍耐下去，耳邊卻傳來芷青穩定的聲音：「卓方，是你開罪了這位高人？」

他和此人曾對過一掌，是以印象稍深，一眼便識了出來。

卓方尚未答話，那人陡然一聲輕笑，冷冷道：「好說，但是此刻自身難保，令旗——」

「令旗」兩字出口，芷青陡然混身一震，一方、卓方皆一掠而前，大叱道：「你說什麼——」

那人掠後數丈，低聲一字一語道：「我說——鐵騎令！」

一方、卓方的吼聲幾乎和「令」字一起併發而出，呼的一聲，那人反身縱去。

一方、卓方身形有若閃電，急跟而前，留下芷青卻是心神茫茫。

芷青自發現鐵騎令的蹤跡以來，心急如焚，但此刻有人又提到令旗時，他卻呆若木雞，這也許是微妙的心理作用，但一瞬間，他也一頓身形，急追而去。

他身形方自奔去，樹葉叢中一陣輕動，走出一個清癯的老者來，搖了搖頭，越樹飛起，跟蹤而去。

且說一方、卓方兩人跟蹤而去，那蒙面者身形輕快已至，縱縱點點，眨眼間便去了十餘丈。

但一方、卓方兩人也不算慢，他們聽到了有關鐵騎令的話後，簡直有若瘋狂，身法施展到極限，一掠也自距那蒙面者不遠。

蒙面者似是成竹在胸，理也不理，陡然間向左一轉，一方和卓方這才看明敢情左方是一條小甬道。

他倆毫不猶豫，一掠而過，才轉過小道，一棟不算太大的磚屋出現在目前。

而那蒙面者一閃便進入石屋不再出現。

兩兄弟身形絲毫不帶遲滯，刷地一聲急奔而至，到那屋前不及兩丈時，不約而同吐口氣，身形一挫，立下身形來。

略一打量，但見石門虛掩，門中黑忽忽的，兩人打個招呼，一左一右包抄過去。

他們此時心裡一心一意在鐵騎令上，哪還顧得那蒙面者的功夫高強，而且此時敵暗我明，情勢是極端不利的。

但兄弟兩人都是同一樣心理，哪怕那蒙面者功夫再高一些，他們也立定心意去闖一闖。

那瓦屋建築的好生奇異，他們兩人一分開，各自遇到極端奇異之事。

一方向左方繞去，但見出現在目前的儘是一色一樣的石牆，連窗戶都沒有一個。

他此時內力已甚爲精純，黑暗中仍視之清明，瞥見三進之後有一處牆上開有窗口，當機立斷，立刻掠去。

陡然他想起一事，暗暗忖道：「不對！這般闖去，敵暗我明，非得遭暗算不可！」

是以身形一長，竄上屋頂。

呼一聲，黑暗中，一方身形一展，輕飄的在房頂上滑過。

來到那石窗前，一方解下外衫，陡然間振腕一展，呼的一聲，長衫蕩起，灌滿內力，罩住窗口。

經過窗口時一瞥，其中黑忽空洞，分明並沒有人，於是大膽一躍而入。

「嘶」一聲，一方身形尚在半間，陡然左方一陣刺耳尖聲，一方大吃一驚，百忙中顧不得勉強凝足真力，反手掃出一掌。

「呼」，掌風雄勁的推出，「砰」的打在石牆上，一方身形才一落地，霍地一個反身，卻見左方並無動靜。

一方驚咦一聲，閃眼再是一瞥，卻見那藉以進入的唯一窗戶已然閉合。

一方心中一沉，雖則他本意便是進入屋中大鬧一番的，退路的有無並不關怎麼重要，但下意識中漸漸感到這石屋的奇妙，心情不由沉重起來。

一方暗暗凝足真氣，不再敢大意，他的心，益發加速的跳動著，於是——

且說卓方和一方打個招呼向右面掠去，先頭的遭遇和一方幾乎是一模一樣的。

直奔了約莫半盞茶時間，卓方陡然醒悟，暗暗忖道：「這石屋打外表看來，並不十分龐大，怎麼在其中如此奔馳仍是無窮無盡，難道是什麼陣法不成？」

一念方興，立刻停下身來，仔細打量打量周遭的形勢。

卻見石屋分明一直連綿下去，且有逐漸向左傾轉的模樣，心中一凜，放慢足步，沿著石屋走去。

他為人心細，每走數步，都用手去摸摸那石壁，觸手一片清涼，但他旨在入內，只不過用心檢查那石壁的暗門而已。

又走了足足一盞茶的工夫，仍是不見首尾，卓方心頭火起，手中內力一加，砰的按在石壁上。

卻聞軋軋一聲，石壁居然開了一道縫口。

卓方年紀到底尚幼，毫不考慮便邁步直進。

黑暗中但見石屋中空洞無人，正一移足，石門卻又閉合起來。

他暗中哼一聲，腳下加勁，在黑暗中運用目力，分辨出通道，急急前進。

走了約莫半盞茶時分，卓方雙目已然習慣於黑暗中行動，是以速度逐漸加快，但來回走動卻始終走不出門戶，卓方也不由漸漸緊張起來。

驀然，他似乎隱隱聽到一聲悶吼之聲來自左方，卓方不由大急，心知可能是一方已遇敵人，但苦於脫身不得，無法趕去相援。

急切間，身形在斗室中愈行愈快，簡直是一團人影在室中飛舞，蕩起呼呼風響。

好在那邊搏鬥喝叱之聲不再傳來，卓方又漸漸懷疑這是怎麼回事。

猛可他來到左邊石壁轉角處，無意中瞥見壁有一處高高突出，似是把手模樣，卓方暗叫一聲僥倖，伸手把住，觸手之下，乃是一片冰涼，感覺得出，正是一個石製的把柄。

他輕吸一口真氣，猛力一拔，「喀」一聲，果然石壁緩緩移開，卓方不待它移遠，一跺足，飛出斗室，直望方才發聲處奔去。

一踏出石屋，但覺星光點點，原來已是屋外，卓方認定方向，循一列石牆而行。

驀然三丈開外處一聲暴響，喀一聲，石牆一震，卓方暗吸一口氣，挫下身來，卻不見再有動靜。

但瞧方才那一震聲，分明是有人在石屋中想用力攻開石門。

卓方一怔，想到一方，暗忖道：「不要是一方在石屋中——」

一念及此，忍不住大吼一聲，雙掌一震，結結實實打在石門之上。

「砰」一響，石壁吃這一掌，也不禁微微動搖。

但見手起掌落，石壁竟被震出一個開口來，想是石窗的暗卡是在窗外，卓方一擊中的，而室內的人卻不能輕易脫身。

卓方一掌發出，機警的一錯步，果然呼的一聲，石屋中竄出一人來，那人身法好生快速，一出窗，雙掌已自護身，猛可瞥見有人在側，在半空大喝一聲，一掌拍來。

卓方吃了一驚，好在早有準備，左掌一凝，右拳當胸疾然推出。但聞砰一聲，卓方忍不住退後一步，而那人也在空中翻了一個跟斗。

這一交手之間，那人在空中真力不勻，卓方趕緊一聳步，沉聲道：「誰！」

這一聲才出口，那在空中的人已大聲叫道：「三弟，是你！」

卓方一驚，脫口道：「二哥，沒事吧！」

那人果然是岳一方，一個跟斗落下地來，開口道：「好險！不過倒沒有真遇上強敵——」

卓方忍不住搶口道：「二哥，這石屋好生神秘奇異——」

一方唔了一聲，正想開口問卓方，驀然身後風聲颯然，一方此時可是草木皆兵，早已布滿全身的真力勃然而發，大吼一聲，反手打出一掌。

同時間裡，對面卓方也發現敵蹤，他此時哪還有一絲輕視之心，真氣一凝，雙手疾推，十成力道已然發出。

這一下兩兄弟合力一擊，但聞掌力如山，風聲呼呼作響，聲勢也自驚人。

果然來襲之人也似一驚，急切間全力站定身形，努力運足真力，一掌架去。

三股力道一觸之下，但覺氣流疾然散開，灰沙呼的四下飛揚，一方卓方但覺有若千斤之力反擊而來，連忙各自退後三步方自化開。

兩兄弟不由爲之駭然，各人心中都不由暗暗忖道：「此人的功力絕不在爸爸之下。」

灰沙飛揚處，一方和卓方兩人被這突來的強敵驚得怔在一邊，其實他們不知道對方何嘗不是吃驚萬分哩！

黑暗中，一方沉不住氣問道：「誰！」

灰沙四下飛揚，回答他的是一片寂然。

一方一怔，雙掌微微一掃，掌風登時將飛散的灰沙颳到一邊，雙目一瞧，果然不出所料，正是那蒙面的怪人。

他們兩人雖知在此石屋中非此人莫屬，但不到見面之前，仍不敢相信此人功力竟是此等深厚。

黑暗中，蒙面人森然而立。

卓方接口道：「是你！」

蒙面人微一頷首，此刻他心中百念交集，隱藏已久的雄心已被這一對掌之下引起，猛可吸一口氣，緩緩開口一字一語道：「我知道，你們是岳鐵馬的後代！」

一方點點頭。

那人又道：「你們可知道我是誰？」

一方卓方齊搖首道：「不知！」

蒙面人心中有如波濤起伏，雄心大振，半晌沒有出聲。

卓方心中不耐，沉聲道：「你不說也就罷了，二哥，咱們走！」

說著便拉起一方的手，反身便行。

那蒙面人直若不見，等他們走出兩三丈後才冷冷道：「你們能走得出去麼？」

一方反身道：「什麼？」

蒙面人仰天冷冷道：「這石屋周圍半里，我布下奇門陣法，你們出得去麼？」

一方和卓方一想方才在石屋中的遭遇，不由爲之默然，只因那佈置確是變幻無方，自忖不得出陣，是以兩人都反過身來，停著不走。

那蒙面人仰首向天，仍在考慮一件重大之事，半晌才頷首道：「這麼辦，你們兩人再接一掌，勝了我就告訴你們我的名號，負則勞駕兩位在陋室中多盤桓幾日！」

一方卓方大怒，但那蒙面人早知兩人定會發怒，是以話方出口，一掌已自打出。

一方卓方來不及咒罵，掌力已及身前，逼不得已，只好同時吐氣開聲，全力一掌封去。

「轟」一聲，風雲爲之變色，一方卓方忍不住便向後退，兩人努力腳下用力，勉強支持不退，哪知蒙面人輕聲一笑，剎時掌力全收，一方卓方但覺手中一空，重心失據，不向後退，反前跨了兩步才停下身來。

蒙面人一語不發，一方卓方心中慚愧的緊，心想技不如人，只好聽其擺佈了。

半晌，蒙面人忽然反身行去。

一方卓方怔在一邊，不知所措，蒙面人走出兩步，驀然又轉過身來，生像忍不住的模樣，緩緩的對一方和卓方道：「你們不必難過，因為我——」

他故意頓一頓，卓方忍不住道：「你是何人？」

他驀然聲音一變，緩緩道：「老夫名號早已遺忘多時，只是早年自號劍客，上青下蝠！」

一方卓方陡然一震，齊齊呼道：「青蝠劍客？」

十八　氣壯山河

「青蝠劍客」！

一方卓方同時心中一陣狂跳，一方忍不住向前跨了一步，顫聲道：「好啊，原來你就是青蝠……你就是青蝠……」

他雙手微鉤，瞪著青蝠劍客，一步一步向前走近，范叔叔的遺容在一方激動的淚珠中閃動，他每走一步，地上都陷下一個腳印——

卓方驀然大喝一聲：「且慢！」

一方聞聲止住了前進，卓方一字一字地道：「你到底是不是劍神胡笠？」

青蝠劍客大袖一拂，傲然道：「胡笠麼?他可不是我的對手！」

一方卓方心中都暗叫道：「原來青蝠和劍神是兩個人——那麼，既然范叔叔手中那顆明珠上有爸爸岳家三環的印痕，范叔叔定是被這人害的了——那麼，那麼……」

他們不敢想下去，因爲若是如此，岳多謙去尋胡笠挑戰，壓根就弄錯人了！

卓方一方面希望這是真的，但是又害怕這是事實，於是他的聲音也顫抖了：「范叔叔——

我是說散手神拳范立亭可是死在閣下手中？」

青蝠劍客卻狂笑道：「范立亭的確是條好漢！」

卓方喝沉道：「那麼你承認了？」

青蝠劍客冷笑道：「那也未必，我那一掌雖然不輕，但姓范可也不是好惹的，他盡挨得起，絕對死不了……」

一方大喝道：「你……你還要裝傻，范叔叔……死得好慘……」

「什麼？」

青蝠劍客睜大了眼睛，氣急敗壞的一把抓住一方脈門，厲聲道：「什麼？你說什麼？」

他這一抓好生飄忽，一方明明見他抓來，竟自無法躲避，當下怒聲道：「有種的別裝糊塗！」

青蝠似乎激動萬分，轉首向卓方問道：「范立亭死了？」

卓方心中一慘，吸了一口氣道：「死了！」

青蝠劍客眼中射出一種難以形容的光芒，他的嘴唇在蒙巾後面蠕動，那聲音只有他自己聽得見！

「死了……死了，唉，天下高手又少了一個……」

忽然之間，他像是想起了什麼，當下眼中怒光暴射，猛一頓足，喃喃怒罵道：「是啦，是啦，定是那個不要臉的狗廝鳥，趁著范立亭受我一掌之傷而趁火打劫，否則，嘿嘿，普天之下有幾個人能傷得了他？唉，范立亭，那天我叫你服下我獨門傷藥再走，你卻冷笑置之，唉……」

說到這裡，他竟像一個多年老友逝去了一般，眼角中淚光閃閃，但見他切齒仰呼：「姓范的，你放心啦，我青蝠若是不把害你的人碎屍萬斷，就是辜負了你我大戰一場的緣份——」

好人總是不寂寞的，范立亭也可算得雖死猶生了。

然而，這一切都太遲了，致散手神拳范立亭於死地的十三個兇手，人們再也見不著了，散手神拳早就替自己了斷妥當，謝家墓場上「綠林十三奇之塚」的木牌就是最好的答覆！

卓方強抑住驚奇和悲痛的情緒，他心中盤算著：「看來范叔叔著實是和青蝠劍客動過手，不過照這青蝠劍客的話看來，范叔叔雖受了他一掌，但絕不致死，那麼……」

驀然之間，青蝠劍客似乎感覺到自己流露得太多了，只見他雙目一翻之間，又恢復了冷冷的神色，猛一伸手，又抓向卓方脈門——

卓方不料他這時發動，但他有一方前車之鑒，知道閃避萬萬不及，連忙一掌當胸攻出，要想以攻爲守，青蝠劍客單掌在空中極其曼妙地打了一個圈子，中食兩指所向，仍是卓方脈門要穴，卓力輕叱一聲雙掌一翻，電閃向外翻出，急切之間施出「秋月拳法」中「女媧補天」的絕招。

但聞青蝠劍客冷哼一聲，掌臂也不知怎的一晃，已自扣住卓方脈門。卓方半身一麻，「女媧補天」的威力終究沒有發出。

青蝠劍客憑著怪招先發制人，霎時制住了兩人，他托兩人往石屋中一推，順手把尺厚的重門關上，冷冷道：「老夫沒有功夫和你們瞎纏，爲了免得你們跟蹤老夫，就請二位暫時休息一下，晚上我回來時自會放開你等，嘿──」

嘿聲才完，身形已自飛出十丈，霎時不見蹤影，一方卓方都被點中啞穴和軟麻穴，二人內力雖然精純，但對青蝠劍客所點穴道竟然無法自解，不禁又羞又怒──

正在此時，「嚓」一聲輕響，屋外一個人從空而降，身法美妙已極，正是芷青。

一方卓方從門縫中瞧見，苦於無法開口，芷青左右張望一下，輕聲向四周叫道：「一方，卓方──」

他沒有聽到回聲，剛一轉身，猛見身後站了一個人，陰森森地如同鬼魅，不由大吃一驚，當堂退了二步。

只見那人黑巾蒙面，依稀似是先前所見之人，當下提氣道：「閣下是誰？」

那人啞著聲音道：「老夫青蝠劍客！」

芷青驚呼一聲，向後一錯，雙掌左揚右立，凝視待動。

屋內一方卓方看得清楚，這人如鬼魅一般無聲無息地就到了芷青身後，輕功之高，實是令人駭然，而且瞧他身材口音，分明不是青蝠劍客，爲什麼竟要自稱是青蝠？

芷青一如方才一方和卓方，顫聲怒道：「散手神拳可是你下的手？」

那人卻冷笑反問：「你兩位寶貝弟弟的性命想不想要？」

芷青一聽，如雷轟頂，但轉眼一想，暗道：「莫要讓他唬了。」

當下轉身大吼：「一方——卓方——你們在哪裡？」

屋內兩人乾著急，絲毫無法。

芷青每喊一聲不見答覆，他的心就向下沉了一分，最後他近乎絕望地怒吼道：「虧你……你也是武林前輩，竟然如此無恥，綁架兩個後輩爲脅……」

那「青蝠劍客」冷然道：「我只問你，你要那兩位寶貝弟弟死還是活？」

芷青不答，提氣大叫：「一方——卓方——你們在哪裡？」

他的內功深厚已極，呼聲就如有形之物，一直凝而不散地傳出老遠，震得周圍樹枝簌然。

一方和卓方何等聰明，聽那蒙面人的口氣已是恍然大悟，都暗道：「這人必是瞧見方才青蝠制服我倆一幕，就冒充青蝠劍客嚇唬要脅大哥，事後一切帳都算在青蝠身上，這人的奸計也未免太毒辣了……」

芷青每叫一聲，兩人拚了全身之力也發不出一點聲音，霎時急得滿頭是汗。

芷青的額上也冒滿了冷汗，他心慌之下再也想不出什麼應付之法，待要上去一拚，又怕莽撞壞事，只見他一雙鐵拳握得骨節暴響，雙目直要噴火！

「青蝠劍客」突然厲聲道：「你若要你兩個弟弟是活的，就乖乖替我做一樁事。」

芷青宛如未聞，只提起丹田之氣一聲又一聲地高呼一方卓方，他情急之下根本忘了在附近搜索一下，可憐一方和卓方不過關在十丈外的石屋中！

「一方——卓方——」

宏亮的聲音中夾著無限焦急和悲憤，在寂靜的空間蕩漾……

然而，應聲渺無。

芷青也是聰明絕頂之人，他不用想也知道這「青蝠劍客」要他做的事必為一樁壞事，他是寧死也不能答應的。

但是一方和卓方豈不完了？

那「青蝠劍客」見芷青忽然沉吟，當下大聲道：「你那兩位兄弟被我下了百年厲毒，半盞茶內你若不答應，可就得受盡苦楚而死，那時我也解救不了啊，嘿嘿……」

芷青一時被弄昏了神智，什麼都想不到，只能想到「答應」和「不答應」這兩件事，他咬緊著嘴唇，嘴唇都出血了，殷紅的，緩緩順著嘴角流下來……

這時候，他忽然想到了爸爸，於是他的臉上漸漸現出凜然的神色，他默默低呼：「一方，卓方，你們放心死吧，大哥替你們報了仇，立刻就來尋你……」

然而就在這霎時間，他的眼前浮起了弟弟們的臉孔，那是一方，不，一會兒又變成了卓方，不，一會兒又變成了君青……

他像發狂似地大喝道：「好吧，你說是什麼事？」

一方和卓方一聽到這話，暗道：「完了，完了——」

「青蝠劍客」冷笑道：「此去西南數里，是大宋軍營主帥所在——」

芷青奇道：「宋軍軍營？」

「青蝠」點首道：「你去替我取一個人的性命——」

一方和卓方聽得相對駭然，他們拚力提氣，但那被制的穴道卻是無法衝破。

但聞芷青的聲音，冷得像冰一樣：「取什麼人的性命？」

「青蝠」厲聲道：「入夜你就去，我自會先解你兄弟之毒，天明你若沒有取得那人的首級，你就不必來找我啦——」

芷青似乎變了一個人，聲音依然冰冷如故：「我問你，要取什麼人的性命？」

青蝠沒有回答。

一方卓方勉強就門縫中望去，依稀看見「青蝠」在地上寫了兩個字。

他們暗道：「想是寫那欲殺者的姓名吧！」

是月明星稀的時辰。

大宋軍營外面，哨兵森嚴地巡備著，長槍頭上的尖兒在月光下閃爍出點點寒光。

「拍」，一聲輕響。

哨兵機警地往黑處一閃，一步步向發聲處摸去。

他抖了抖長槍，低喝道：「誰——口令？」

黑暗中是一片沉寂。

就在哨兵小心翼翼地尋找聲源時，營帳背後一條黑影比狸貓還要輕快地閃到另一座營帳之後。

他穿著一襲黑衣，左手抓著一把小石子，方才那「拍」的一聲敢情正是投石所發出的。

他屏息了一會，曲指一彈，一粒石子破空飛向左面，「拍」發出了一聲，他的身形卻同時飛快地倒飛而入營陣之中。

他憑著這種手法，很快地就瞞得一批批的哨兵。

眼前猛然一亮，中央一座大營中閃出明亮的燈光，他躲在一棵大樹後，悄悄側出頭來窺探了一下，燈光照在他的臉上，竟是芷青哩。

一對哨兵在寒凍中挺了挺胸膛，抖擻著走過去。芷青猛然一躍，使出獨步武林的「波瀾不驚」輕功，輕靈無比地帶著樹枝的掩護，飛上了大帳的頂上，一絲聲音也沒有發出。

他把身子貼臥在帳頂陰暗的一面，伸出手指，輕輕在皮革帳頂上一戳，立刻毫無聲息地給他弄出一個孔來。試想在這等毫不著力的韌皮上，就是利刃也未見得能輕易劃破，芷青指上的功夫是可想而知了。

他湊上眼，從孔中往下望去，只見帳中燈火明亮，幾個身著甲冑的將軍圍著一個條形長桌而坐。

正對面坐著的將軍，燈光照在他身上，芷青瞧得清切，只見他英氣畢露，虎臂熊腰，雙目中射出一種凜凜威風，正是那名滿天下的大將岳飛。

芷青屏息從小孔中偷看，只見岳飛指著桌上一張地圖，在圖上一陣比劃，朗聲道：「我欲引兵渡河，未知諸君意下如何？」

芷青見他說到「引兵渡河」四個字時，慷慨之情畢露，大有前人祖逖擊楫壯語之風，不覺心中一凜。

桌旁諸將一陣互相觀望，臉上露出爲難之色，最後左面一人嘴唇嚅嚅，欲言而止，岳飛虎目一睜道：「牛將軍有言但說不妨。」

芷青不知此人正是岳飛手下大將牛皋，他大聲道：「咱們雖然連戰皆勝，元帥引兵渡河正是恢復中興的壯舉，但是小將卻擔憂朝廷方面……」

岳飛揮手止他下文，朗笑道：「大丈夫生於亂世，但以一死報國家，如此多思繁慮，則大事不成。」

據宋史所載，岳飛進兵反攻，深為朝廷一班貪生怕死的主和之士所痛恨，岳飛並非不知，但他以為大丈夫自當馬革裹屍，效死沙場，豈能畏二三儒臣小言而懼縮不前？

諸將聽主帥作此豪語，紛紛感動，芷青在帳上聽得熱血沸騰，幾乎忘卻了此來的任務。

正在此時，忽然帳門大掀，一個軍士慌慌張張衝了進來，行禮之後，望著左右各將，遲遲不言。

岳飛道：「此處皆我心腹，但言不妨。」

那軍士似乎十分激動，半晌說不出話來，眾將不禁一陣私語，軍士咳了咳嗓子，眾將登時安靜下來，聽那軍士一字一字低沉道：「御前都統制楊再興陣亡！」

眾人驚呼中岳飛呼地站了起來，只聽得他甲冑相碰，發出鏗然一響，然後顫聲道：「你再說一遍——」

那軍士低首道：「御前都統制楊再興陣亡！」

岳飛雙目發直，右手揮了揮，那軍士行禮退出，芷青只見這威駭金國的大將陡然之間像是盡失了威風，他的臉上充滿了和常人一樣的淒愴。

帳中安靜極了，不知過了多少時候，岳飛的虎目中流下一滴眼淚——

這是英雄之淚啊！

鏗然一聲，岳飛轉動了一下身體，他閉上了雙眼。

不久，他又張開了眼，霎時芷青驚異地發現那凜凜生威的光彩又從岳飛的雙目中射出，他一把抓起桌上備飲的酒壺，「拍」的一聲擲在地上，芬馥的醇酒濺流了一地，他朗聲笑道：「直抵黃龍府，方與諸君痛飲爾！」

在這裡，他說出了這句名垂萬古的豪語！

諸將一陣靜默，驀然一齊轟然而立，振臂奮然道：「願隨元帥決戰至死！」

帳頂上的芷青激奮得幾乎無法保持屏息，岳飛降低了聲音，對牛皋道：「傳令爲我布奠軍祭楊統制。」

說罷大踏步走出營帳，諸將也隨著魚貫而出。

芷青微微仰起頭來，四面看了看，刷的一聲落了下來，辨了辨方向，跟蹤而去。

現在芷青附在另一座極大的軍營頂上，營帳中是臨時佈置的奠壇，正中掛著「故御前都統制楊再興之位」的神位。

芷青仰望了望一絲白意的東方，暗自道：「該下手了。」

下面一陣哀鼓大鳴，司儀的聲音道：「主帥致祭！」

芷青從小孔望下去，帳門啓處，岳飛一身白袍緩步走了進來，只見他的臉色肅穆，在神位前撲地拜將下去。

拜畢，岳飛默立凝視著香煙裊繞中的神位，雙目淚光閃閃，芷青暗道：「這是最好的機會，我只要一伸手……」

但是他立刻對自己道：「還是等一下吧，還……早哩——」

帳頂下岳飛呆立著，他的臉上現出悠然的神色，似乎在追憶一件久遠的往事，也似乎沉醉在如醇的友情中。

芷青只知道楊再興是岳飛手下一員勇將，卻不知也是岳飛的結義兄弟。

良久岳飛才轉過身來，他招了招手，低聲道：「爲我準備紙筆墨硯。」

一個軍士捧著文房四寶過來，岳飛鋪紙提筆，沁得濃墨，宣紙上筆走龍蛇地寫了起來。

芷青居高臨下，看得清楚，只見那字跡飛騰剛勁，端的是豪氣干雲，上聯是：

「再興吾兄千古

殤已逝故人，不愧忠臣兼孝子」

下聯是：

「念未復神州，那堪我在見君亡

岳飛敬輓」

最後一個「輓」字寫完，他把筆擲在桌子上，反身走出——

芷青明知只要他一走出帳門，要下手就困難了，但是他心中熱血奔騰，宛如置身在高山峻谷前，感到了自身的渺小，他打心底著實欽服這位精忠報國的名將。

他木然玩弄著手中的匕首，岳飛一步一步走近帳門，最後，終於掀開了簾幕——

是最後時機了。

他忽然輕歎了一聲：「唉，殺他一人如殺大宋百姓千萬，芷青啊，你豈能糊塗至斯？」

岳飛跨著沉重的步子，走出了帳幕，帶著衛隊去了。

「拍」一聲，芷青手中的匕首被他折成了兩截！

自古以來，英雄都是相惜的啊！

於是他輕輕站了起來，他用悲壯的心聲對自己說：「芷青，回去找那青蝠老賊一決死戰吧！」

呼一聲，他的身形如大鳥一般飛起。

「嘿！什麼人……」

哨兵的驚喝聲蕩漾在低沉的哀鼓中，芷青已飛快地消失在哨兵的視線裡。

天漸漸亮了，岳芷青飛快地奔著，他的熱血在沸騰，他的雙目在噴火，他捏緊了拳頭，暗啞地呼喊著：「我要和你拚命……青蝠老賊……」

他輕靈地飛落下來，對著那離奇的磚屋叫道：「青蝠劍客，姓岳的繳令來啦。」

唰一聲，蒙著面巾的青蝠劍客如鬼魅一般出現在芷青身後。

芷青迅速地轉過身來，雙目瞪著青蝠，朗聲道：「閣下命我所取之物，恕在下難以下手——」

青蝠面巾上的那一雙眼睛中射出狐疑的光芒，異聲道：「我幾時要你取什麼？……」

芷青一怔，怒道：「你竟出爾反爾……」

青蝠劍客雙目一翻，大聲道：「呵，我知道了……喂，我問你，要你去幹什麼的可是一個雙目精光特別亮的老人？」

芷青一怔，暗道：「奇了，聽這廝口氣，倒像是要脅我的並不是他哩……」

他著實記得那個「青蝠」的雙目是要比眼前這「青蝠」亮一點，而且聲音也似不對，當下訝然道：「你說的不錯——你是說那要脅我的人不是你，而是另一人冒充的麼？」

青蝠劍客翻眼不答，忽然仰天長笑，自言自語地道：「好個百步凌空，在咱們面前還要耍這種移禍江東的詭計，你也太小看我青蝠了。」

芷青茫然暗道：「百步凌空……啊，百步凌空秦允！難道——難道逼我去殺岳元帥的是秦允？」

他看了看青蝠，只見青蝠張開口仰天呆了半晌，又是哈哈長笑起來：「哈哈，好個百步凌空……」

芷青大聲道：「你是說那人是秦允麼？」

青蝠劍客收住長笑，點首道：「誰說不是？姓秦的和鬼一樣，倒踩上老夫的盤兒了，嘿，姓秦的到底要你去幹什麼事？」

芷青也正在思索，那人既是秦允，那麼他要我去刺殺岳元帥幹麼？忽聽青蝠劍客此問，暗思也許從他口中可以探出一點端倪來。

當下把經過情形簡述一遍，青蝠聽罷怔了一怔，隨即哦了一聲，道：「你知不知道秦檜？」

芷青茫然搖了搖頭，青蝠見這少年連當今天下人人髮指的大奸臣都不知道，便笑道：「那就罷了。」

芷青聽得摸不著頭腦，青蝠道：「那麼你為什麼又不下手了呢？」

芷青凜然道：「岳元帥乃是國之干城，寧教我岳芷青碎屍萬斷，豈能壞此大宋棟樑？」

青蝠劍客仰天大笑道：「好男兒，有膽識，秦允啊秦允，你奸滑一世，只道這回要過了老夫，借刀殺人之計可逞，卻不料老天偏偏不讓你如意，哈哈哈。」

芷青聽他此說，心中略起好感，青蝠已收笑道：「少年人，你可知道秦老鬼這手詭計真毒極啦，只要你殺了岳飛，天下人便只知是你岳芷青下的手，而你岳芷青卻以爲是我青蝠迫你幹的，嘿嘿，那老鬼卻在一邊笑。」

芷青不暇念他，急道：「那麼在下的兩個兄弟呢——」

青蝠劍客狂笑道：「便是你爹爹，我青蝠也不放在眼裡，豈會爲難你們小輩？那必是秦老鬼玩的花樣罷了。」

芷青怒道：「普天之下沒有人敢把家父不放在眼內！」

青蝠叱然道：「武林七奇浪得虛名，壓根兒不夠資格領袖武林！」

芷青熱血上湧，頓忘一切，衝口叫道：「那麼依閣下之意，是誰方夠資格？」

青蝠雙目一閉，不理不應。

芷青哼然道：「只怕閣下也無法舉出勝過七奇之人。」

青蝠劍客忽然雙目一睜，沉聲道：「就是區區在下！」

芷青驚極反呆，暗道：「那石室中光頭老人口口聲聲：『上天下地，唯我獨尊』，我只道是個狂絕天下的人了，哪知這青蝠竟當面自稱領袖武林，真是……」

那青蝠劍客身體微仰，喃喃而語，也不知是說給芷青聽，還是說給自己聽：「我要用劍法勝過胡笠，在掌上擊敗班焯、程暻然，用暗器打敗岳多謙，輕功超過秦允和姜慈航，然後以內力取勝艾長一，嘿嘿，天下還有誰敢不服？」

芷青聽得無以復加，一時反倒說不出話來，天下若論狂妄兩字，要以眼前這人爲最了。

青蝠劍客蒙巾上的雙眼中，閃爍著驚人的光彩，他重覆地乾笑。

「嘿嘿，天下有誰敢不服？有誰敢不服？」

芷青捏緊了拳頭，挺了挺胸膛，冷冷地道：「岳家三環的滋味如何？」

這句話令青蝠劍客笑聲頓止，額上青筋一跳——

當年鐵馬岳多謙被青蝠劍客逼著施出平生第一次用的「岳家三環」，在第三環擊中了青蝠劍客；芷青的話像是一把利刃刺進青蝠的心！

但是隨即青蝠劍客長聲冷笑道：「我說過，我要在暗器上勝過岳鐵馬！」

芷青緊接著也冷笑道：「可惜——家父的三環絕技並不是一種暗器手法！」

要知岳多謙的三環絕技實是曠古無雙的精微絕學，三環出手之後，依然控制自如，已成了一種最上乘的氣功手法，芷青此言乍聽不通，其實是絲毫不錯！

青蝠劍客聞言似乎一怔，但隨即哼了一聲道：「不管怎樣，今天咱們全讓秦允這奸廝鳥給耍了，不錯，你那兩個兄弟是我點了穴，暫時請他們在我這屋裡過一夜，我走了後可讓秦允利用上啦，他冒充老夫的模樣兒把你唬嚇一陣，要借你手去殺人，而借老夫的名和你結這根樑子，嘿嘿姓秦的，你也想得太妙了……」

芷青聽得冷汗直冒，暗道：「好險，我差點兒中計鑄成大錯。」

青蝠劍客走到石屋旁，運勁把石門拉開，上前解了一方、卓方的穴道，一方、卓方雖被點穴禁錮一夜，這時運氣之下，竟然絲毫無損，暗奇這青蝠劍客的獨門點穴法，當真是聞所未聞。

芷青見一方、卓方走出，心中說不出是什麼滋味，他昨夜一番天人交戰，這時真有相逢隔世之感，卻說不出一句話來。

青蝠劍客狂笑一聲道：「從此刻起，我誓向武林七奇挑戰，三位歸告令尊，說昔日故人青蝠劍客在一年之內必趨拜訪——」

話聲方落，也不見他蹲腿借勁，身形筆直向後拔起，一躍數丈，如飛而去。

芷青猛然想起大喝道：「屆時散手神拳的帳，家父必然一併結算。」

晨風中傳送來青蝠劍客的聲音：「我雖不殺伯仁，伯仁由我而死，要替姓范的報仇只管衝著我來！」

渾厚的聲音在山谷中迴盪不已。

芷青望了望朝陽，緊握住一方與卓方的手，輕聲道：「一方，卓方——」

一方和卓方低喊道：「大哥——」

十九　柔情似水

神秘的水底之宮，岳君青隨著鐵腳仙陸倚官從另一個山口走了出來，正在談論「正反陰陽」的絕學時，忽然樹上一個冷哼傳下——

刷一聲，跳下一個人來。君青吃了一驚，連忙一看，只見來人竟是個不滿五尺的童子。

鐵腳仙咦了一聲，那童子立刻熱絡萬分地大叫道：「喂，光腳板，咱們有幾年不見啦？」

鐵腳仙呵呵大笑道：「于不朽，你真是愈活愈年輕了。」

那童子見著鐵腳仙，似乎喜不自勝，不時手舞足蹈，樂不可支，君青見了心中好笑，但隨即一想，暗道：「是了，這貌如童子的必是那在水底與司徒宮主以嘯聲相抗的『風火哪吒』了，聽他和司徒青松稱兄道弟，至少也是幾十歲的人了，形貌卻完全與孩童無二，難道天下真有這等怪人？」

卻聽鐵腳仙笑道：「當年你們『嶗山二怪』賞我那一掌，可真差點兒要了我的老命，幸虧老天爺瞧著我這臭光腳不順眼，不肯讓我就此一命歸西，所以我才活到現在啦，嘿嘿，這筆帳總得算算的。」

那童子搖了搖大腦袋，居然愁眉苦臉地歎了一口氣，幽幽地道：「光腳板，憑良心說我那時第一眼見著你，就覺得十分順眼，偏偏別人要把我和老水鬼扯在一塊兒，說什麼『嶗山雙怪』，其實我瞧著老水怪就一肚子氣，不過為了『嶗山雙怪』的名頭，我只好和你動手啦。」

君青聽他一番解說，不禁暗暗稱奇，他隱約猜到三人之間必有一段極複雜的恩怨。

鐵腳仙雙眼翻天，淡笑道：「承你『風火哪吒』瞧得起我，那一掌衝著你于兄也就算我是白挨了，只是『嶗山雙怪』那一身絕學，我光腳板還是要領教一下的。」

「風火哪吒」尖聲道：「光腳板，我可不是怕你報仇才跟你說這些話的，說實話，我是誠心想結上你這份交情，咱們打歸打，交情歸交情——」

鐵腳仙道：「于兄美意著實可感，咱們倒是先較量完了再說。」

那童子似乎頗為喪氣，恨聲道：「媽的，光腳板你真不夠意思，我老兒低聲下氣了半天，你竟還不罷休——」

正在這時，洞口內一聲大笑傳出，接著司徒青松的聲音道：「陸兄別來無恙，我司徒青松委實雀躍不已，還有于兄也快請進來一敘。」

「風火哪吒」大叫道：「老水怪你別耍虛偽了，你怕光腳板找你晦氣，又想使什麼花槍把我一齊扯上，告訴你大可不必啦，卅年前我姓于的既然幹得出，今天姓于的自然擔得起，絕不讓你一個人挨打就是啦。」

洞內只傳來司徒青松一陣狂笑，卻沒有答話。

鐵腳仙轉首向君青道：「咱們要找個地方了結了結昔日舊事，岳公子請便吧——」

他說時連使眼色，君青知他是要自己快逃，免得司徒青松發現之後，那就麻煩了。

那「風火哪吒」一聽「岳公子」三字，問道：「什麼岳公子？」

鐵腳仙道：「岳鐵馬的公子。」

「風火哪吒」驚呼一聲，立刻向君青大叫道：「原來是岳鐵馬的兒子，哈，你老子那手暗器功夫真稱得上天下無雙，嘿嘿，那年光腳板被我和老水怪聯手傷了之後，老水怪要下毒手，忽然之間，岳鐵馬出現啦——」

這風火哪吒是個直肚腸的人，衝著君青一聊，竟然忘卻一切，直說得口沫橫飛起來。

「嘿，岳鐵馬一聲不響，只叫光腳板走就是，老水怪才想動手，岳鐵馬拾起一片樹皮飛了過來，嘿，你道怎麼？」

他也不待別人回答，立刻迫不急待地接下去：「樹皮飛到老水怪眼前，突然自動拍的一聲炸開了，這一來，老水鬼連聽都沒有聽到過這等神妙功夫，那就別說避脫了，哈哈……」

他愈說愈得意，倒像是在敘說自己的英雄事蹟一般，君青聽他說爸爸厲害，心中不禁大爲好感，暗奇道：「這風火哪吒既然這般討厭司徒青松，卻又何以要聯手打傷鐵腳仙呢？」

鐵腳仙似已不耐，當下大踏步向洞內走去，風火哪吒急道：「岳……岳娃兒，你不要走，我還沒有說完……」

說著一把抓著君青就往洞內跑，君青待要喊叫，已自不及，被他一陣風般拖進洞內。

「嘿，老天有眼，咱們三個老兄弟總算又碰頭啦——」

是司徒青松的聲音，他瞥了君青一眼，臉上毫無驚意，似乎早已知道君青逃出的事，倒是他身後的司徒姑娘瞪著一雙大眼，似嗔似怨地望著君青，令他心中大不自在。

鐵腳仙陸倚官呵呵笑道：「好個老天有眼，司徒大宮主，陸某這廂有禮了。」

風火哪吒怪叫道：「鐵腳板要尋嶗山雙怪的晦氣，我于不朽絕不袖手，不過我可不是爲著你這老水怪……」

司徒青松笑容可掬地道：「便是于兄想置身袖手，只怕別人也不答應。」

君青暗讚這司徒青松好生厲害，一句話就把于不朽和鐵腳仙扣牢了。

鐵腳仙陸倚官仰天大笑，豪氣淩人地道：「虛文盡免，在下這就動手了——」

只見他雙掌一左一右，雙攻司徒青松和風火哪吒于不朽，司徒青松一幌身之間，左手虛發三拳，右手卻連施殺手，招式之奇，見所未見。

風火哪吒于不朽身材不滿五尺，竟然捨下攻上，和鐵腳仙一觸而收。

匆匆十招過後，陸倚官大顯神威，只見他左掌圓守，右掌方攻，已自施出「正反陰陽」的絕學，霎時滿天都是他的掌風掌影。

司徒青松一面動手，一面口中不停，看來雖似輕鬆，其實手底招術一招比一招奇，拳風也一式比一式重。

風火哪吒似乎對司徒青松厭惡已極，司徒青松每說一句，他那一雙眉就皺一次。

君青忘卻逃走，只隨著場中一招一式心動不已，「定陽真經」中一些高深的拳理一一流過心中，頓時大收融匯貫通之益——

驀然，鐵腳仙陸倚官沉哼一聲，右腿光腳飛起，左腳卻在地面一挫，霎時異聲大作，他那自創奇絕武林的鐵腳猛然掃出！

司徒青松長嘯一聲，宛如怒水長流，向後硬生生拔退兩步，而風火哪吒一聲長嘯則如裂焰騰空，也是上攻下退，避開此招。

陸倚官運氣如飛，陰陽相輔之下，威力暴增，只見他光腳連飛，布鞋橫挫，勢如猛虎出匣，威不可擋。

司徒青松硬接一招後，大叫道：「好鐵腳仙，此招威力較當年增進三倍有餘！」

陸倚官卻是大驚不已，他這一招硬碰，滿心為司徒青松必將不敵，哪知對方竟硬接硬攔，毫不在乎，他不禁暗急道：「看來司徒老怪功力也猛飛突進，今日之事，只怕凶多吉少……」

鐵腳仙一怒之下，更是著實貫足全力，司徒青松和于不朽也是怪嘯連起，運足內力。這兩人一水一火，相濟之下另有一番威力。

漸漸陸倚官感到體力不濟，招式也逐漸慢了下來，幸而那于不朽似乎心存偏見，狠毒招式盡收不用，於是陸倚官開始左守右攻，對準司徒青松連施殺手。

司徒青松何等聰明，立刻邊戰邊以言辭激那風火哪吒，望他快出全力，哪知風火哪吒每聽他激一句，肩頭一皺，手下反更放鬆一分，司徒青松激了幾句，眼見更不像話了，當下大怒道：「姓于的你看牆上！」

君青隨聲一望，只見牆上掛著一幅對聯是：

「大丈夫一諾千金，死則死耳，何懼之有？」

下聯是：

「李將軍單箭雙雕，敗誠敗矣，豈妄論無？」

字跡筆走龍蛇，想是司徒青松親筆，司徒青松指著上聯，乃是激于不朽之意，哪知于不朽一見字跡突然暴吼一聲：「原來是你！」

反手就是一掌，直打向司徒青松，司徒青松雖然對于不朽的「放水」大感不滿，但是做夢也料不到他會來這一手，當下再也躲不開，砰一聲被打個結結實實——

事出太過突然，所有的人都驚得目瞪口呆，司徒丹驚喊一聲，撲上去哭道：「爹……你……」

司徒青松推開女兒，搖幌著身形，蹌然倒退了三步，指著風火哪吒道：「好……你……」

「哇」一聲，鮮血從口中噴出，司徒丹一急大叫，司徒青松掙扎著挺直了身軀，努力試著調勻呼吸，沉重而急促的喘息聲在死一般的空氣中起落。

好半天他才吸滿一口氣，他的臉上蒼白中泛出一種異樣的神色，他斜仰起頭，望著牆上，一字一字艱澀地吟道：「……敗誠敗矣，豈妄論無？」

驀然，他奮力向後一縱，身形如箭一般倒穿出洞口，雖然踉蹌，但卻迅速無比地飛奔而去

——

眾人驚得呆了一呆，司徒丹一聲哭喊衝將出去時，司徒青松已跑得只剩下一點黑影，霎時消失無蹤。

司徒丹只覺萬雷轟頂，腳上如同拖上千斤巨鍊，再也走不動一步，腦海中只是一片空白，也不知過了多久，鐵腳仙和風火哪吒的離去她也不知道，師兄祁若寒在糾集部眾料理善後的聲響她也不知道，她只感到自己漸漸軟弱，軟弱……終於雙腳一抖，癱軟下去……

但是，她並沒有跌倒在地上，她跌在君青的懷裡。

君青抱著暈迷過去的司徒丹，心中倒一陣迷糊，他大踏步走上一塊高石，冷風吹拂過來，他要讓腦筋清醒一下。

他彎腰拾起一把銹舊的長劍，望了望懷中的佳人，耳邊忽然傳來祁若寒率領部眾出洞的聲響，也不知他們是去追尋主人還是來追捕自己，一個念頭閃過他的腦海：「走！」

夕陽西墜，天邊晚霞輝麗，山林景物淡淡地閃著金色光芒。

涼風襲襲，從前面那條小道，遠遠地出現一對少年男女，並肩疲乏的拖著沉重腳步，向這林子走來，金光灑在他們身上，真像一雙金人兒。

這對少年，正是岳君青和司徒丹兩人。

司徒丹忽然停下來理了理吹散的秀髮，呶呶小嘴示意岳君青休息一會，君青似乎心不在焉，只是望著西邊將落到山後的太陽發呆。

司徒丹無奈，只有一個人坐在路旁大石上喘息。

晚風又吹亂了她剛理好的秀髮，於是她的心也被吹亂了，她不由自主的又惦念著生死未卜的爹爹，自從她有知覺以來，就沒有見過爹爹快活過。

「爹爹是一個熱情的人，這是我知道的，好幾次我裝著睡著了，爹爹偷偷跑到床邊來用手溫柔的撫摸我的臉，親我臉頰，那時候，我想他心中定然充滿了慈愛，可是他為什麼要把感情埋在那終日冷森森的面孔內呢？」

司徒丹手撐著頰，心中不解的想著，偷眼一瞧岳君青，只見他臨風而立，不但長得白皙俊秀，更有一種書卷氣息，高度的智慧，從他眼神流露出來，司徒丹心中充滿了愛戀，而且也充滿了敬意，她自己一向自負的美麗，嬌生慣養的脾氣，在身旁這個少年面前，都顯得微不足道了。

這正是千千萬萬初戀男女的心情，在相愛人兒的面前，一切的矜持，一切的做作都是多餘的了。

岳君青此時心情也很紊亂，他一方面爲爹爹鐵馬岳多謙和劍神決鬥的勝負擔憂，一方面，又想到媽媽和哥哥們爲自己失蹤，不知是多麼焦急啊！

媽媽慈祥的笑臉，似乎又從眼前露出，媽媽溫柔的手似乎又按在他肩上，君青想到終南山下，那茅屋、那小溪，不知怎的，眼淚幾乎奪眶而出。他強抑著，心中不停的叫道：「君青，你已是一個大人了，至少要像大哥那樣可以獨當一面的大人了，千萬不能再流淚啦！」

他忽然看到手指上的傷痕，那是他爲護衛母親而被天豹幫砍傷的，一刻之間，君青豪氣陡增，想起當時自己對於武功一竅不通，猶能挺身而出，保護母親脫險，現在雖然不見得高明，可是那幾招劍式可真管用，他下意識摸摸身後的銹劍，笑意慢慢現出，他心裡說：「我還有劍哩，這就趕快先尋爹爹去。」

他看了看坐在石上的司徒丹，便催促她道：「快走啊，否則天黑了，還走不到宿頭，又得在山洞中歇啦！」

司徒丹笑道：「宿在野外也不打緊，岳哥哥我累得緊，再休息一會好嗎？」

溫柔輕快的語聲在君青耳畔飄蕩，君青只覺得一陣異樣的感覺，心裡受用的緊，他一向臉嫩，當下不好意思拒絕，只得訕訕湊近坐下。

司徒丹知他心中有點不願，便笑道：「岳哥哥，你別生氣，你看那邊多好看，我們一邊談天，一邊欣賞落日，等休息好了再趕路，我擔保明天一定能夠趕到陝西去，岳哥哥，明天我們不吃中飯，連趕四五個時辰，還怕走不了二百多里路嗎？」

岳君青聽她喊得親熱，感到很是不好意思，臉一紅，也不說什麼，心內卻道：「瞧你滿口花言巧語，明天嚷著累喲要休息喲，一定又是你呀！」

司徒丹忽道：「你剛才站在那裡，呆呆的想些什麼呀？」

君青答道：「我在想爹爹會不會打勝劍神胡笠？」

司徒丹道：「岳老伯伯從前威名大得緊，我爹爹的功夫你是見過的了，聽說早年就敗在岳老伯伯手下。我想一定沒有問題的。」

君青道：「難怪你爹爹要捉我，那劍神胡笠威震關中垂四十載，手底下定然有真才實學，所以我才會擔憂。啊！對了，告訴你，我爹爹一點也不老。」

司徒丹聽他正在擔憂父親安危，居然還有心思辯論父親老不老，真是孩子氣得緊，當下笑道：「是喲，對不住，對不住，是我說錯。」

君青道：「爹爹走起路來比誰都快，而且非常輕鬆，連大哥那樣高手，也還差得遠哩！」

司徒丹問道：「你大哥武功比你高麼？」

君青道：「豈止比我高，我瞧江湖上能和大哥芷青並駕齊驅的，除了老一輩武林七奇外，只怕少有對手，像你我這種身手，十個，八個他也不會放在眼內，就是你……就是你爹……」

他說到此，忽然想到自己已經十七歲了，還這樣幼稚地向一個女孩吹自己父親和兄長，如何如何了不起，真是十分羞愧的事，便住口不說了。

司徒丹漫口答道：「喲，真厲害，你大哥本事真的這麼高嗎？」

君青見她心不在焉，心中更是羞愧，甚至有點惱羞成怒了，司徒丹忽然一長身，向前竄去，口中叫道：「岳哥哥，快向右邊趕，咱們來捉那頭狸貓。」

岳君青恍然大悟，原來她早就在注視林裡的小獸，是以沒有注意自己說話。他當下立刻依言向右縱去，只見一隻遍體黑色，毛如蜀緞的小小狸貓，正忙著在樹上逃亡，君青看得好玩心裡一樂，解下頭巾，便欲縱身上去捕捉。

正在這時，司徒丹氣急敗壞的從左邊跑過來，原來她以爲追丟了，看到岳君青正屏住氣息，躍躍欲試，便也連忙放輕腳步，站在後方。

岳君青瞧得仔細，一縱身直拔起來，輕飄飄的落在狸貓近處，伸手便想用頭巾去罩，那狸貓十分乖巧，作勢向右一竄，君青連忙張開頭巾，哪知那狸貓是虛招，向左邊樹上跑去。

君青童心大起，緊追不捨，呼呼呼從一棵樹追至另一棵樹，不一會已到林中央，司徒丹也興致勃勃的在地下跟著跑。

那黑狸逃了半天，力量漸漸消耗盡，睜著一對求憐的眼光，不停地看看君青，又看看司徒丹，司徒丹柔聲道：「黑狸，黑狸，我們不會害你的，你別再逃了，乖乖的跟我們走吧。」

君青乘她說話之際，突然縱向黑狸停身之處，人尚未到，頭巾已把四周罩住，這招正是「糺縵縵兮」脫化而出，其勢有如絮雲突合，天色頓暗，那黑狸如何逃得開，司徒丹歡叫一聲，也縱上樹來，口中連道：「岳哥哥，快給我。」

君青微微一笑，打開頭巾抓住黑狸的頸皮對司徒丹道：「司徒姑娘，要抓這兒牠才逃不掉。」

司徒丹聽他姑娘姑娘的喊得生分，心中不樂，但她實在愛黑狸可愛的模樣，便不計較那麼多，照著君青的話，抓住黑狸的頸皮，抱在懷中。

那黑狸知道逃不掉，便很馴服的躺在司徒丹懷中，司徒丹大喜道：「岳哥哥，你真是內行，你瞧抓住牠這兒，牠一動也不動哩！」

君青道：「我媽媽養了一頭大花貓，名叫阿花，比這黑狸還要大些，我從小就和牠一塊玩，自然知道如何抓牠了。」

司徒丹道：「我們就把牠帶著趕路可好？」

君青心想這也沒什麼不好，忽然想到一事，便笑問道：「你不是說累了嗎，怎麼剛才跑得那樣快，簡直比狸貓還快一點。」
司徒丹很不好意思，低著頭摸著黑狸遮羞，君青十分得意，暗忖：「這樣你總再沒有藉口停著不走了吧，只要找著爹爹，天下還有什麼不能解決的事嗎？」
司徒丹羞愧地道：「好啦，咱們走吧！」
君青見她很是羞澀澀的，心中突然有點不忍，便笑道：「很快就可趕到吳家集了。」
忽然一個陰森森的聲音道：「照哇，山不轉路轉，岳公子咱們又相逢了。」
君青聽那聲音好生熟悉，驀的想起一人，拉著司徒丹往後便跑，忽然眼前一亮，臉上冷森森的，君青一止步，只見前面站著一個老者，正是天豹幫高手大方劍客吳宗周。
君青往後一看，身旁不遠之處，也立著兩個漢子，一個是天豹幫幫主白公哲，另一個是和大哥芷青交過手的高手百手仙翁雷昌年。
君青暗暗叫苦，心忖如果自己一個人打不過還可以乘機逃掉，目下這司徒姑娘輕身功夫差得遠，再怎麼樣也脫不了今日之圍，他想了幾條計策都行不通，最後心一橫，正待挺身而戰，那大方劍客吳宗周似已不耐，冷冷說道：「姓岳的小子，你怕了是不？快快將頸上那顆白蓮子乖乖獻上，咱們天豹幫看在岳鐵馬面上，也不來和你這晚輩計較。」
君青一看司徒丹，但見她神色自若，對於當前情勢並不著急，心中暗道：「你都不怕，我難道又怕了，打就打吧。」當下氣納丹田，朗聲說道：「小可頸上白蓮子是岳家家傳之寶，不知各位前輩一再相索，究竟是何原因？大丈夫生於世，立身行事應以信義爲先，這區區玩物是身外之物，原算不了什麼，各位前輩如果有正當理由，小可自當雙手奉上，如果但憑武力相奪，小可雖則不濟，也不能墜我岳家威風。」

司徒丹聽他侃侃而談，芳心大爲佩服，便說道：「岳哥哥，罵得好，這些傢伙哪知道什麼是俠義。」其實岳君青走動江湖才不過幾日，只是他喜愛讀書，對於史記的游俠列傳更是熟讀於胸，今番得其所用，言談之間自然有一種豪俠重義的氣派。

大方劍客大怒道：「女娃兒年紀小小，竟敢對長輩無禮，你家難道沒有大人嗎？」

司徒丹反唇答道：「我爹爹教我對正人君子用正大溫和的態度，對於村夫粗胚，就因其性格而相機應付。」

岳君青心想這姑娘口舌真利，只怕大方劍客忍不住，便上前一步，擋在她面前，果然吳宗周怒叱一聲，劍交左手，右手一伸，五指有若鷹抓，直向司徒丹抓去，君青雖則擋在前面，他好像視若無睹，君青大爲勃然大怒，雙掌當胸平推而出。

君青自幼在不知中已經把獨步天下的岳家內功練就七、八分，一舉手之間，力道自然不凡，大方劍客一驚，倒退半步，五指一伸一曲，竟向君青面門抓來。

天豹幫主白公哲上前阻止道：「吳老哥且慢，這位岳公子問咱們爲何要取這白蓮子，在下可以答覆，這白蓮子乃是我幫歷代幫主信物。」

司徒丹插口道：「別胡吹，人家岳家的寶貝怎麼會是你們幫中的，我可不信。」

大方劍客見君青也是滿臉疑惑之色，他脾氣本來就暴燥，一揮長劍對白公哲道：「幫主，咱們別跟這些無知小童嚕嗦了，另外幾位兄弟還在左公祠等哩！」

百手仙翁突然道：「岳公子，這白蓮子確是敝幫信物，公子如果不信，請向令尊鐵馬岳大俠問問便知。」

君青見他說得客氣，他臉嫩心慈，江湖經驗又少，一時之間，沉吟不知所對，司徒丹道：「喲，硬的不行又來軟的，岳哥哥，咱們可不吃這一套。」

百手仙翁雷昌年成名已久，涵養深沉，豈能和一個小女孩家一般見識，笑笑不語，大方劍客再也按耐不住，長劍揮得嗚嗚作響，不停地在君青和司徒丹面前示威。

君青心知不能善罷，便昂然拔出了長劍，大方劍客見他也拔出了劍，正合心意，而且見他只有一人，自己正好報敗給岳芷青之仇，當下踏中宮，走偏鋒，攻了起來。

君青看看來勢兇猛，不住向後倒退，司徒丹大急，正想放下手中黑狸上前助戰，突然君青叱了一聲，他手中烏黑黑的長劍漫天飛舞，已然反守爲攻。

這一招正是松陵老人號稱天下第一劍法的「卿雲四式」中起首式「卿雲爛兮」，大方劍客吳宗周生平會過無數使劍高人，從未見過此招，心中不由又驚又奇，連忙封住自己全身，暗暗默察著君青身法。

君青見一使出卿雲四式，對方凶燄立減，心中很是歡喜，手中長劍更不停息，接著使出第二式「糺縵縵兮」。

他自從被困水底宮中，悟出這兩招絕學以來，這還是初次與人交手，心中一面思索著那天下第一奇書中所載，一面照著上面寫的使出，不知不覺間又通悟了不少。

大方劍客見對方長劍每每從不可思議方向刺來，當下不由手忙腳亂，他到底是見過世面的人，心想先求自保再說，等到摸熟對方劍法，再行反攻，於是暗踏八卦方位，展開一套武當絕學「九宮神行劍法」，專門消長對方攻勢。

君青反覆使用那兩招，愈來愈是得心應手，大方劍客氣極，對方明明只會這兩招，可是自己卻無可奈何，看看那女娃兒笑微微的邊看邊摸手中黑狸，好像覺得君青穩操勝算，不由惱羞成怒，忖道：「我吳宗周在天豹幫坐第三把交椅，難道是混來的麼？今日不收拾這小子，從此再不使劍與人相鬥。」

大方劍客又凝神接了幾招，漸漸摸熟君青劍法，突然身法轉疾，離開君青身旁數尺，不停地轉來轉去，一見有空隙，便狠狠向君青要害刺去，百手千翁雷昌年暗暗著急，忖道：「老吳打出真怒，竟然把看家本領施出，而且招招狠辣，絲毫不留餘地，這孩子既和范立亭范大俠有舊，我可不能眼看他被殺。」

他正自盤算如何解圍，此時場中君青已有些支撐不住，只覺上上下下左右四角都是大方劍客的身影和劍影，只有跟著轉，若非他自幼內功根底扎得好，只怕早已倒下，司徒丹看看不妙，不捨放下黑狸，低聲叫牠別跑，青鋒一閃，一招「龍子初現」，向大方劍客後胸刺去。

吳宗周一轉身，挑開司徒丹來劍，腳下並無停滯，跟著又閃到君青身後，舉劍直刺。

司徒丹武功雖然不高，可是為人卻是十分乖巧精靈，她並不跟著大方劍客轉，只是在君青情勢危險時，疾如閃電的向大方劍客攻上幾招，迫得他出手解救。

大方劍客久戰之下，已然有點急燥，君青有這個乖巧幫手，情勢大是好轉，正在此時，突然林外一聲清嘯，有如老龍發吟，君青喜叫道：「爸爸來了！」

白公哲臉色大變，雷昌年心道：「這人嘯聲清亮，不含半點濁音，聽這聲音分明還在數里之外，可是遇風凝而不散，此人功力之深，只怕真是岳鐵馬到啦。」

司徒丹道：「喂，岳伯伯來了，你們趕快逃喲。」

大方劍客臉色鐵青，放鬆對君青的攻勢，刷刷數劍直向司徒丹臉上劃去，司徒丹嚇得不住後退，君青大怒，一挺劍刃，硬架大方劍客劍勢。

忽然身後風聲一緊，白公哲也出手了，原來他怕岳多謙當真來了，那可大大不妙，他雙手空空，欺近君青身旁，施展小擒拿法，中間參雜著摧玉拳法，君青又得顧著大方劍客的長劍，自己長劍又被迫得展不開來，真是一籌莫展，司徒丹靠近，替他擋住一部分攻勢。

君青暗罵自己太笨，那卿雲四式在天下第一奇書著得很是詳細，自己參悟了好幾天，只勉強學會了兩招，如果學會了四招，那麼今之被困便不足道了，其實他哪知道這蓋世奇學豈能如此容易了解，若非他是天縱之材，而且心無雜念，哪能在短短幾天內學會兩招？

他很是懊悔，暗道爹爹還不見來，恐怕是從另一個方向走了。

君青疏神，長劍被大方劍客封住了，他見司徒丹披著散髮，護住自己背後，還在和白公哲大戰，他只覺對方的力道從自己劍上傳來，有如大江波濤一般緩緩不絕，他猛吸數口氣，也支撐不住那壓力，眼看就得撤劍。

驀然──他那天下第一奇書上所載卿雲四式的第三式「日月光華」的劍法，在他腦中一閃而過，君青一鬆劍，身形自然順著大方劍客的力道輕輕飄開，他右手不住抖動，在大方劍客前後劃著圈子，一時之間，他那支烏黑的長劍發出了令人目眩的光芒，整個林子也亮了起來，就如閃電一樣，大方劍客和白公哲大驚之下，各自退後丈餘，只聽見君青狂喜叫道：「我懂了，我終於想通了。」

司徒丹也驚得合不攏口來，見他有如癡狂來回跳著，她關心情切，蒙著眼柔聲道：「岳哥哥，怎麼啦？」

岳君青有若未聞，右手長劍還是揮動著，那光芒漸漸減弱，但卻柔和已極，就如明月普照，水銀瀉地，令人自然而然生出一種平和的感覺。

司徒丹聰明絕頂，看了一刻，知道岳君青在練一種絕技，便不打擾他，站在他身旁不遠，注視那三人，怕他們突施暗算。

忽然「叮噹」一聲，君青長劍墜地，他雙手倒背，呆呆看著樹梢上的青天，心中茫茫然不知其所以，那心情正如一個人得了最渴望的東西，連自己也不知是歡喜還是悲哀！

君青從小不愛練武，他爹爹岳老爺子最是慈祥不過，完全順著自己四個兒子的性格，讓他們自由發展，君青一腦子裡儘是聖賢教人中庸之道，對於稱強動武自然而然的厭惡起來，直到終南山崩，他由一個依偎在爹娘膝前撒嬌的小兒，一變成爲護衛母親的大人了，他一路上飽受天豹幫諸般逼迫，這才想到如果自己能像大哥芷青那樣一身武功，又豈會變成喪家之犬一般，於是在他心田深處便隱隱生出了學武的念頭。

後來他巧得前輩奇人松陵老人奇書，在好奇心支使下，終於翻閱起來，他一向以爲武術只是強身之道，這種雕蟲小技沒什麼了不起，可是仔細一看，但覺其中千頭萬緒，博大精微，當下心念一改，不禁悠然神往，對於前輩之心血智慧固然大是敬佩，對於武學一道也起了重新的估價。是以當身陷水底宮，被人囚於幽室，氣憤無聊之餘，更是堅定了他學藝的決心，苦思之下想通了卿雲四式中頭兩招，可是其中第三招「日月光華」，也就是威力最大一招，卻是怎樣也想不出，不意今日遇逢強敵，竟然在危機一髮之際想通，真叫他如何不喜？

司徒丹搖搖他的手道：「岳哥哥，有什麼事以後再想吧，目前咱們得先應付這三個壞人哩！」

君青應道：「是啊，司徒姑娘，咱們走吧！」

他一拉司徒丹，大踏步向前走去，白公哲雙掌一錯，攔了上來，君青道：「你不准我走麼？」

白公哲道：「只要公子將白蓮子交給敝幫，敝幫豈敢爲難公子。」

他見君青劍法怪異，簡直聞所未聞，是以生了幾分忌憚之心，話也說得客氣起來。

君青雙目一揚道：「憑你也配攔我，真是笑話。」

他一說完，右手長劍極其自然的又使出了「卿雲四式」，白公哲只得倒退，依然擋住去路，君青心想這劍招威力雖大，可是一時也打不倒白公哲，如果纏戰起來，要想脫身只怕更是困難，當下靈機一動，待白公哲腳步未穩拖著司徒丹便向左邊衝去，只見大方劍客吳宗周一縱過來，橫劍立於身前。

君青見此路已不通，毫不停滯，和司徒丹彎個方向，向右邊撲去，守在右邊的是百手仙翁雷昌年，君青舉劍護住前胸，正待展開卿雲四式奪路而逃。百手仙翁雙手一揚，劈出一股柔和力道打了過來，君青乘著前衝之勢，竟然消去力道，毫無阻礙的向前奔十幾丈，心知對方追趕不上，回頭一看，百手仙翁雷昌年閃身在一旁，心知他有意相讓，不由好生感激，忽然小腿一麻，只聽見雷昌年和大方劍客正在爭吵。

君青不敢怠慢，拉著司徒丹發足飛奔，穩穩約約還聽到大方劍客怪罪百手仙翁有意放走自己和司徒丹，那百手仙翁似乎自知理虧，一言不發。

兩人跑了半個時辰，尚未跑出樹林，君青突然全身感到一種懶洋洋說不出的舒服，一口氣再也提不起來，腳下一個踉蹌，被樹根絆倒，重重摔了一跤。

司徒丹急忙止步，俯身去看，只見君青臉上罩著一層黑氣，她大吃一驚，叫道：「岳哥哥，你怎麼中毒了，快快運氣閉住心脈附近穴道。」

她父親司徒青松是個學究天人的奇才，醫道已是大國手的實力，她家學淵源，一看便知君青是中了極厲害的毒。

君青只覺一陣火熱熱的感覺遍佈全身，連講話的力氣都沒有了，只指指右腿，司徒丹何等聰明，便知他右腿中毒，她臉一紅，一咬牙撕開君青衣裳，果然小腿之處深深插著一支細如牛毛的鋼針，整個一條腿腫得像水桶一般。

司徒丹又悲又怒，抓住針尾力透食指中指，拔出鋼針，君青只覺一陣刺骨疼痛，大叫一聲，幾乎昏了過去。

司徒丹柔聲道：「岳哥哥，你千萬要堅強起來，我知你內功很好，就請拚命運功阻止毒氣透入內臟，我……我這就去找藥去！」

她說到最後哽咽不已，君青睜眼一看，一張俏麗含淚的大眼睛，就在自己臉旁凝注著，那中間包含了無窮的憐愛，君青突然精神一振，吸了一口氣，慢慢聚回散失的真氣，只是這一運功，周身就如千刀分割，痛得他冷汗直冒，他幾乎又想放棄運功，就這樣舒舒服服死去，可是那眼光所放出那種異樣的光采，像一股強力的振奮力量，不時地滲入君青的血液，君青強忍著不堪忍受的痛苦，慢慢的運起岳家獨門內功。

司徒丹見君青左臂被摔傷好一大塊，臉上灰灰塵塵混著冷汗，簡直就不像人，心中真是淒苦極了，可是她知道此時此地，她一定得堅強起來，因爲她需要支持一個少年的勇氣，淚珠幾乎奪眶而出，又硬生生忍了回去。

冷風吹著，林子裡只有樹葉嘯嘯之聲，司徒丹雙頰被吹得像冰一樣冷，她看一看躺著的君青，緊閉著雙目，臉上黑色消褪了些，心中微微放心，只見君青咬牙切齒，似乎不能忍受，她心一酸不忍再看，湊近君青耳朵旁低聲道：「岳哥哥你好了一些啦，你就繼續運功，我去採藥去，我爸爸是大醫家，我自然也懂得一些解毒法子，岳哥哥，你放心，一定會好的。」

君青點點頭，司徒丹解下了外套，緊緊蓋在君青身上，又打亮了一支火熠子，向林中去尋藥。

她心中憂愁得緊，知道君青是中了一種極爲霸道的毒藥暗器，如果在水底之宮爸爸的煉藥倉中，自然可以找出解救百毒的藥材，可是現今在這荒野之處，遍地除了荊棘縱橫，哪有什麼珍貴藥草？她在四周轉了轉，採了八種護心順氣的草藥，心中關懷君青情況，便走了回來。

君青正在與痛苦搏鬥，見她回來有如異鄉突見親人，意志一鬆，便昏了過去。司徒丹叫了他幾聲不應，急得哭了起來。

她雖一向機智百出，然而在這荒野林中。天又黑，風又大，君青眼看氣息奄奄，一生之中，她從未碰到過比這更辣手的問題了。

她捧著草藥，哭了半天，君青只覺臉上一涼，悠悠醒了過來，司徒丹的眼淚一滴滴落在他臉上，君青低聲道：「別哭，別哭。」

司徒丹見他醒轉，大喜止淚道：「岳哥哥，你好些了嗎？」

君青微弱地道：「水，水，我……我要喝水。」

司徒丹柔聲道：「咱們沒有裝水的東西，岳哥哥，前面不遠就是條小溪，我揹你去喝水。」

君青茫然的點著頭，司徒丹輕輕扶起君青，向小溪走去。

走了一會，君青忽道：「這是終南山麼，山路怎……怎樣……這般……顛？」

司徒丹一怔，立刻知道他高燒在發囈語，便柔聲道：「是啊，岳哥哥咱們回家了，你可以放心養傷了。」

君青斷斷續續道：「前面……前面……就是……終……南之廬，我……我已聽到廬前小溪的……水聲，真的……真的到家了……」

司徒丹安慰道：「岳哥哥，你別費神，就要到了。」

君青道：「怎麼媽媽不出來接我呢？媽……媽，君……君兒回來了。」

他聲音中充滿了孺慕之情，司徒丹心中一酸，暗道這麼大的人了，還像小孩子一樣依戀著媽媽，不過要是自己媽媽在的話，自己也會這樣的。

君青聲音愈來愈微弱，他繼續說道：「到了麼？」

司徒丹道：「到了，岳哥哥，咱們可以休息了。」

君青有氣無力地道：「是啦，咱們，咱們可以休息了，有爹爹……有大哥……二哥和三哥，咱們……咱們誰也不怕了。」

司徒丹把君青靠在溪旁一塊大石旁，洗淨了手，捧了一掬水餵君青喝了，君青喝了兩口，雙眼直視司徒丹，目光呆癡，司徒丹忙道：「岳哥哥，快快休息，我去找個罐子來煎藥。」

君青忽然如夢中掙坐起來，把司徒丹抱得緊緊的，口中喃喃道：「媽別……別害怕，君兒……君兒……在你身旁喲。那些……那些強盜，不敢……不敢來……」

司徒丹臉上一通紅，掙不脫他摟抱，就任他抱著，一種難言的溫馨傳遍了她全身，想到自己終於偎在心上人的懷中，真是又羞又喜，呆呆的幾乎忘掉身外一切，也忘掉君青命在旦夕。

君青仍然在喃語，司徒丹感到他全身火熱，一雙無神的眼睛良久也不眨一下，知道毒快要攻心，心中急如火焚，用力掙脫君青摟抱，只聽君青囈語道：「媽，司徒，司徒姑娘，是一個很好……很好的姑娘，你……你一定……一定喜歡她的。」

司徒丹心內一甜，兩行清淚直掛下來，她個性雖然堅強，可是此時眼見心上人氣息將絕，還念念不忘自己，真是又感激又悲苦，暗自忖道：「原來岳哥哥也喜歡我，他平日雖不表現出來，內心之中對我是很好的。」

君青囈語愈來愈低，司徒丹心中連轉了幾十個念頭，臉上時而喜悅，時而絕望，最後一個念頭閃過她腦海，她似乎下定了決心，俯下身對準君青的傷口，一口口將污血吸出。

吸了十數口，她覺得整個口腔都痲了，看看君青昏昏迷迷的，不再胡言亂語，臉上氣色也漸轉紅潤，不禁默默祈道：「只要岳哥哥好了，我就是中毒死掉也是心甘情願的。」

又吸了數口，傷口涓涓冒出殷紅鮮血，君青弱聲問道：「我死了麼？」

司徒丹道：「岳哥哥，你不會死，你爹爹媽媽和哥哥們，在等你回家哩！還有我……還有我……」

司徒丹扶著他繼續道：「岳哥哥，你一定要有勇氣，岳伯伯何等威名，對你的期望是如何高，你怎能如此懦弱呢？」

其實她心中知道君青所中之毒實在厲害得緊，諸般痛苦實在難熬，她口中雖然說出這等硬話，芳心之中卻是憐憫非常，她心想自己已將毒素吸出不少，目下只有激起他生存勇氣，才有希望挽救他性命。

君青一聽此言，登時有如焦雷轟頂，他身上毒素一減，神智自然漸清，司徒丹又柔聲道：

「岳哥哥，你快好了，鼓起精神來，你說，快說『我不會死』。」

君青茫然道：「我，我……不會……不會死。」

他輕歎一口氣，只覺昏眩不能支持向後便倒，司徒丹扶著他，不知如何是好。

正在此時，一陣輕微的腳步聲傳了過來，司徒丹忙把火弄熄了，緊靠著君青躲在石後，只聽見那腳步聲愈來愈近，還間雜著兩個人談話之聲。

司徒丹凝神閉息，只聽見一個人道：「總舵主，那小子中了您的追魂鋼針，任他大羅神仙也跑不了，咱們明天天亮再來尋這小子屍首，從他項上取下白蓮子豈不是好？」

另一人道：「吳三哥說得雖然有理，可是這白蓮子事關本幫盛衰，咱們再在林外四周搜他一搜，免得那女娃兒把他帶走遠了。」

司徒丹暗道好險，原來兩人正是剛才和岳哥哥交手的白公哲和吳宗周，那先開口的人忽道：「不好，總舵主，那小子如果知道那白蓮子妙用豈不是可以把毒解了，此時也許早就遠走啦。」

另一人道：「這倒不必過慮，這白蓮子妙用只有咱們幫幾個高級舵主知道，就是黑龍幫的老大也只知道這是價值連城的寶物，卻不知是善解百毒的靈藥，再說，我這次請出天豹老祖令箭，派雷二哥去守住林子那頭的通道，雷二哥的功力你是知道的，今日之事萬無一失。」

他說話條理井然，自然流露出一種領袖群倫的才能，吳宗周唯唯諾諾，連聲讚揚總舵主計策高明道：「雷二哥就是天大膽子，也不敢違抗天豹老祖的令箭了。」

司徒丹一聽之下，只覺得熱血直轉上衝，喜得什麼也不能想，待那兩人走遠以後，她輕巧的從君青頸上解下白蓮子，只見那珠子大如鴿卵，淡淡的發出光輝，照心欲明，她想：「那兩人講這珠兒能解百毒，只怕是可以把毒素吸出來吧。」於是，她立刻把白蓮子按到君青小腿傷口，心跳不已的注視著。

過了一刻，那白蓮子漸漸變黑，司徒丹大爲高興，那珠子愈來愈黑，君青霍然挺坐起來，對司徒丹道：「司徒姑娘，咱們是在夢中麼？」

司徒丹想不到這珠子功效如此之大，她怕餘毒未盡，逼著君青躺下，把白蓮子緊貼傷口，過了好久，君青忍耐不住叫道：「司徒姑娘，我中了誰的暗算呀，我剛才真難過的緊，好像被人投進大爐中又燒又煮似的。」

司徒丹見他神色已如好人，噓了一聲道：「小聲一點，那幾個壞蛋還在近旁。」

君青怒氣勃生，哼了一聲道：「我要找他們算帳。」

司徒丹把白蓮子鬆開君青傷口，低聲道：「如果不是你這白蓮子，你恐怕性命都不保。」

君青大驚道：「這白蓮子當真有這大功效麼，你怎麼知道的？」

司徒丹便把他受傷經過說了一遍，把碍口之處剔除，君青大爲感激，情不自禁執著司徒丹一雙小手道：「司徒……司徒姑娘，我這條命是你救回來的，如果姑娘日後有什麼事，就是我岳君青的事，決不推辭。」

司徒丹心想這人口真不甜，到現在還姑娘姑娘的喊，忽然她想起一事，心中甚是淒苦，暗付：「他這口氣難道是……是不願和我在一起嗎？如果和我永遠在一起，我的事自然是你的事了。」

她初嘗情味，大是患得患失，君青一句至誠感激的話，竟被她誤會，她正往壞處想，但覺天旋地轉，昏倒過去。

君青大吃一驚，他一看司徒丹嘴角鮮血點點斑斑，地下也是一大塊烏黑血跡，當時立即大悟，心情大為激動，口中急道：「司徒姑娘，你替我吸毒血，你為什麼不講，你自己也中毒啦。」

君青連忙把司徒丹小嘴撬開，放下白蓮子，他紅著臉甚感不好意思，那白蓮子果然是絕世寶物，不多時收盡司徒丹口中之毒，君青取出一看，烏黑黑完全不透明了。

司徒丹坐起道：「岳哥哥，我們得先找到一個藏身之處，躲過那三個壞人，你就去找你爹爹，我也要回水底宮了。」

君青奇道：「你爹爹受傷……你不是說和我一起去尋找爸爸麼？」

司徒丹冷冷道：「我現在不想和你一塊走了，可不可以。」

君青本來臉嫩，聞言大感難堪，他一向以為司徒丹對他不錯，想不到竟然表示厭惡他，一時之間他真如掉入冰窖，半晌也說不出一句話來，司徒丹偷眼見他臉色慘白，有如大病初癒，很是憔悴，不禁又有些不忍，搭訕道：「岳哥哥，我心裡煩得很，你別打擾我。」

君青柔聲道：「你不願跟我去找我爹爹，我也不能勉強，你要回水底宮去，那也好，免得你師哥掛念，我既受你如此大恩，此時無法報答，日後總有一天要報答你的。」

司徒丹見他半點不懂自己心事，不由懊惱非常，脫口道：「別什麼大恩大恩的掛在嘴上，我現在要你死，你可願意嗎？」

君青被激得臉紅過耳，淒然答道：「姑娘要小可死，小可豈敢不願。」

他說得甚是誠懇悲苦，司徒丹話一出口已自懊悔，聞言更是羞慚，沒由來的就伏在君青懷中哀哀痛哭起來。

君青無奈，只得想盡方法勸慰，司徒丹哭走了委曲，便收淚道：「岳哥哥，我不該氣你，我是一個壞女孩。」

君青見她一會兒哭，一會兒生氣，又一會兒向自己道歉，被她弄得頭昏腦脹，不知所以，心道只要不哭便好講話，忙道：「我們先吃點東西，我想你也餓了吧！」

司徒丹點點頭，嫣然一笑：「天都快亮啦，咱們還沒有吃晚飯哩。」

君青便從囊中取出乾糧，心想女孩子到底心細，在逃命時還不忘攜帶吃的，他把乾糧分了一半給司徒丹，便大吃起來。

可笑君青在家是老么，一向是父母兄弟的寵兒，此時在司徒丹面前，倒得充當大哥，處處照顧她了。

司徒丹吃了一塊乾糧便吃不下了，君青餓得過久，又在失血後，不禁大感飢餓，連吃三個大餅，這才恢復體力。

司徒丹道：「前面不遠有個小洞，我剛才採藥時發現的，四周全是野草，那些壞人一定發現不了，等過了明天，他們以爲我們走遠了，咱們再出來。」

君青道：「我們就算和天豹幫三個幫主碰上了，我現在也不怕啦。」

司徒丹道：「岳哥哥，你脾氣怎麼改變這麼快，你在水底宮時，我只當你是個文弱書生，滿臉書卷氣味，倒想不到你是個好鬥的人。」

君青紅著臉道：「我自己也很奇怪，從前我看到別人弄槍使刀便發毛，可是現在卻時時都想躍躍一試哩！」

司徒丹噗的笑了一聲，站起來向小洞走去，兩人經過一次患難，神態親密不少，君青心中不再把她當作外人，自然而然的挽著她而行。

那小洞上面全是野生植物，下面倒還乾淨，寬只可恰好容納二人，君青和司徒丹對面坐著，外面冷風嘯著，可是他們心中卻都暖得很。

黎明前最黑的一段過去了，晨光曦然從野草隙中照進小洞，君青從夢中醒來，只見司徒丹氣息均勻正依著自己肩上甜睡，嘴角還掛著微笑。

君青看著那嬌美無儔的輪廓，胸中思湖起伏不已，他想：「她明知我傷口有毒，竟不顧一切地替我吸出毒血，不然縱使那白蓮子靈異，我也不會恢復的這麼快。然而，她爲什麼要這樣對待我呢？」他想了一會，心中若有所悟，暗忖道：「她跟著我離家自然是信任我，難道……難道她竟喜歡我麼？」君青臉紅了，立刻自我否認地想道：「不可能的，君青啊，你這一無所長，差點連她和自己都保不住的，怎麼値得她愛呢？她是多麼高貴美麗啊！」

君青忽然覺得很是氣餒，一種從未有的自卑感襲上心頭，他又看了司徒丹一眼，心想：「她實在太美麗了，君青啊！你一路上故意矜持著，裝著愛理不理的樣子，其實你內心的深處真是這樣的麼，是怕配不上別人吧！」

東方紅色的朝霞把山洞映成淡紅色，君青知道太陽快出來了，在終南山上，他每天和大哥芷青早早起身，站在山頂上，大哥練武，他自己讀書，直到旭日東昇，滿山陽光時，大哥才牽著他的手回去吃早飯。

司徒丹身子向下一滑，後腦靠在君青胸前，君青輕輕摸了一下她長長秀髮，司徒丹輕歎一聲，聲音中充滿了放心與喜悅，君青低頭一看，只見司徒丹轉了個身，猶在沉沉睡著。

「那是去年吧！」君青想著想著，腦海中又浮出一幅清晰的圖畫。

……終南山，月明星稀之夜，岳家四兄弟坐在一塊大石上，非常暢快的談著……

二哥一方說：「咱們兄弟相親相愛，自幼在終南山上不曾須臾相離，可是將來各人成了家，像范叔叔一樣東飄西蕩，兄弟之情只怕就淡了。」

大哥芷青道：「不會的，我的感情只平均分配給爹爹媽媽，和你們三個弟弟。」

三哥卓方卻默默不發一語，當時，君青想：見大哥斬釘截鐵的說著，那氣派似乎就是刀架在頭上，他也不會改變自己的意志，真是感動極了，馬上站起來擁護大哥的意見。

二哥一方笑笑道：「君弟，你最是多情，現在別口硬，將來最先和女孩子打交道的只怕是你啊！」

一向沉默寡言的三哥也加上一句：「我也是這麼想。」

大哥芷青拉著君青的手拍胸道：「我保證君弟不會的，如果他要先過你們兩個和女孩子打交道，我願受你們處罰。」

於是二哥豪放的笑了，三哥也跟著笑了，君青氣憤憤地道：「你們不信，看著吧，到底是誰口是心非。」

笑聲彷彿還在耳邊，於是君青又回到現實，他想道：「大哥，你想不到你信任的君弟竟然會被二哥料中吧！大哥請你原諒，那是沒有辦法的啊！」

「司徒姑娘捨命救我，我豈能不報答於她，大哥，如果二哥一定要說這是藉口，就讓他們說吧，就讓他們笑吧！從此，我的感情又將被另外一個人佔去一部分，像對爹爹媽媽和三個哥哥一樣，她的歡樂就是我的歡樂，她的悲哀，就是我的悲哀。」

天快大明了，司徒丹也醒過來，她揉揉眼睛，低聲對君青道：「你沒有睡？」

君青道：「我剛剛才醒來，你睡得好甜啊！」

司徒丹道：「怎麼辦？要在這洞中困上一天真是悶死了，喲，岳哥哥，沒有水洗臉怎辦？」

君青不禁暗笑，心想女孩子真是愛美，竟然不擔憂沒水喝，倒先擔憂沒水洗臉，當下便道：「我去打水。」

司徒丹道：「現在他們一定搜索得很緊，你出去一定會被發現，算了算了，我不洗臉啦。」

君青暗忖：「女孩子真是怪脾氣，明明沒有太累，卻裝作很累走不動，一會兒想這個，一會兒又想那個。」

司徒丹道：「岳哥哥，我們逃走來不及帶狸貓，狸貓逃跑啦。」

君青道：「不要緊，我再捉一隻送給你。」

司徒丹道：「岳哥哥，你真好。」

君青忽道：「那三個天豹幫的人，武功最高的是那年紀最大的老者，他外號叫百手仙翁，和我大哥交過手。」

司徒丹問道：「你認得他麼？難怪他放過我們兩人。」

君青搖頭道：「我不認得，上次他和大哥交手，一見大哥使出范叔叔所傳掌法，馬上認輸而去，這次他有意放過一馬，看樣子好像與范叔叔有很深的關係。」

司徒丹問道：「范叔叔是誰？」

君青道：「散手神拳范立亭，你聽說過麼？」

司徒丹呵了一聲道：「原來是他，爺爺常說他代表江湖上一股正義，是個頂天立地的好漢。」

君青道：「是啊，范叔叔終身爲人，從未見他爲己設想過，啊！咱們別瞎扯了，我說我們現在就回去，如果碰到那天豹幫主白公哲和大方劍客吳宗周，以咱們兩人之力要衝出一條路是不成問題，假使碰到百手仙翁，我就用話點明與范立亭關係，他多半不會動手，你看可好？」

司徒丹柔聲道：「你剛剛傷癒，不宜妄動真力與人拚鬥，你就依我一次，在這洞中熬上一天吧！」

君青心想我幾時沒依過你，知道她是關心自己，當下便不說什麼，無聊的摸出那顆變異的白蓮子，一個人自言自語道：「白蓮子變成黑蓮子，不知江湖又有哪幫要說是他們的信物了。」

司徒丹嫣然一笑，忽然噓聲道：「有人來啦！」

君青凝神一聽，果然有一個細微的聲音走近來，君青聽了半天，大驚對司徒丹低聲道：「這人功夫高得很，你瞧這林子遍地枯枝野草，獨走在上面只發出如此輕聲，輕身功夫爐火純青了。」

司徒丹點點頭，突然從側邊又傳來一陣急促的腳步聲，司徒丹道：「恐怕是天豹幫那三個壞人來了。」

過了片刻，腳步聲一止，一個沉沉的聲音在不遠之處道：「請教閣下萬兒？」

那聲音震得君青耳朵嗡嗡作響，君青不由讚道：「好深的內功。」

接著另一個更沉的蒼勁聲音道：「老夫岳多謙！」

這聲音一入君青之耳，君青有如焦雷轟頂，歡喜得張大著口，一拖司徒丹躍出小洞，高聲道：「爹爹，我是君兒啊！」

他連看都沒看清楚，只聽見風聲一動，一隻大手已撫摸著他的頭，口中不住慈祥道：「好孩子，這位姑娘是誰呀？」

君青道：「是君兒的好朋友。」

司徒丹嬌聲叫道：「岳伯伯您好！」

岳多謙看看小兒子，又看看秀麗多姿的司徒姑娘，好像明白了些什麼，開朗的大笑起來。

他看都沒有看一眼身後三個天豹幫的高手，那三個人也不敢追襲，敢情是被他剛才那手快若鬼魅的「縮地神功」給震住了。

清風把他笑聲吹得老遠，是的，在岳老爺子面前，就是像雷昌年那種江湖上高手，又豈足道哉！

廿　廉頗老矣

鐵馬岳多謙退出武林整整三十多年，這一下陡然出現在白公哲等人面前，反倒令他們驚駭得愕住了。

岳多謙在這地方碰見了君青，如何不令他又驚又急，但是此時他只面帶微笑安詳地望著白公哲等人，靜候他們發話。

白公哲究竟不愧是一幫幫主，立刻也就鎮定下來，他上前一揖到地，恭聲道：「武林末學白公哲等參見岳老英雄。」

岳多謙長笑道：「諸位快莫折殺老朽，老朽山野中人，不識禮數——」

白公哲道：「說來敝幫與岳老英雄原來有舊……」

岳多謙吃了一驚，插道：「貴幫是——」

白公哲道：「岳老英雄可還記得四十年前龍豹幫老幫主『八手飛虹』鄭溫揚鄭老爺子？」

岳多謙心中一震，脫口道：「鄭老英雄俠姿義行無時無刻不活在老朽心中。」

白公哲臉色一凜，恭聲道：「鄭老英雄正是晚輩恩師！」

岳多謙吃了一驚，再望了望君青，只見那一串白珠兒在君青頸上閃爍發亮，當下心中了然，略一沉吟，朗聲道：「白幫主之意老朽全知，只是當年岳某承鄭老英雄讓勝一招之內情，只怕各位都不深知——」

白公哲面顯激動之色，沉聲道：「晚輩等無時無刻不在臆測恩師當年失招情形，但是總難釋然……」

岳鐵馬長歎一聲道：「那年岳某為情勢所迫，隻身上黃山，唉，也是岳某少年氣盛，竟向鄭幫主指名挑戰——」

岳多謙說到這裡歇了一歇，一種飛揚的神色從他的雙頰泛了出來，那種氣度直令人深切地感覺到，在這一霎那間，岳老爺子的時光倒流了……

「鄭老幫主當時已是名震武林的泰斗人物，而岳某那時不過是初出茅廬的小伙子，承鄭幫主看得起，竟依武林至禮擺下英雄大宴接待岳某——」

白公哲等人臉上齊露期待之色，似乎急於知道下文。

岳多謙雙目仰望，緩緩道：「鄭幫主帶著岳某到了後山絕峰上，各施所學比試一場，結果，岳某承讓勝了一招。」

他說得那麼平淡，那麼恬然，使人忍不住要感到，這等勝仗在岳鐵馬輝煌的生命中真算不得一件什麼。

然而岳多謙的神色陡然一正，他嚴肅地道：「但是由此一戰，鄭幫主甚是瞧得起岳某，定要與岳某結為忘年之交，也就在那時候，鄭幫主把貴幫的白蓮子交給了岳某——」

白公哲等人眼睛齊齊一瞪，靜聆下文，岳多謙道：「鄭幫主那天晚上十分沉痛地對岳某說及貴幫外和內離之患，他說龍豹幫所以表面看來還能團結一致的原因，不過是因鄭幫主尚在，一旦鄭老幫主撒手西歸，他預料龍豹幫必然內鬨而離異，當時他對我說這白蓮子乃是有關龍豹幫一件至寶的重要線索，將來幫中內鬨時，此物必為爭奪對象，是以竟然以此托寄岳某處……」

君青和司徒丹不料這串白蓮子還有這麼一段故事在內，不禁相顧一望，司徒丹忍不住伸手摸了摸君青頸間的珠兒。

岳多謙聲音一變，黯然道：「第二年，鄭幫主就撒手仙逝，第三年，嘿，貴幫就分家了——」

白公哲臉上滿是羞愧之色，他張口欲言，卻又沒有出聲，只反手一掌拍在身旁大樹幹上，樹幹上立刻留下深深一個掌印。

岳鐵馬斜睨了一眼，忽然漫聲道：「白幫主的功夫不是令師親傳的吧？」

白公哲點首道：「恩師仙逝時，晚輩才五歲。」

岳多謙點頭道：「鄭幫主曾叮囑岳某說，一日龍豹幫不出英豪，消弭內鬨重整聲威，一日岳某就負保管此物之責，十年龍豹幫不出英豪，岳某就保管十年，結果……岳某保管至今，已有四十年頭，而貴幫……唉，鄭幫主當年胼手胝足一生，不料身後付之流水。」

白公哲雖是鄭溫揚唯一弟子，但是哪曾知道這番事故，想起自己只知白蓮子是龍豹幫之物，一再追迫岳君青的行爲，真是又悔又恨，不禁頓足長歎道：「晚輩愚昧，置恩師遺命罔顧，卻一味冒犯岳公子，委實罪該萬死，從此時起，白公哲若是不能弭平內鬨，歸併黑龍幫，便再也無顏見岳老英雄之面，兄弟們，咱們拜謝岳老教誨之德。」

說著帶頭拜將下來，岳多謙大袖一揚，這三個內家高手竟然沒有一個拜得下去，白公哲微微一喟，轉身率領大方劍客和百手仙翁往出路奔去。

天豹幫三人走得無影無蹤，岳鐵馬這才回過頭來，他急切地叫道：「君兒……」

那知道君青也同樣急切地叫道：「爸爸……」

岳多謙一口氣地問道：「你怎麼跑出來啦？你媽媽呢？哥哥們呢……」

豈料君青也正同時急喊：「爸，你和劍神拚鬥的結果……」

兩人互相都沒有聽真對方說的話，但是兩人都深深知道，方才互相所問的是什麼，於是，父子倆反而怔了一下，然後相視不禁無謂地一笑。

君青急叫道：「媽和哥哥們都好，爸，你先說劍神……」

岳多謙輕鬆地噓出了一口氣，他爽朗地長笑：「當今世上能打敗我的，爸爸還沒有找到哩。」

君青喜得抱住司徒丹的胳膊，大叫道：「那麼劍神胡笠輸了？」

岳多謙笑聲陡斂，緩緩地道：「那也沒有——」

君青不解地道：「到底是怎麼回事？」

岳多謙道：「爸爸這次關中之行，一連會了武林七奇之三！」

君青和司徒丹同時驚呵了一聲，因爲他們都知道，當今武林七奇雖則個個名震宇內，但是大多從未會過面，這一下岳鐵馬竟會見了三位，怎不叫人震驚？

司徒丹一面瞪著大眼睛望著慈祥的岳老爺子，一面悄悄地從君青雙手中抽出被抱著的胳膊。

岳多謙一字一字地道：「我會見了劍神胡笠，雷公程暻然，還有霹靂神掌班焯！」

君青暗中下意識緊捏了捏拳頭。

岳多謙用姆指和食指捻了捻頷下白髯，續道：「爸爸和劍神還沒有動手，那班霹靂倒先和雷公幹上了，嘿，那可是百年罕見的大戰——」

君青道：「他們兩人可分出了勝負？」

岳多謙搖了搖頭道：「要分勝負，至少得數千招以上——他們兩人當真不愧當今武林拳上功夫最厲害之人，每一舉手投足，莫不力可開山，妙絕人寰，最後還是勝負難分，於是爸爸和劍神就止住了他們繼續鬥下去，但是——」

岳多謙頓了頓道：「就在這時，笑震天南蕭一笑也到了胡家莊——」

君青叫道：「是那個和范叔叔在鬼牙谷大戰齊名的笑鎮天南？」

岳多謙點頭道：「正是他。這傢伙本來是來尋胡笠的碴兒的，哪知道和那班霹靂兩句不對，竟是磨拳擦掌，大有先拚一場的意思，我一瞧這太不成話了，正要喝止，這時怪事發生了——」

君青急問道：「什麼怪事？」

岳鐵馬壽眉一揚道：「忽然一個脆異無比的笑聲傳來，那笑聲真比冰雪還冷，霹靂神拳班焯一聽這笑聲，立刻臉色大變，一聲不響，猛然飛出圍牆就跑——」

君青咦了一聲，岳多謙道：「我和胡笠一起飛上圍牆，只見兩條黑影如飛而去，前面的正是班霹靂……」

君青皺眉道：「爸，那發笑聲的是誰？……」

岳多謙道：「我和劍神胡笠相對愕然，就在這時，我看見胡笠的臉色變了，他顫抖著似乎怒極，大聲道：『好……，你們施什麼鬼計……』，我大吃一驚，回頭一看，只見胡家莊園後面一柱濃煙沖天，霎時火焰騰空……」

君青和司徒丹一起驚叫了起來，君青正要開口，岳多謙已接著道：「劍神抖手就是一劍刺了過來，我用了四個身法避開他這一招——當年我與青蝠劍客一戰，只道天下劍術至此爲最矣，哪知胡笠這一劍，可才真稱得上劍神兩字，直可叫天下用劍的人一齊棄劍長歎——也由此，我敢斷定我是找錯人了……」

君青叫道：「爸，你是說胡笠和青蝠劍客是兩個人？」

岳多謙點首道：「正是如此，當年青蝠劍客劍術雖然妙極，但是劍神胡笠這一劍中另有一種凜凜天神之威，縱使青蝠劍客苦練百年，功力十倍於胡笠，但是這等天神之威卻非苦練所能達，是以雖然劍神的招式和青蝠一模一樣，我可斷定決非一人。」

君青新近悟出定陽真經上「卿雲四式」的前三式，對於使劍大有心得，聽了岳多謙這番玄理，有如搔中癢處，連連稱是。

岳多謙不禁有點奇怪，但他仍繼續道：「當時我一念及此，心中說不出是什麼滋味，想不到千里迢迢趕來報仇，壓根兒弄錯了人，這個跟斗栽得可太大了。」

司徒丹見岳老爺子說時歎聲連連，心中想說什麼，又不敢啓口，只用修長的手指頂了頂櫻桃般的嘴唇。

岳多謙輕咳了一聲道：「我退了三步，正要一招飛出，猛然左面千斤之力襲到，耳旁只聽到雷公程暻然的罵聲：『縱火宵小之行也做得出來，岳鐵馬，我看咱們七奇的臉可給你丟光了。』」

君青怒道：「什麼？他竟懷疑爸爸……」

岳多謙白髯一陣抖動，臉上顯出豪壯之色，他沉聲道：「我一怒之下，雙掌齊出，右取劍神，左接雷公，硬生生接了兩人一掌！」

司徒丹忍不住歎道：「岳……伯伯真威風。」

岳多謙笑了笑道：「我一旋身間，正抖出碎玉雙環，笑鎮天南蕭一笑猛可叫道：『不好，咱們被火圍了！』我們抬頭一看，大吃一驚，不知什麼時候，莊園四周都已是一片火海，蕭一笑長嘯一聲，飛躍而起，竟然憑空飛過火牆——」

君青聽得大是緊張，岳多謙道：「蕭一笑才過火牆，忽然轟一聲暴震，四牆有如火藥爆炸一般，火舌陡升丈餘，當時我所立地位最近，眼看時機不再，立刻飛身搶渡，我猜想劍神雷公二人必然緊跟而至，哪知到了空中不見風聲，我忍不住回頭下望，只見胡笠呆立火場之中，臉上神色焦急如焚，我順著他眼光一望，原來是一個少年正自拚命飛渡火牆，眼看衝勢已盡，而身形正在大火之上，但是離我有一丈之遠，而且我也正在火上……」

岳老爺子說到這裡憩了憩，君青激動地道：「爸，不用說，你一定捨身救了他。」

岳鐵馬點了點頭。

司徒丹看著岳老爺子那正氣凜然的面孔，真是又驚又佩，驚的是岳鐵馬能在空中毫不借力地變向橫飛丈餘，佩的是這一對父子絲毫不須考慮地把這種捨身為人的事看成了當然之舉，她的芳心中有一種說不出的滋味，也不知道爲什麼，竟然有點像是要哭出來才舒服……也許，她是想到了她那生死未卜的父親，而她父親的行爲，又是那麼邪惡……

岳多謙接著道：「我把那少年拋上十丈有餘，只見他乘勢一個翻身飛出了火海，而我也以同等快速落回場中，這至少消弭了劍神的懷疑我放火——」

「劍神望著我一會兒，忽然一揖道：『多謝岳兄義救犬子，胡某適才言語無狀，尚乞見諒。』原來那少年是他的兒子，我也對自己找錯人而感歉然，於是我岔開大笑道：『這區區之火就困得住咱們麼？』雷公也大笑道：『是呀，這區區之火算得上什麼？』於是劍神也朗然大笑起來。」

司徒丹瞪著一雙大眼睛，望著岳老爺子紅潤的臉，雪白的長髯，憧憬著那烈火中的爽朗笑聲，不禁有些癡了。

岳多謙放低了聲音：「長笑聲歇時，咱們三人已到了火場之外！」

君青吐了一口氣，岳多謙歎了一聲道：「只可憐那一座豪華莊園，和數十名莊丁。」

「咱們分頭查放火之人，我一路東來，竟碰著了你——你們。」

君青道：「爸，你離家後，大哥他們就到少林寺去參加開府大會——」

岳多謙呵了一聲道：「真的，我都忘了。」

君青道：「我和媽留在山上，那天早上，忽然山崩了，整座山都陷了下去……」

岳多謙再好的涵養工夫，這時也忍不住驚呼道：「什麼？山崩？一線天毀了麼？……」

君青點頭道：「整個一線天的兩邊山壁全塌了下去，我抱著媽從後山逃了出來——」

岳多謙道：「後山？那塊巨石……」

君青道：「想是老天幫忙，那巨石竟被我移開了。」

岳謙多揚了揚雪白的長眉，嘴角在長髯掩蔽下暗中露出了一個得意的微笑。

於是君青滔滔不絕地把自己的經歷細述了一遍，君青自幼口齒便給，只聽他娓娓道來，出口成章，說到驚險處，著實令人提心吊膽。

最後說到水底宮中司徒青松、鐵腳仙、風火哪吒恩恩怨怨的一段，岳多謙不禁驚然咦了一聲，歎道：「不料當年我略插一手，竟種下如此恩怨。」

他們都以為司徒青松、鐵腳仙和風火哪吒的恩怨只在當年動手的過節，事實上，可差得遠了，譬如說風火哪吒最後突然倒戈打司徒青松一掌，又作何解釋呢？

君青說到松陵老人的遺書定陽真經時，岳鐵馬更是驚喜交加，他大聲道：「松陵老人乃是一代宗師，他的武功路子半出佛門，半出自創，君兒自幼不喜練武，松陵老人的蓋世絕學卻偏偏讓你得著，可見冥冥之中，一切自有天定，絲毫強求不來。」

岳多謙從君青口中得知許氏和芷青等人在一路，心中頓時放下一塊重石，他撫了撫白鬚，漫聲道：「咱們這就一路去找芷青他們，否則他們還在焦急營救君兒哩……」他看了看君青身邊的司徒丹，她的臉上露出一種楚楚可憐的模樣，岳多謙喟然道：「順便也去尋那鐵腳仙、風火哪吒和司徒宮主……了一了昔日恩怨……」

司徒丹一直沉沒在自卑的大海中，她一聽到「一了昔日恩怨」，她可會錯了意，不由急得雙頰緋紅，泫然欲淚。

岳多謙一望知她誤會，伸出手撫了撫司徒丹的秀髮，柔聲道：「孩子，岳老伯不會令你爲難的。」

司徒丹只覺一股溫暖直透心中，望著岳老爺子慈詳的面貌，想起生死未卜的父親，眼角又滋潤了。

夜黑如墨。

荒山，墳場，枯木，犬吠。

岳鐵馬帶著小兒子君青及司徒丹漏夜趕路，這等黑夜墳山中，膽小的司徒丹也因身旁有岳老爺子在而不感到害怕。

岳多謙大踏步在亂墳中領先而行，他以常人閒踱的步子行著，君青和司徒丹牽著手施展輕功，那速度卻是差不多。

「汪」，「汪」，犬吠聲。

「汪」，「汪」，而且不只一隻野狗。

岳多謙停了停腳步，暗奇道：「怎麼這許多野狗聚集在一起？」

他們一行人從長草中走過，寒風吹來，迎面帶來一陣腥臭之味，司徒丹掩著鼻子皺皺眉，岳多謙卻大叫一聲！

「快！」

說著身形猛然一縱，幾丈距離在他腳下一跨而過，君青連忙一扯司徒丹，飛快地跟著上前——

但聞腥風愈濃，眼前出現一付慘不忍睹的情景，五具血肉模糊的屍身橫在地上，幾隻野狗正在爭搶屍骨，看見有人走進，一起逃開。

同時間裡，岳多謙大喊一聲：「盧老哥！」

君青卻驚呼一聲：「盧伯伯！」

原來地上的五具屍體竟是清河莊的盧老莊主一家五人，岳多謙乍受驚痛，心中如絞，但他強抑悲忿，一踏飛上十丈外的高樹上，四下眺望，但見夜幕沉沉，墳山磷光閃閃，哪有一絲人影？

司徒丹嚇得芳容色變，她壯著膽稍走近一些，忽然大叫一聲，回頭就跑：「哎呀！還在動……」

叫聲方落，岳多謙又如巨鷹一般飛了回來，他一把抓住地上盧老莊主的脈門，果然尚有絲微搏動，他連忙摸出兩粒續命丹塞在盧老口中，一面鼓動真氣，硬從盧老雙脈要穴灌將進去。

過了半晌，君青和司徒丹都焦急萬分地注視著岳老爺子凝重的面色，白髮皤皤的頂門上冒出絲絲蒸氣，驀然，盧老睜開了雙眼，他像是陡然恢復了體力，一把緊抓著岳多謙的胳膊，急促地喘息著：「岳……老弟，這……不是……不是夢中吧？」

岳鐵馬望著盧老哥那血紅的眼睛，知道這是迴光反照，已經沒有希望了，心中不禁一慘，但口中只輕聲道：「盧老哥，你沒有事的，快快放鬆百穴，不要用勁。」

盧莊主急叫道：「老弟……你不要騙我，我知道，我……我不成了……」

岳多謙強笑道：「老哥，你放心，快休息一下就會恢復的，有我岳多謙在，你還不放心麼？」

黑夜中，岳老爺的笑聲朗然遠送，但是，只更增加了幾分寒意，他終於裝作輕描淡寫地道：「老哥，告訴我，下手的是誰？」

盧老莊主牽動著枯萎了的肌肉，抖動著嘴唇做出一個自憐的微笑，他雙目一睜，喘息道：「老弟，你別再騙我，我就要完了，不然……你不會問我……問我下手的……是誰？」

岳多謙見他聲音愈來愈低，連忙大喝道：「下手者是誰，快說，下手者是誰？」

盧老莊主雙目一閉，不再出聲。

岳多謙對著他耳邊喝道：「下手者是誰？」

半晌，盧老拼出一個字：「青……」

他頭一斜，溘然長逝。

岳鐵馬望著盧老哥的屍身，腦海中又現出范立亭的遺容，想到當年聯手遨遊湖海的兄弟一一去世，不禁喟然長歎！

君青低聲問：「爸，盧伯伯說是誰……」

岳多謙恨聲道：「青蝠，又是青蝠！」

荒山中，又多了一個大塚。

岳多謙望了望東方初現的金霞，他用力搖著皤白的頭顱，暗中喟歎著：「老了，岳多謙你真老了。」

但是世事並不容許每一個老人就此告老衲福，無數的因素驅使著那些白髮老人必須如青年人一樣馬不停蹄地奔波著。

岳老爺子摸了摸背上的碎玉雙環，他蒼老的心田中更加增了幾顆悲傷的砝碼，然而相對的，復仇的雄心也爲之倍增！

於是他揮了揮衣袖，邁起豪氣的大步，向著初升的旭日前行。

廿一　兩世恩怨

黑幕漸漸褪了，少林古剎在晨風中慢慢顯出了濛濛的輪廓。松濤似海，山風如嘯，兩個年輕力壯的和尚挑著幾十斤的泉水，飛步走將上來，莫看這兩個和尚打扮像是寺中挑水燒飯的，憑他們擔水那份輕鬆的模樣看來，倒有一身相當不弱的武功底子哩。

輕風捲吹著，揭起了薄薄的山風，也似乎揭起了這多事的日子的序幕……

寺下有一個人踽踽而行。

他背著雙手，踱方步似的緩緩沿階而上，看他舉止似是一個飽經滄桑的老人，但他的身材卻不滿五尺，衣衫寬大，背上還有一柄舊劍，他的面孔，更是令人吃驚，只見他細皮嫩肉，竟似個稚齡童子。

他的雙眉緊緊皺著，似乎有無法解決的重重憂思，那一步一步都顯得那麼沉重。

驀然那兩個挑水和尚發現了身後這個童子，他們相對吃了一驚，連忙放下擔子，其中一個道：「嘿，小施主，你打哪兒來？」

那童子搖了搖頭，眉頭皺得更緊，簡直有點泫然欲淚的樣子了，那和尚忙道：「小施主，你可是走迷了路？是你家誰人帶你上來的？」

那童子用力搖了搖頭，也不知是什麼意思，那和尚心地甚好，柔聲道：「小施主，你家住在什麼地方？若是不遠，我可以送你回去——」

那童子仍是不答，兩個和尚不禁抓耳搔腦，不懂到底是怎麼一回事，那童子瞧他們那般模樣，忽然愁眉一展，尖聲道：「兩位和尚今年幾歲啦？」

那和尚不禁呆得一呆，另一個和尚似乎有點傻氣，偏他口又快，笑吟吟地道：「小和尚今年十八，他是十九。」

那童子伸出手指來盤算了一陣，忽然臉一沉，怒道：「虧你們一口一個小施主，我老兒十八、十九歲時，你們爹爹也還沒生出來哩。」

兩個和尚吃了一驚，那個傻和尚大叫一聲：「不好，這人是瘋子。」

那童子再不理會，一步跨出數丈，呼地一聲從兩個和尚頭上飛過，大踏步向廊上走去。

兩個和尚相對駭然，過了半晌，那伶俐的一個猛然想起一個人來，大叫道：「風火哪吒！」

那傻和尚也大悟道：「一定是他，師父常說的千不朽！」

兩人齊齊向上望去，只這一陣工夫，風火哪吒已到了少林寺的寺門前。

童子到了寺門口，卻不進去，望了望左邊那隻大石獅，緩緩走過去，摸了摸獅頭，輕歎一聲，坐了下來。

他抱著頭蹙眉苦思，愈想愈不快活，這時那兩個和尚也走了上來，兩人見風火哪吒那模樣，不禁又驚又怕，悄悄繞過正門，飛快往後面跑，進去通報。

過了一會，寺門大開，只見當先老僧匆匆趕來，正是當今少林主持百虹大師。

百虹大師輩份極尊，聞得風火哪吒之名，竟然親迎，可見于不朽昔日在武林中地位之崇。

百虹大師走近于不朽，合十道：「如果貧僧老眼無花，施主可是風火哪吒于老施主？」

那童子點了點頭，依然愁眉苦思，百虹大師道：「于施主隱退武林數十載，今日光臨小寺，貧僧何幸如之。」

于不朽似乎一個字也沒有聽進去，他突然雙目一揚，一把抓住百虹大師的袖袍，叫道：「人說我佛大智大慧，能解世間一切難題，和尚你說是也不是？」

百虹大師合十道：「紅塵萬般面目，唯有我佛慧眼識其本體。」

于不朽急道：「好呵，和尚，我問你一個問題——」

百虹大師心中暗奇，口中道：「于施主有言但說，貧僧洗耳恭聽。」

于不朽長歎一聲，他嗓子尖如幼童，卻浩然歎息，顯得極為不倫不類，百虹大師手捻胸前佛珠，雙眉低垂。

于不朽開口道：「和尙，我先給你說個故事，你且以無邊智慧爲我解說——」

百虹大師久聞這怪物的脾氣，心中暗道：「我佛保佑此人好來好去，否則又有一場好鬥。」

于不朽道：「從前，有三個拜把的好兄弟，老大姓陸，老二姓于，老三複姓司徒，姓陸的是個窮秀才，姓于的是富有地主，姓司徒的是個賣解武師，三人雖則貧富不齊，但都是血性好漢子，結拜之後，端的是情同骨肉——」

「後來姓司徒的有一次失手殺了一個惡霸，哪知縣老兒要砍他的頭，姓陸的大怒之下，就寫了一篇呈文給那知縣，姓陸的端的是好文筆，把那知縣連損帶罵，著實是痛快淋漓，那知縣老羞成怒，立刻下令把司徒老三的夫人，齊抓來殺了，連司徒老三剛滿三歲的獨子也捉進了牢——」

于不朽童音輕脆無比，只是他說得極快，百虹大師全副專心才能完全聽真。

「姓陸的一瞧老三死了，當下可急紅了眼，連夜就提了一柄刀獨闖牢獄，打算搶救司徒老三的獨子，結果也讓牢卒亂箭射死了，縣令下命，要把陸某的家人也抓來辦罪，幸好姓于的老二拚命用錢賄賂，暗下把陸、司徒兩家的幼子給救了出來，著人偷偷帶著逃奔異鄉……」

「那年金國的韃子打來了，姓于的盡捐私資，發動鄉勇抗敵，結果讓金狗一箭射中胸口，流血而死，他臨死時告訴他的獨子這段故事，要他好好找著陸家和司徒家的孤兒，大家結爲好兄弟。」

百虹大師聽他說如此，知道那姓于的幼子就是眼前這風火哪吒于不朽，當下凝神聆聽：「姓于的兒子在兵亂中也流落他方，十年之後，這姓于的竟練了一身武功，在江湖上闖蕩，可巧的是姓陸的和姓司徒的也各練成一身好武功，有一天，三人對面啦，說起來，不禁齊聲噓唏……」

百虹大師實是仁心高僧，他聽到三個劫後孤兒長成重逢，心中竟是一陣高興，只聽于不朽道：「哪知這三人脾氣都十分古怪，姓于的還……還好，那司徒的卻是天生一副陰陽怪氣，叫人看了隔夜飯都要嘔出來……」

百虹大師明知于不朽是在現身說法，聽他自己道「姓于的還好」，不禁心中暗笑。

于不朽道：「姓于的瞧著那姓陸的蠻順眼，可是那姓陸的驕傲得緊，竟然……竟然不理會姓于的。」

于不朽說到這裡，仔細看了看百虹大師，見他臉上並無嘲笑之色，這才放心說下去：「姓司徒的識得一個姑娘，偏那姓陸的生得俊，那姑娘似乎對姓陸的很好，於是這兩人就愈來愈不對啦，後來有一天姓陸的對司徒的說：『咱們總不能爲了一個女人傷了先人手足之情。』說罷姓陸的就遠走高飛了，他留言姓司徒的，要他好好善待那姑娘，若那姑娘受了絲毫委曲，陸某絕不饒過他——」

「不久，江湖上傳出了『嶗山雙怪』的萬兒，姓于的雖然不喜那姓司徒的，但是對這萬兒卻是不准任何人毀半分。那姓于的什麼都好，就是有一樁，嘿嘿……最是——最好令名——」

百虹大師暗道：「這個便是你不說我也知道，當年『洪澤四虎』爲了對你于不朽言語稍有不敬，結果被你每人砍斷一隻手腕……」

于不朽說到這裡，忽然住口不言，他仰天躊躇了半晌，才猛一揚眉，說道：「有一天，姓于的實在氣那司徒老鬼不過，若論那時的功夫，姓于的和司徒老鬼著實是半斤八兩，姓于的暗自尋思，終於想出一條妙計，哈——」

他原來是以客觀口吻述說這故事，這一下說得性起，什麼「司徒老鬼」全上了口。

「哈，這條計策憑良心說也只有姓于的這等……這等……聰明的人才想出，嘿，你道怎麼？」

他也不待百虹大師回答，立刻搶著道：「司徒老鬼有一種獨門掌法，喚著『黑印掌』，打中生物之後，生物身上會留下青黑色的一個掌印，姓于的暗中偷偷設法把『黑印掌』練得幾成，在一個夏日的夜上，他偷偷潛入梅姑娘房裡——」

百虹大師一揚壽眉問道：「阿彌陀佛，敢問施主，梅姑娘是何人？」

于不朽道：「梅姑娘那時已是司徒老鬼的老婆啦，嘿嘿，那天晚上想是天氣太熱，司徒老鬼半夜出去散步了，梅姑娘睡得和死人一樣，姓于的伸手施出『黑印掌』，便把梅姑娘給殺了。」

百虹大師低念一聲佛號，于不朽像是沒事人一般，續道：「姓于的下手殺死梅姑娘時，早探知那一夜姓陸的會回來，這一來，姓陸的以爲司徒老鬼殺了梅姑娘，他一定不分青紅皂白就要和司徒老鬼拚個你死我活，那時姓于的幫著把司徒老鬼擒住，便可以好好打他三個耳光出氣，哈哈。」

百虹大師久聞此人是個大邪人，聽他說出這等話來，倒也不以爲奇，只聽于不朽道：「天亮的時候，姓陸的果真回來了，他發現梅姑娘死於『黑印掌』，當下怒得咬牙切齒，悄悄把梅姑娘的屍身揹走了，一直跑到山上，把她埋了之後，又哭又鬧地吵了大半天，這時候，司徒老鬼從山那邊回來了，姓陸的大叫道：『你……你殺死梅姑娘……』，哈，可妙啦，司徒老鬼臉色一變，竟大聲道：『是我殺了這淫婦又怎地？』」

「姓于的暗中叫了聲奇怪，心想管他哩，我且去睡它一大覺，到他們打得差不多了，再來好好整整司徒老鬼。」

「哪曉得他一回家，嘿嘿，桌上竟放著一封信，上面寫著：『嶗山雙怪，兩隻笨蛋，浪得虛名，招搖撞騙』，下面是那姓陸的簽名，姓于的念了兩遍，甚是押韻，不覺愈念愈是順口，不禁大怒，心想姓陸的驕傲的緊，這封信是他寫的大有可能，唉，這姓于的什麼都好，就是太愛惜名譽了一點，他這一氣之下，原先定的妙計全忘到腦後去了，跳將起來，就去山上尋姓陸的……」

百虹大師定力再高，也不禁在心中暗歎：「怎麼天生出這種怪物，唉，焉教天下不亂？」

于不朽理直氣壯的道：「姓于的衝上山頭，那司徒老鬼和姓陸的已拆了幾百招，姓于的大叫一聲道『你敢辱罵嶗山二怪？』那姓陸的傲目一翻，腳尖在地上一陣刻劃，堅硬的青石上被他硬生生刻出『一丘之貉』四個字來。姓于的再也忍耐不住，跳上去便攻向姓陸的——」

百虹大師雙目微揚，一聲不響，卻聽于不朽續道：「結果，姓陸的輸了。」

于不朽說到這裡，似乎覺得這句話十分有力，斜目四望，幾個和尚面色如常，絲毫不爲這句話所震動，不禁有點失望，大聲道：「前幾天，嘿，姓陸的又來挑第二次戰啦，姓于的著實……著實是條漢子，他縱厭惡司徒老鬼，可是也挺身而出，那曉得就在這時候，姓于的可發現了一個秘密，哼，那封辱罵嶗山二怪的信竟是司徒老鬼寫的，那字跡一點也不錯，司徒老鬼料中姓于的看了信必然勃然暴怒，那陸某又驕傲得很，必不會緩言解釋，這可全讓他料中了——於是，嘿，姓于的猛可給那司徒老鬼就是一掌，打得他重傷跑啦——」

說到這裡，于不朽停住了，好半天，百虹大師道：「于施主請說下去——」

于不朽道：「說完啦——唉，我說過，姓于的什麼都好，就是心地太……太仁慈，打了司徒老鬼一掌，似乎心中又有點不安似的……」

百虹大師暗宣佛號：「阿彌陀佛，難得這老邪還有一點不安之感！」

于不朽愁眉苦臉沉思了一會，猛然問道：「喂，和尚，你說說看到底是姓于的有負姓司徒的，還是姓司徒的有負姓于的？」

百虹大師知道這一句答得不對，眼下就是一場好鬥，當下朗聲道：「兩世恩怨，糾纏難清，于施主也不欠司徒施主，司徒施主也不欠于施主，只是——」。

老和尚雙目一張，精光暴射，沉聲道：「只是于施主欠那梅姑娘的一掌血債！」

于不朽一聞此言，滿臉堆上笑容，大樂道：「正是，正是，和尚你說得真妙，咦，我怎麼想不到這一層來？」

說罷，「颼」一聲，從背抽出那柄長劍來，劍交左手，猛然一揮，「嚓」一聲，一隻血淋淋的右手活生生被砍了下來，于不朽左手長引，那劍子化作一道白光直飛出去，「奪」的一聲，牢釘在丈外大樹上，直沒於柄！

他揮了揮滿是鮮血的斷腕，包都不包一下，反身笑容可掬地對百虹大師一躬及地，道：「多謝老和尚，你真聰明。」

說罷搖晃著大腦袋，飛快往後山奔了下去，片刻就跑得無影無蹤。

百虹大師望著地上那隻血淋淋的手掌，連呼佛號，忽然之間，他猛覺一陣心血來潮，連忙走入大殿，對著佛像拜禮再三，就在壇下卜了一課，只聽「拍」的一聲，卦兒打在石板上發出清脆的一聲。

百虹大師緩緩站了起來，他臉色沉重，低聲道：「風火哪吒這段恩怨似乎尚未就此了結，卦中主言這段恩怨中另一主人今日亦將到臨少林古刹，這就奇了。」

他緩緩步出殿門，沿石級走上一個高台，舉目向下眺望，忽然他嘴唇一陣顫動，站得近的兩個少林弟子聽得親切，那是：「來了，來了……」

百虹大師緩步下了高台，下山來路已傳來一陣宏亮的歌聲：「心即是佛，佛即是靈，我若無心無靈，便道佛也不真？世上本無情字，問怎生叫有情無情？大醉復長飲，醉裡總是歡笑，驚問何處去尋春，笑口長指柳青青。」

百虹大師喃喃道：「來了，來了，這段恩怨合該今日了結。」

眾僧聽得似懂非懂，但知百虹大師佛法無邊，常能逆睹未來，當下齊不作聲。

過了一會，一個蓬頭散髮的老漢載歌載奔地走了上來，那老人臉上塵土怕不有幾分厚，口角全是白沫，所有的和尚不禁暗道一聲：「瘋子。」

百虹大師慧眼一睜，望了片刻，喃喃道：「這段恩怨正應在此人身上。」

一面緩步向那瘋子走近，那瘋子見大師走來，忽然面露異笑，大聲說：「和尚，世上有沒有無罪之人？」

百虹大師合十道：「苦海無邊，我佛捨己慈航，並無不渡之人。」

那瘋漢側頭想了半天，忽見兩個青年和尚挑著水走將過來，他猛可笑道：「罷，罷，罷，全是世俗之人，便是出家人也不能免俗。」

百虹大師道：「願聞其詳。」

那瘋漢道：「和尚，聽老朽唱個道情：慌慌張張，悽悽惶惶，問一聲是為誰忙？世人罵我瘋癲，我笑眾生癡茫。揮袖一去全是空，敗，也是勝，勝，就是亡。」

百虹大師見這瘋漢出口成章，不禁暗暗稱奇，朗聲道：「施主是姓陸還是姓司徒？」

那瘋漢咦了一聲道：「你這和尚倒還真有一點道行。」

百虹大師微笑道：「如果老衲所料不虛，施主複姓司徒。」

瘋漢叫道：「人說少林寺老和尚能知未來，看來你老和尚必是百虹大師了。」

百虹大師合十道：「老衲百虹，至於大師兩字，萬萬不敢擔當。」

瘋漢道：「好呵，和尚，我正要找你，快來，我與你說段故事。」

「從前，有三個結拜弟兄，老大姓陸，老二姓司徒，老三姓于……」

眾僧不由大吃一驚，只聽得瘋漢續道：「這三人雖是生死之交，但是三人的後人卻是生死對頭。」

他說到這裡，忽然住口不說，過了半天，他忽然道：「喂，我講到哪裡啦？」

百虹大師微笑道：「施主說到三個兄弟的後人。」

那瘋漢道：「正是。有一個女孩子，名字叫做梅儀，那司徒的對她愛得發狂，說實話，姓司徒的一生被認爲冷酷，但是這一次，這一次他是真心真意地愛著她，真的，他是全心全意……」

瘋漢說到這裡，臉色忽然凝重起來，一絲淚光在他骯髒的雙眼中閃動。群僧看得莫名其妙，心想此人當真是個瘋子，說話語無論次。

百虹大師凝神聆聽，面無表情，那瘋漢續道：「可是……可是，那梅姑娘卻愛著姓陸的，她一絲也不知道那姓司徒的是多麼地愛她，那溫柔含情的眼光總是望著姓陸的……」

瘋漢的聲音變得溫柔起來，一提到那梅姑娘，他臉上乖戾之色就消褪無跡，他仰天喃喃自語，沒有一人聽清楚他在說什麼，過了一會，他的聲音提高了一些：「……後來，那姓司徒的終於得到了梅姑娘，他以爲從今以後，他們的幸福將會無窮，到手的快樂，再也不會飛走了，但是……但是……他只得到梅姑娘的人，沒有得著梅姑娘的心……」

瘋漢的聲音變成哀傷的調子，眾僧聽到這裡，全聽出了端倪，想起方才于不朽的一番故事，都不禁暗驚道：「天下事難道有這般巧？……難怪方才大師說什麼『這段恩怨合該應在此人身上了結』……」

瘋漢道：「那姓司徒的一生的感情在這一次氾濫出來，如何能忍受於此，那天晚上，他用毒藥把妻子毒死了……」

群僧一齊發出驚呼，于不朽所言和這瘋漢所言大有出入，難道那于不朽掌殺梅姑娘時，梅姑娘原已中了毒麼？

瘋漢道：「司徒某人再也不忍見到妻子死時的情狀，於是他悄悄跑出屋子，到深山中散了一夜的步，黎明的時候，他才回家，立刻碰著姓陸的，姓陸的不知怎的竟已知道毒殺梅姑娘的事情，於是他們便打了起來……」

眾僧聽到此處，不禁恍然，暗道：「原來陸某人見了梅姑娘屍上的掌印，喝罵姓司徒的殺害梅姑娘，而姓司徒的卻以爲下毒之事已爲所知，焉知其中還有于不朽下手的一段呢，唉，天下事竟有這等巧合。」

瘋漢的話愈說愈低，起初像是說給他自己聽，到後來連他自己也聽不見了，只有那兩片乾癟的嘴唇在顫動著。

下面的故事，群僧也不必聽了，因爲他們一切都知道了。

瘋漢又開始低唱起來：「北國有鳥兮，名曰鵠雁，離群脫眾兮，影隻形單，繞林悲啼兮，無枝可依，投湖一死兮，此恨何堪。」

群僧見他神智愈來愈昏迷，不成調地重三覆四亂唱，待要上前相扶，百虹大師驀然大喝一聲：「咄，司徒施主，且聽老僧一言——」

瘋漢似乎猛然一震，癡然望著百虹大師，百虹大師緩緩道：「從前，天竺地方有一個牧牛的孤兒，他從小便爲人所惡，把他趕到深山中不許下山，他救人危急，被認爲想要趁火打劫，救人生命，被誣爲蓄意謀殺，助人救火，被認爲縱火原凶，最後一次，村中一個老實人失手打死了一個欺侮他的惡霸，當時只有他一人目睹，村人趕到時抓住他說是他殺的，他若是說出真相，雖然洗脫自己，但是那老實人難免一死，他歎口氣暗道：『我一生被人看錯，便錯到底罷了。』於是他矢口不言，終被殺死，佛祖聽到了這事就說：「數蚊蚋之嗤吶，終難減千里馬之神駿。」」

那瘋漢這時平靜異常，側耳傾聽百虹大師所言，漸漸他的眼光中流露出一種難以形容的神情，眾僧無一知是何意，只有百虹大師微笑道：「好好。」

那瘋漢沒頭沒腦地道：「不會太遲麼？」

大師道：「西天樂土中，彈指即勝人間百年，縱以數十年生命與比，猶螢光之抗皓月，何遲之有？」

瘋漢靈台猛然一陣清明，他雙目射出一種理智的光輝，霎時間，他像是不再瘋癲了，突然納頭拜倒，大聲道：「弟子司徒青松願誠心皈依我佛，望大師多多慈悲！」

大師以手撫其頂門，朗道：「苦海慈航，回頭是岸！」

廿二　靈台步虛

晴朗的天空，稀疏的浮雲，加上和風洋溢著輕淡的氣氛，春天快到了。

周圍延綿著大山，重巖疊嶂，山腳下是一條筆直的小道，無涯的蔓延出去，看得出分明是繞山而築，過路的人如果選擇翻山越嶺的話，比順延著大道要省一倍的腳程！

山坡下，叢林微微披著一層新嫩的綠色，淡淡的樹蔭下，轉出一條小徑，遠遠望去，徑端像是有三個小人影在移動著。

漸漸的，來的近了，日光下顯出這一行三人的不凡，都是廿方出頭的英挺少年，每個人都有一張俊美而誠懇的面貌，而奇怪的是三個人的面色中卻都泛出一種急憂的顏色。

正是岳家的少年英雄。芷青帶著兩個弟弟千里迢迢的翻山涉水到長安去找尋父親，他們對於那必然震驚天下的一戰的勝負，仍然絲毫未知。

翻過山嶺，便接近長安境了，三兄弟的心，也隨著沉重起來，尤其是芷青，自從參加少林開府以來，一連串的變故，有如層峰疊出，每一件事都重要的佔據了這剛毅少年的心，而每一件遭遇，卻都要等待父親來解決，堅強的他，外表雖然決不透露出一絲一毫氣餒，但內心卻充滿著憂慮。一方和卓方也正是如此，是以三人一路行來沉默不語，但速度卻是快的驚人。

轉眼間走完山道，芷青指指無路可通的山石堆，表示決定用輕功硬翻過去，一方和卓方默默提起真氣，激步而縱，正待一躍而過時，驀然左方一陣宏亮的喝叱聲傳來，三兄弟吃了一驚，霎時又是一聲喝叱，但卻去了至少有三十多丈遠，芷青一怔，一方忍不住道：「大哥，這人好快的腳程——」

芷青臉色陡然一變，沉聲道：「我看此人怕是秦允——」

卓方點點頭道：「除了他，還有誰有這等輕功？」

芷青臉色又是一變，朗聲道：「姓秦的妙使毒計，幾乎害得我遺臭千古——」

卓方看著大哥激動的神色，心念一轉，冷冷道：「大哥，咱們還是先到長安——」

芷青一怔，滿面威猛之色登時消失，點頭道：「走吧！」

一方和大哥的心思是一樣的，臨走還狠狠的罵了一聲：「可便宜了這老匹夫。」

驀然左方林中一聲冷哼，芷青耳聽八方，急一頓足，身形有若大鳥盤空，一展身子，已知敵蹤早渺，情急間清嘯一聲，身形在空中一盤，繞空一匝，落在地上，微微搖首。

一方冷哼一聲道：「好快的身形。」

「形」字方才出口，身子陡然一掠，閃電般向前一竄，半空中卻一頓地方，整個人突的向左一斜，曼妙的轉了一個九十度的大轉，身形沒入林中。

芷青和卓方此時也發現敵人是在左方，兩人心意已通，不待招呼，已接應而去。

一方心機高明無比，這一下陡然發勁，對方身法再快也閃躲不開，一方早瞥見十丈以外人影一恍而滅。

他乃是少年人的心性，哪肯放鬆，輕功展開十成，遇到有樹枝槎椏礙著身形時，雙掌如風，交相切出，所過樹枝有若刀割，紛紛墜地。

但這刹那間，人跡已杳。

他可不服世上有這等快捷的身手，猛可一提氣，身形一長，直掠出十餘丈，猛然吐氣開聲，眼角邊瞥見人影一閃，嘿然一哼，身形一挫，釘立下來。

目光掠處，只見一個清癯的老者站在左角樹叢下，驟看卻不見人影，方自醒悟方才人影陡失的原因。

一瞥之下，一方顧不得太多，雙掌一震，冷冷哼了一聲，說道：「閣下是何人？」

那老者輕輕一笑，不屑的揮揮手道：「小娃兒沒有資格問——」

一方怒氣上升，嘿然道：「是麼？」

老者眼也不抬，不理不睬。

一方正感爲難，陡然身形衣袂一飄，大哥和三弟已連袂趕到，芷青身形未停已冷冷道：

「閣下是秦允秦老前輩麼？」

老者兩目陡然一翻，眼中精光移射，冷然道：「秦某的名號，是你胡亂稱叫的麼？」

芷青面色一沉，冷然道：「秦老前輩的名兒晚輩早已聽聞，卻不料七奇中竟有這等人物——」

秦允疾聲道：「哪等人物？」

芷青吸口氣，右掌自左向右圈了一個圈兒，斂放在胸前，然後才道：「賣國匹夫，陰毒小人！」

果然秦允清癯的面貌一變，怒道：「好小子，你是找死——」

話聲方落，一掌平推而出。

一方首當其衝，雙掌一合，猛擋一式，秦允左掌一拍，輕輕一揮，化去一方全力的一式，右拳如風而出，打向芷青。

岳芷青釘立如山，雙目凝然，目不轉睛的注視那股奇猛的力道，直到掌風將全身衣袍壓得向後直飛時，右掌才極慢的推將而出。

嗚嗚風聲中，芷青深厚的內力已孤注一擲，秦允右掌一吐，內力急湧而出，芷青但覺自己的力道遭到巨大的反擊之力，忍不住心頭一震，卻見秦允神色不變，右掌一震，陡然一縮，自己全力攻出的力道已被化去，忍不住驚呼一聲。

秦允冷冷看了芷青一眼道：「好重的力道，岳多謙調教真個得法！」

芷青面色一紅，左掌一立道：「晚輩斗膽再接前輩一掌！」

秦允雙目陡然一挑，芷青只見他那清癯爽朗的面孔陡然布上了一層威風凜凜之氣，半晌才道：「好大膽子，走，出去再說！」

也不見他動作，身形已然平退了十丈以外。

芷青驚了一下，暗暗忖道：「此人單掌卸去我全力一擊，不談輕功，單看這深厚的內力，便絕不在我所見過的任何高手之下，武林七奇中決無弱者，無怪乎能威震江湖垂五十餘載！」

心中盤算著，已自起身追出去，一方和卓方也起身相隨，走出小林子，只見目光一闊，前面是一片廣大的草原，秦允負手而立。

芷青在心中已盤算了好幾次，終於拱拱手道：「秦老前輩——」

不料秦允面色一沉，峻聲道：「姓岳的，上次的事情還不給老夫好好交代——」

芷青雙目一凝，沉聲答道：「老前輩身爲武林高人，居於領導之位，不料竟出此移禍之計，晚輩對這一點萬萬不敢贊同——」

秦允冷冷道：「青蝠劍客都說給你聽啦？」

芷青點點頭，咬牙道：「老前輩別疑心晚輩和青蝠有什麼瓜連，他……他是我們岳家第一大仇敵！」

秦允微微一詫，隨即道：「這個與老夫不相干，老夫且問你一句，岳多謙現在處於何方？」

芷青一怔，答道：「晚輩等三人此來便是尋找家父，前輩有什麼交代？」

秦允冷冷一笑道：「這話非得岳多謙才能聽得，嘿！」

芷青登時語塞，身旁一方驀然插口道：「晚輩斗膽請問老前輩威迫家兄去刺殺——」

秦允猛一沉臉，不等一方說完，怒道：「岳鐵馬叫你們是這麼對付長輩的嗎？說不得老夫得代岳多謙管教管教了——」

芷青冷哼一聲，猛可左方呼的一聲，芷青掠目一掃，只見一道白光一閃，再一回頭，只見秦允一把截住白光，略爲一瞥，拋下白物，身形一動，簡直有若閃電一掠而去。

這一下芷青等三人才算真正見識到這號稱舉世第一的輕功，快捷簡直不可思議，比他們想像中仍要超出多多，芷青搖搖首，猛可一瞥那道白光，已落在地上，卻是平平的一張白箋，芷青一怔，俯身收起白箋，只見上面寫著：「竊聞武林七奇威蓋寰宇，金戈鐵馬功力絕世，雷公霹靂神拳無雙，穿腸神劍虹光干霄，凌空步虛疾奔逾風。青蝠自幼習武，深不敢以爲然也，人必非議竊愚昧，欲以螢火之光與日月爭明，不自量力耳，然若天賜其緣，得與七奇一會，蓋時青蝠願以一身所學，拋磚引玉，若令艾公戈折，岳公玉碎，胡公棄劍，班程掌上鎩羽，姜秦甘拜下風，則天下武林，又有何說？陽春之時，青蝠備宴於首陽山麓，盼幸教焉。青蝠劍客。」

芷青一掃而過，心中猛可一震，喃喃道：「他真是如此，那麼——爸爸又勢必將捲入漩渦了！」

一方和卓方卻豪氣的互望一眼，他們知道，武林不久將要爆發一場驚天動地的大事了！

百步凌空秦允身形簡直比閃電還快，一掠而去，他乃七奇中人物，一瞥見那白箋，不停留一刻，立刻發動，果然他身形驚天動地，一掠之下，只見五丈外青衫一閃，秦允清嘯一聲，有若龍吟，一閃之下，身形陡然前進五丈，再一點地，呼的便越過青衫客，一步超在前頭。

如果有人在旁目睹秦允這一招輕功，怕絕不相信失傳近二百年的迴風舞柳身法又重現人間，這種功夫簡直令人不可思議，比之輕功的至高「縮地之術」又要高上一籌！

秦允奇怪身法初施見效，迎面擋著那青衣人。

青衣人似是一驚，猛可吐一口氣，雙掌一上一下，虛虛一拍。

秦允吃了一驚，來不及立空身形，身子陡然後仰，右手肘部一曲，斜斜勉強還了一招，卻聞身旁一陣風聲，青衣人已逕自走過。

秦允虎吼一聲，一個翻身，但見那青衣人打左邊一個急轉，已轉過去了。

百步凌空何等經驗，雙足一踩，已上了樹梢，雙目一掃之下，只見青衫一閃，已在三十丈外，暗呼一聲僥倖，踏枝而追去。

驀然他瞥見人影一閃，青衣人身形仍然筆直前掠，但右方一聲暴響，但見一條人影猛然有若自天而降，青衣人似早已知道有人相截，不理不睬，身形仍然如飛而前，但見那人猛可在空中一剪雙腿，身形陡然有若長箭登空，嘶的竟然激起一聲銳響，這一下真是奇式陡出，青衣人但見前面一恍，一人已當面而立。

樹枝上的秦允大吃一驚，方才那人在空中的一式輕功，連他也見所未見，而且速度之快，姿態之美，秦允直覺心中一冷，暗暗道：「世上竟有這等功夫？」

好勝之心激起胸頭，秦允猛可吸一口氣，十成輕功展出，但覺風聲呼呼，一閃之下，已來到當場。閃目一望，只見相阻者乃是僧裝打扮。

就這一刻兒，青衣人已和相阻者爭了起來，但那人卻始終不肯讓青衣人通過。

遠遠望去，只見青衣人和那現身相阻的和尚爭得十分激烈，秦允一心要探虛實，不聲不響，已展開傲視天下的輕功，潛到近前樹椏上。

驀然青衣人似被激怒，疾哼一聲，冷冷道：「老夫失陪了！」

話聲方落，身形猛向左一恍。

秦允在樹枝上看的清切，不由暗歎一聲，忖道：「別看這一虛恍，所拿扶的地位，時間，身法，就是秦某人一年之前也不敢想像——」

剎時間，那迎面相攔的和尚猛可也跟著向左一閃，青衣人冷冷一笑，曼妙的一側身，右身一閃，有若一條滑魚，一溜而開。

這一式身法展出，秦允不由暗呼一聲罷了，哪知那和尚輕輕一笑，已完全衝向左方的身子有如鐵鑄般一挫，呼的一聲，平空竟向後一退閃。

刷的一聲，這一式身法好不奇異，後退之式速度竟然絲毫不減，青衣人不虞有此，閃眼間面前人影一幌，去路又被阻攔。

青衣人不由一怔，刹時怒火填胸，猛一振雙掌，平推而出。

迎面那人不敢怠慢，雙手一封，同時向左一壓，青衣人卻不停身形，一幌之間，向右邊疾閃而去。

那人似知青衣人的內家造詣已登峰造極，不過分緊逼，放掌一收而立。

青衣人身形如風，一閃而過，斜地裡向左邊密林隱去。幾乎是同一時間，那和尚正待再行追趕，猛然身後勁風聲響，如飛趕來一個清癯的老者。

那老者正是秦允，身法好不奇妙，一掠之下，繞林一匝，神目瞥處，已斷定那青衣人在這一刻已走得沒有蹤跡，不由心頭暗怒忖道：「終於給走掉了，我秦某人算是栽啦——」

心念一轉，一腔怒火完全轉向那身旁的和尚，於是冷冷一哼，霍地反身而立。

卻見那和尚身形一動，似想離去，但微微一頓，又停了下來，望著秦允。

秦允冷冷一笑道：「大和尚好俊的身手，嘿嘿，只可惜仍讓人家給跑了！」

那和尚陡然面目一沉，微微合十道：「施主話中有話，分明來意不善，可是老衲有什麼地他故意不說下去，盡量使言詞中透露出森森寒意。

只見他一閃雙目，冷然道：「大和尚錯了，非是你開罪老夫，而是——」

想著想著，怒火益發充滿心胸，暗暗萌生了殺機。

秦允不由臉色一紅，暗暗忖道：「看不出這個大和尚詞鋒如此銳利，說不得——」

方開罪了施主嗎？」

驀然林子中一聲輕響，緊跟著下來了三個少年，正是隨從追到的岳家三兄弟。

三兄弟一見當場，瞥見有一個老和尚和秦允說僵，不由吃了一驚，秦允和老僧一見三人也都不由暗暗詫異。

尤其是秦允，心中暗道：「我本意想殺了這老和尚消消心中悶氣，偏這三個孩子插入，這樣一方面有這三人，定不可得手，二則將來傳出江湖，可大損秦某名聲——」

兩相權衡，秦允暗道一聲罷了，便想離開。

哪知那老和尚細細打量秦允一番，見他似想離開，心中一動，陡然上前一步，合掌道：「老施主請了，老衲有幾句話請教！」

秦允面色一沉，心中誤會和尚反倒找上自己，不由陰陰道：「什麼？大和尚要留著老夫麼？」

語氣中不善已極，老和尚果然面色一變，聲調陡然也冷冷的說：「是又怎樣？」

芷青等一旁見那和尚長鬚微微拂動，分明蓄勁待發，神態威猛已極。

秦允鐵掌一伸，喀的一聲打在一枝粗枝上，折下一三尺來長的粗枝，頭也不回冷冷道：「倒要見見何等功夫敢攔阻老夫。」

那和尚冷哼一聲，並不答話，反臂一振，但聞嗆啷一聲，寒光閃處，長劍已折到手中。

秦允仍是不聞不問，背身而立，老和尚猛然嘿了一聲，低低道：「接招！」

手隨聲起，長劍猛可一劃，芷青三人看的清切，但聞勁風嘶的一響，遙遙射向秦允背部，三兄弟不由一齊大驚忖道：「好深的內力！」

秦允背立不動，那一縷劍風猛襲過來，直將衣袂壓得向前鼓起，說時遲，那時快，秦允猛可橫跨一步，右手反臂攻出一招，但見樹枝有如閃電，正點到老僧眉心。

老僧長劍一挫，寒光化作一道匹練，繞身一匝，登時破去秦允這一招，同時已反攻出五劍之多。

秦允但覺嗤嗤之聲大作，劍風連連襲體，不敢再托大，猛向前縱了一步，霍地一個反身，同時右臂自左至右平削一式，登時在身前布出一張密網，老和尚一連戳出數劍，也攻不進去，攻勢不由一挫！

秦允猛可面色一沉，雙目一凝，手中長枝平伸而出，猛然雙足一錯，狠狠攻出一劍。

芷青在旁看得不由一怔，只覺秦允這一式好不飄忽，以芷青的目力也只看到一陣模糊而已。

那攻勢又快到極點，一閃之下，只覺模模糊糊已到老僧胸前。

一方和卓方不由一齊大叫出聲，但看秦允滿面殺氣，老和尚萬難閃躲，三兄弟都是性情中人，心中同時一慘。

說時遲，那時快，忽聞嗆啷一聲，但見長星寒光一掃，秦允登時連連後退，緊接著喀的一響，漫天枝影頓收。

任憑三兄弟自小由岳鐵馬親自精心調教，但都不能看出和尚用的是什麼身法可以封擋並且反攻。

老和尚奇招陡使，這一劍自不可能的地位挑出，卻恰好將百步凌空秦允不能再多的攻勢一口氣封擋回去。

芷青三人這才看見敢情那和尚的劍尖正抵住秦允的長枝，使它不能移動半分，他本是聰明絕頂之人，一瞥之下，已發現其中奧妙。

心中一動，不由脫口道：「卓方快些留神，這兩人方才那一式敢情是太爲快捷，力道都不能出全，目前……」

卓方陡聞此語，豁然而悟，大聲回答：「是以他們得搶先發力，方可制敵——」

芷青像是探尋到武學上的秘辛，興奮道：「是啊！這位和尙的劍道似偏守左方必向右方搶攻，秦老則適爲反之——」

他話聲方落，但見人影一晃，果然交手兩人已然發動。

秦允但覺自己左方空虛，全力落在右邊，不敢怠慢一分，全速向右一旋。

同時間但覺身旁衣袂之聲大作，老和尙已向左轉了半圈，可惜是兩人的速度不相上下，否則勝負立分。

剎時間，但見兩條人影有如走馬燈般轉動起來，而兩人由於力道不能陡然調轉方向，一劍一枝仍在半空相交。

秦允的輕功，號稱蓋世無敵，這一下展開身法搶攻，當真有若疾矢，快捷之極，但那和尙的速度不但不比他慢，而且還有幾次幾乎搶攻成功！

剎時間兩人已繞了幾十圈，兩人足下有如行雲流水，上身平穩已極，施展的都是上乘的「移形換位」的功夫。

轉眼又是數圈，小林前的草坪有多大，幾乎每一塊地皮上都落有兩人的腳步。

秦允可真料不到輕功方面世上竟有人可與己匹敵，自己不但絲毫無法搶過，而且隨時都有落敗的可能，心中一急，猛然大吼一聲，雙足一登，整個身子橫在半空，平平倒竄出去，姿態輕靈美妙，速度勢比流星。

這一式乃是秦允最後絕技，年前偶然悟得，準備將來在武林七奇中稱雄，但不料此時被迫使出，登時上下不分，秦允已多踏上了三步。

芷青三兄弟只覺眼前一花，秦允這一式展出，三兄弟方知世上有這等輕身功夫，一方忍不住低低道：「迴風舞柳！」

芷青沉重的點點頭，他心中認爲，舉世恐怕無人能避這等輕功。

秦允已多上前三步，足有餘力進攻，只要順勢削下去，和尚的長劍，立要出手。

說時遲，那時快，老和尚猛然暴叱一聲，身形陡然盤空而起，長劍不動，身形卻猛烈一兜，平空一個急轉，激起猛烈的氣流。

芷青在地面看去，只見秦允在平地上急竄，而上空一人好像黏在他身上在半空急轉，一上一下，簡直蔚爲奇觀。

那和尚在空中連連虛蹈，轉到第三圈時，芷青可以清楚看到長劍又和長枝相搭，顯然是和尚凌空虛蹈追上了秦允的迴風舞柳！

一個念頭閃電般閃過他的心頭，脫口叫道：「他——靈台步虛姜慈航！」

說時遲，那時快，和尚凌空一步踏出，借口真力一劍削下，喀折一聲，秦允手上樹枝登時兩斷，但和尚也被秦允拚命的一抓之下，掃斷飄起來的半截衣帶。

「喀」一聲，隨著樹枝下墜，老和尚也輕輕落在地上。

秦允呆在一旁，耳邊芷青的話聲有如巨雷擊向心版，獨然瞥見對方的僧裝，不由恍然而悟，冷冷道：「姓姜的是有意架秦某人的樑子了——」

老和尚沉聲道：「不敢！」

秦允狠狠擰掉手中半截樹枝，銳利的目光盯住老和尚，又轉向芷青三人，重重哼了一聲，猛可反身一掠而去。

三兄弟不由一怔，倒是那驚人的老和尚龍吟一般長嘯道：「姓秦的可別在青蝠面前丟臉，否則連老衲面上也不好看——」

遠遠傳來秦允冷冰的聲音：「秦某人恭聆教訓，只怕丟臉的是姓姜而不姓秦！」

老和尚揚聲大笑，笑聲方落，秦允早已遠去。

老和尚回頭望了望三個怔立的少年，和藹的一笑，開口問道：「三位小施主和這位秦允有什麼不對嗎？」

芷青一怔，吶吶問道：「老前輩——就是姜老嗎？」

老和尚微微一笑，頷首道：「老僧俗家姓姜。」

芷青和一方卓方不再遲疑，一起拜了下去。

姜慈航一驚，慌忙雙手一托，忙道：「小施主怎麼啦——」

芷青忍不住叫道：「晚輩三人是岳家後代！」

姜慈航一怔，飛快一轉念，歡聲道：「岳家？好小子，你們可是岳老馬的兒子？」

芷青用力點點頭，當他發現這個老僧，父親在七奇中唯一的熟人，是如此的和詳，絲毫沒有一點傲人的跡象，真有點不能相信，但立刻回想到年老的爸爸也還不是如此可親的，於是，他像是見到了親人，喜悅的心情在心頭滋長著。

一方和卓方乖巧的叫了聲「姜伯伯」，姜慈航軒起如雪的兩道白眉，爽朗的笑了。

在後一輩前，他仔細的找尋失去連絡近三十年的老友的痕跡，於是，他在三兄弟的面孔上，都發覺了老友當年的一切情景，他彷彿已與岳多謙重逢面對，輕挪一步，邁到三個少年身前，持著卓方的手，哈哈大笑。

芷青在終日憂焚間，像是陡逢親人，急聲道：「姜伯伯，爸爸——」

姜慈航一聽著鐵馬岳多謙的信訊，立刻答道：「什麼？」

芷青爲難的輕頓一下，接著道：「爸爸已破誓下山。」

姜慈航一怔，慢慢回過頭來，滿面喜色道：「岳多謙——岳多謙下山啦？」

芷青又是一聲輕咳：「是的，可是——」

姜慈航突然插口道：「岳多謙是否爲了青蝠而破誓下山？」

芷青和一方對望一眼，沉重的搖搖頭！

姜慈航一驚，隨即瞥見三兄弟面上都帶著一片隱憂，不由驚聲道：「什麼？爲什麼不在終南山了？」

驀然山坳中一陣爽朗的大笑，雄渾的中氣在空中振蕩著，笑聲中充滿了豪放，清亮地在山谷中蕩漾著。

姜慈航身形如電，一閃之下，已出去十餘丈，四下打量，沉聲道：「岳賢侄，令尊——」他故意停一下，不見岳家兄弟回答，吸口氣一字一語的道：「告訴老僧，爲什麼，岳鐵馬下山重入湖海？」

話聲方落，大笑聲又宏亮的在空中傳起，三兄弟來不及回答，對眼一看，他們簡直不能相信這一切。

然而，大笑聲一頓，姜慈航陡然間想是領悟了什麼，雙足一登，身形平平掠出，三兄弟只覺眼前一花，姜慈航已折回身形，和他並肩而行的，卻是一個布衣打扮的老人，仙風道骨，正是名震天下的武林七奇之一鐵馬岳多謙。

芷青、一方吃一驚，幾乎不敢相信自己的眼睛，卓方眼睛快，一瞥之下，已看見父親身後還跟了一個和自己久別的四弟君青，這一來更是驚中之喜，大呼一聲「四弟」，一掠上前。

芷青和一方反倒呆怔在一邊，怔怔望著父親，滿臉喜色，說不出話來。

岳多謙豪氣逸飛，大踏步上前，一手持著一人的手，慈藹的笑了。芷青和一方嚅嚅似想說話，岳多謙哈哈一笑道：「芷青，一方，一切我知道了，你瞧──」

芷青和一方順著父親的手，才發現父親身後的四弟，並且更奇怪的是君青身旁還站有一個美貌的少女。

一方高叫一聲「君青」，上前一步，驀然他想到一事，停下身來，反身慢慢問道：「爸爸，您──您和劍神──」

岳多謙揮手打斷他的話，哈哈大聲一笑道：「劍神麼？我們並沒有動手，但──此行仍是不虛啊！」

一方像是全然放心釋懷，長長吁了一口氣。

芷青這時才有功夫去細細尋思，敢情家中的一切變故，君弟都已告訴父親了，但是，君青如何遇上父親呢？他正尋思間，那邊君青早喜孜孜的叫道：「大哥──」

芷青一望，只見三個弟弟痛快的交談著，使他幾乎沒有注意到君青身邊的少女，終於，他也跑了過去。

姜慈航輕輕觸了觸岳多謙，看到少一輩的，兩個蓋代奇人都也像是回到了昔年！

姜慈航看了半晌才道：「岳鐵馬真有你的，三十年隱居竟調教了五個這麼可愛的孩子──」

岳多謙知道他是認爲司徒丹爲自己子女，但轉念一思，不做解釋，哈哈一笑，反問姜慈航道：「老和尚，咱們多久沒見面啦？」

姜慈航雙目一翻，瞪了他一眼，道：「這個麼——老衲猜是三十年另九個多月——」

岳多謙呵呵一笑道：「好記力，好記力，老夫何德何能，竟值得大師如此掛念——」

姜慈航叱一聲道：「好啦！你先別問我爲何重入湖海，老衲倒先請教你下終南的原因？」

岳多謙收斂笑臉，迅速的將范立亭的死訊和自己下山的原因一述，姜慈航乍聞散手神拳范立亭的死訊，少不了也是一陣子悲傷。

岳多謙倒並沒說出胡家莊的遭遇，反問姜慈航：「那麼你又因何重入湖海？」

姜慈航啊了一聲，緩緩道：「方才我以爲你也是爲此一因，你可知道——」

岳多謙瞥見他滿面鄭重之色，一反常態，不由一驚，忍不住插口問道：「知道什麼？」

姜慈航微微一頓道：「你可知道——青蝠劍客？」

岳多謙一驚，失聲道：「什麼？你說青蝠？」

姜慈航點點頭，隨即又吃驚的問道：「你怎知青蝠之名，這名號老衲倒是第一遭聽到！」

岳多謙咬咬牙，點點頭，喃喃道：「我知道——我知道他！」

姜慈航奇異的望他一眼，岳多謙輕聲問道：「你和青蝠劍客有什麼過不去麼？」

姜慈航迅速的從懷中摸出一張拜柬，遞給岳多謙，接過一看，只見上面龍飛鳳舞寫了幾行文字。

岳多謙看畢，沉吟片刻，沉聲道：「原來如此，青蝠劍客和你朝相了？」

姜慈航輕輕搖首道：「那天我正在大覺寺中，大約三更時分，房上一響，有人擲入此柬，老衲拔足追去，只見一個青衣人閃電般逸去——」

岳多謙低聲嗯了一聲，暗暗尋思道：「青蝠仍是三十年前的打扮！」

姜慈航接著又道：「那青衣人的腳程快的出奇，老衲細心估計，竟不在自己之下，心中不信這個名不經傳的青蝠竟是此等高人，便存有和他一賽腳程的心——」

岳多謙輕笑一聲，卻聽姜慈航道：「哪裡知道一直追了兩天，追到這兒尚未追上，你說氣不氣人——」

他像是自問，不待別人回答，又道：「青蝠見我追得急，繞高山跑了兩圈，忽然遇到一樁怪事，我和尚差一點栽了跟斗——」

岳多謙一驚，肅然道：「青蝠怎麼啦？」

姜慈航用力搖搖大光頭：「不是他，我又遇到另一個人正在此山中。青蝠在我之前，想是也發現了，可怪他如飛而前，擲出一張和我所接到的一模一樣的白紙柬——」

岳多謙驚道：「什麼？」

姜慈航故作輕鬆，笑笑道：「你別慌，當時老衲也大吃一驚，瞧他柬上所寫，分明這傢伙也是武林七奇之一，果然那傢伙一瞥之下——啊，我忘說那傢伙當時正和令郎在一起——」

鐵馬岳多謙瞪大眼睛，只聽他又道：「那傢伙一瞧柬兒，咒罵一聲便追青蝠，哪知青蝠早知如此，如飛竄出深林中潛行，老衲搜索半晌，好不容易攔住他，正待跟他好好談談，那後追的傢伙有如鬼魅一般出現，青蝠劍客不再停留，閃身逸去！」

岳多謙忍不住插口問道：「你又追下去？」

姜慈航搖搖頭道：「我忽然想起來，假定這後追來的傢伙也是七奇之一，那麼我見他追青蝠時的身法，實是高妙已極，有些地方老衲也自歎不如，是誰又有此等輕功？剎時我飛快的思索一番，你可知道他是誰？」

岳多謙一轉念，長眉一軒，沉聲一字一語道：「百步凌空秦允？」

姜慈航長吸一口氣，點點頭：「可不是他！」

沉默，兩人都陷入沉思中。

半晌，姜慈航才道：「是以老衲對青蝠的興趣，立刻被這一發現取而代之了。老衲猜想他並不知老衲的底細，果見他目中無人，自大得緊，老衲索性也來個不理不睬，激起來怒火，鬥了起來。」

說到這裡，他再也忍不住，聲調愈加愈高，岳多謙明白他的心裡，輕輕道：「結果如何？」

此話一出，連他都微感緊張，恐怕姜慈航會說出失敗兩字，是以話方出口，緊張地等待對方回話。

但姜慈航卻半晌不答話，好久方道：「不分勝負！」

岳多謙放心的呼口氣，望望姜慈航強作平淡的神情，故意輕輕道：「好險！」

果然姜慈航立刻被激，大聲道：「什麼好險？姓秦的在最後關頭用什麼『迴風舞柳』想一舉制勝，老衲擔保他這一招身法自以爲天下無敵，嘿嘿，哪知道——」

岳多謙緊緊接口道：「你的吃飯招術靈台步虛也逼出來了？」

姜慈航點點頭：「他這才認出老衲是何等人物！」

岳多謙猛然哈哈大笑，拍拍姜慈航的肩頭：「真有你的！」

姜慈航忍不住也宏聲大笑，登時笑聲溶成一片雄渾的洪流，遠遠地向山谷四方傳揚出去，驀時四谷回聲裊裊，歷久不絕！

近處的少年人都吃驚的回頭，他們清晰的看見兩個蓋代奇人的臉上顯露出的英氣直可干雲直上，哪裡有一絲一毫龍鍾之態。

廿三　唯我獨尊

鐵馬岳多謙抖擻著雪白的鬚，對靈台步虛姜慈航道：「看青蝠的口氣，他似乎要以一人向咱們七人挑戰，而且要以各人之長相對——」

姜慈航大笑道：「那麼他是定要以輕功折服老衲了。」

岳多謙長笑道：「到時候瞧瞧靈台步虛高明還是這廝高明，哈哈，順便你老兄和姓秦的也一決高下呢。」

姜慈航道：「老衲這一下可有眼福一睹岳兄暗器神技了。」

岳多謙道：「咱們七人一向不會面，想不到這大年紀了卻被這青蝠劍客扯到一塊兒，哈哈。」

姜慈航也笑道：「瞧那青衣人的功力，我和尙當真有點惴惴然哩。」

岳多謙道：「青蝠功力雖強，但是對付姜兄只怕還差一匹。」

姜慈航不禁奇道：「岳兄怎能得知青蝠功力？」

岳多謙忍不住一陣激動，他豪笑道：「這個——嘿——」

但是他又忍住不言了，他心中在默道：「青蝠？哼，三十年前就曾栽在姓岳的手中了！」

他下意識地隔著衣摸了摸懷中那粒明珠，散手神拳拚著性命從青蝠頭上搶下來的，隔著衣衫，岳老爺子也能摸出珠上那一道凹痕——那是岳家三環唯一的一次在人間留下的紀念。

姜慈航有點奇怪地望了望岳多謙，但是他也不追問。

這時候，君青已經老著臉皮把司徒丹姑娘介紹給三個哥哥，芷青笑吟吟地望著幼弟，無疑的他是想起了童年時大家取笑「和女孩子打交道」的往事，君青不禁略感羞愧地望了望芷青，至於一方、卓方，他連望都不敢望，因爲他終於讓二哥三哥給言中了，他在等待一方的取笑。

哪知道一方和卓方都沒有作聲，反而臉上現出了難以形容的神情，君青雖覺奇怪，但他萬萬想不到二哥和三哥是從司徒丹嬌美的身上想到了另一個倩影，那個倩影使這一對兄弟打第一眼起，就失去了屬於自己的心！

君弟簡潔地敘述他身陷水底宮的經過，三個哥哥聽得連連稱奇，對於陸、于、司徒的恩怨，三人更是大感興趣，當然，他們不知道其中還有更深的恩怨，而這些恩怨現在都已煙消雲散，世人所知的不過是這一切的表面，它的真相永不會爲人所知的了。

到這時候，芷青才猛然想起一件大事來，他飛快地跑向爸爸那邊，正看見爸爸拉著姜慈航的手呵呵大笑，他大聲叫道：「爸，有件事情——」

說到這裡，他忽然想起這話在外人前提出大爲不妥，於是立刻止住了嘴。

岳多謙回頭一看，只見芷青欲言又止，一副尷尬的模樣，不禁奇道：「什麼事，芷青？」

霎時之間，他從芷青的面色想到一件事來，立刻他的臉色大變，長髯亂抖，他顫聲叫道：「芷青，你媽媽呢？……」

敢情他雖一直沒有見到老婆許氏，但是當著姜慈航一時不便問，而且他料想三兄弟都在，必然沒有什麼事，這時一見芷青的神情，頓時宛如跌入萬丈深淵，全身冷汗直流。

芷青聰明絕頂，他立刻想到是怎麼回事，他飛快地道：「爸，媽媽沒事，我怕她一路辛苦，送她到朱大嬸家去了，只是……」

岳多謙在心底裡長噓了一口氣，他暗自感歎：「岳多謙，你真老了，一點打擊也受不了啦。」

姜慈航何等老練，一瞧芷青那期期艾艾的情形，便知他必有什麼事礙於自己不便出口，當下便大踏步走過來，和君青等人閒聊。

芷青這才壓低著嗓子道：「爸，鐵騎令……」

岳多謙驚道：「什麼？鐵騎令？在哪裡？」

芷青忙把少林山麓鐵騎令初現，以及那狂傲光頭老人的事說了一遍，岳多謙強抑住滿腔激動，暗暗感謝祖宗保佑，終於得到令旗的下落。

他茫然低語：「哼，好一個『上天下地，唯我獨尊』，好一個狂妄的傢伙……」

姜慈航在那邊看到這情形，不禁大奇，他緩緩步了過來，拍了拍岳多謙的寬肩，低聲道：「有用得我和尚的麼？」

岳多謙不禁感激地望了姜慈航一眼，無可奈何地搖頭苦笑了一下。

姜慈航拍了拍光頭道：「那麼——老衲走了，陽春之時，咱們首陽山上見！」

岳多謙心亂如麻，只望了望姜慈航，又望了望芷青，忽然他大聲叫道：「罷、罷，大家走著瞧！」

姜慈航怔了一怔，朗笑聲起，展開了他那舉世稱絕的輕功，光頭一閃，無影無蹤。

岳鐵馬再把那光頭老人的形狀詳細問了一遍，並不得要領，他問芷青道：「芷青，你和他曾碰過一掌，據你看他的功力如何？」

芷青努力追憶了一會，困難地搖了搖頭道：「光頭老人那一掌之中，內力有如汪洋大海，孩兒的確難以測知他的真實功力。」

岳多謙皺著眉長歎了一聲，芷青忽然想起一事，叫道：「爸，我們和那百步凌空秦允碰了面——」

岳多謙嗯了一聲，芷青道：「姓秦的竟是個賣國賊！」

岳多謙忍不住抬頭瞪著芷青，芷青把秦允假借青蝠名義迫自己去刺殺岳元帥的事說了一遍，岳多謙呵了一聲，滿面困惑，他喃喃道：「秦允？秦允？難道……」

芷青又道：「青蝠還說范叔叔雖是他打傷的，但是絕不致死，定是有人趁火打劫，他聽了范叔叔的死訊時，也憤怒異常，孩兒瞧他倒不似裝出來的。」

君青被他一提，立刻想起來，他大聲道：「是了，是了，那天我和媽媽剛從終南山上逃出，經過那後山下的『謝家墳場』，發現了十三具死了不久的屍身，還有范叔叔立的一塊木碑，上面刻著『綠林十三奇之塚，散手神拳立』幾個字，我推算日子，大概正好是范叔叔帶傷奔向終南山的時候，路上和這什麼綠林十三奇幹了一場，傷上加傷，是以……」

岳多謙等人一磋磨，都點頭以為然，一方道：「不管怎麼樣，青蝠劍客總脫不了關係。」

岳多謙沉重地點了點頭。

他們父子重逢的喜悅之情，已為這一連串的事故所沖淡，岳多謙皺著眉，額上的皺紋像是密網一般，他背著手踱了兩個圈子，一言不發。

他踱到司徒丹的面前，凝望司徒丹嬌小可愛的面容，司徒丹睜著一雙大眼睛，稚氣地看著岳老爺子的白鬍子，岳多謙不禁伸手摸了摸她的秀髮。

最後岳多謙停身轉了過來，沉重的道：「現在我想你們也知道，咱們已經面臨一個空前的大危機，一方面青蝠劍客已經公開下了戰書，另一方面，鐵騎令的謎終於揭開，這兩者都是岳家的一大考驗——」

岳多謙換了一種豪情遄飛的口吻道：「青蝠劍客，儘管他膽敢下書同時向武林七奇挑戰，但是——憑著我三十年前一戰的經驗，嘿嘿，我可不怕他，倒是那光頭的老兒，連爸爸都覺沒有把握……而青蝠約戰是在春分之時，我們總不能說是已探知了鐵騎令的下落而不立刻去一拚，這樣我們何以對岳家列祖列宗於黃泉之下？」

孩子們都懂得岳多謙的意思，那就是說與光頭老兒之戰在前，而青蝠之戰在後，岳鐵馬擔心他將沒有把握能活到與青蝠一戰！

他們萬分驚奇地注視著爸爸，不可一世的岳鐵馬竟生出這等想法，怎不叫人震驚？

岳多謙歎了一口氣道：「岳家鐵騎令失蹤的內幕，你們並不詳悉，今天我不得不對你們說個清楚了——」

芷青等人精神全是一凜，就連司徒丹這小姑娘也湊近來聆聽。

岳多謙道：「當年你們祖父威震武林之時，當真是成了整個武林的北斗泰山，後來他突然隱沒，武林中人只道他是厭倦了武林俗事，告老歸隱，事實上誰又知道祖父他老人家在垂暮高齡上竟栽了一個觔斗，而且栽得是如此之慘——」

芷青等人噤口不敢發聲，岳老爺子續道：「那年，大概是你們祖父五十大壽，他正和幾個老友在飲酒歡度，忽然有人送來一張帖子，上面什麼都沒有寫，只畫了一個老人把一面小旗扯成兩半，臉上露出嘲笑之色，那小旗的模樣正是祖父威震天下的鐵騎令旗，像指名挑戰這等事祖父可碰得多了，但是像這等公然侮辱的倒是頭一遭遇見，他老人家飛躍出去，只見門上刻著一行字：『武林盟主該換人啦』。」

岳多謙頓了一頓道：「你祖父一轉身，瞥見屋角人影一幌，他飛身撲去，那人長笑一聲而去，屋瓦上又留著一行字：『明日午夜廬山筷子峰候教。』

祖父依時趕到廬山，早見那老人在峰上踱方步，祖父問他姓名，他說勝得了他他才說。他要以性命和岳家的鐵騎令旗相搏，祖父笑道：『我也不要你的性命，你輸了只要把姓名告訴我就成啦。』結果兩人便動了手，哪知道這個不見經傳的怪老兒竟然厲害得緊，以祖父之功力竟在千招之上輸了一著——」

芷青等人雖然早知這是必然之結果，但是仍然忍不住驚叫起來。

岳多謙道：「試想你祖父之盛名，能勝千次，卻不能敗一次，到了這等地步竟讓人打敗，祖父的心情你們可想而知，他咬著牙把鐵騎令遞給了那怪老人，他要求道：『你說得對，武林盟主是應該換主兒，但是百年之內，必有姓岳的能把令旗奪回來。我要求你等我百年。』

那老兒傲然道：『好，我就等你百年。』

他們說百年，那自然是指兩家子孫之鬥的了。

那怪老人臨走忽然道：『姓岳的，如果你要知道的話，我告訴你我的姓名也不妨。』

但是祖父終究沒有問他的姓名，因爲，祖父打敗了。」

芷青插口道：「那麼，這光頭老人必是那怪老頭的後代了？」

同時他也明白了爲何爸爸竟興出沒有把握制勝的原因。

岳多謙點頭道：「縱使這光頭老兒比他先人更強十倍，咱們既然探知了，能不捨命一拚麼？」

一方道：「爸爸豈會輸給那老兒？」

岳多謙搖了搖頭，雖然沒有說話，但是那像是在說：「可是祖父當年就輸給了怪老頭！」

一方懂得爸爸的意思，他大聲道：「就是因爲爺爺輸給了怪老頭，所以爸爸一定會勝！」

岳多謙想起這些年來自己雖然隱居，其實練功之勤，更勝昔日，父親當年功力只怕著實不及自己此時高深，一方的話也未始沒有道理。

一方再強調道：「爸爸一定勝。」

卓方故意道：「那光頭的掌力我也見著，雖然極高，我瞧最多和范叔叔差不多。」

君青學著岳多謙那天豪壯的口吻道：「世上能勝過爸爸的人，還沒有誕生。」

司徒丹也紅著臉道：「沒有人能打敗岳伯伯！」

岳多謙輪流望了望幾個孩子，他驟然朗聲大笑起來，他揮了揮大袖，大聲道：「咱們走！」

芷青道：「去哪裡？」

「嵩山！」

嵩山，又到嵩山了。

這路兒岳家兄弟是走熟了的，那蜿蜒盤旋的黃土山徑，一旁巨大的岩石，一旁蕭索的林木，然而這一次是聲勢最浩大的了。

岳多謙側首問了問：「芷青，還有多遠？」

芷青指了指前方，低聲道：「就在前面，頂多只有里許。」

里許的路程飛快地就過了，前面出了那向內斜彎的草坪，芷青和一方同時指著道：「就從這下去，下面有一棟石屋。」

岳多謙絲毫不猶疑，大踏步就往下走去。

走在最後面的司徒丹，忽然快走兩步，輕扯了扯君青的衣袖，君青低頭問：「什麼事？」

司徒丹悄聲道：「我……我有一點害怕。」

君青道：「害怕什麼？」

司徒丹道：「我也說不上爲什麼——」

君青握了握她的手，安慰道：「別孩子氣啦，看爹爹已下去了。」

前面地形陡斜，芷青照記憶，那該是一道狹窄的小路從兩岸石壁間伸過去，哪知走到臨頭，竟然是一塊龐然巨石迎面擋在徑中，兩邊都接住石壁，像是天然塞堵住的一般。

芷青咦了一聲，上前推了推巨石，那巨石動也不動，真像是天然阻塞的。他不禁懷疑地四面望了望，周圍景象依舊，確是上次所來之地。

岳多謙忽然冷哼了一聲，一方道：「爸，是怎麼一回事？」

岳多謙道：「哼，人家來考較咱們啦。」

芷青道：「爸，你是說這巨石是光頭老兒移過來的？」

岳多謙指了指巨石的上方道：「你們自己瞧。」

眾人隨著望去，只見巨石上深深留下兩隻掌印，那石緣圓潤如常，像是天生凹下去的一般。

芷青道：「看來這老兒搬移此石時著實費了極多功力。」

眾人都懂他的意思，內家高手講究的是舉重若輕，像這等留下如此深痕的情形，如非這巨石太過沉重，否則絕不會發生，是以芷青作此判斷。

岳多謙沒有答話，他凝目望了望那巨石，忽然問君青道：「君兒，那天你從終南山後逃出來時，推開的大石比這石怎樣？」

君青道：「那可比這石小得多了。」

岳多謙自言自語地道：「嘿嘿，憑這塊石頭就攔得住我麼？哈哈，你也太小看我姓岳的了。」

芷青等人都明白，最難的是這石頭上下左右都卡在山石和石壁內，是以無法移開它，看來只有托它離地數寸，一直推移到丈外寬闊地才能搬開，這等托它移走就不是一股猛力所能辦得到的了。

岳多謙緩緩吸了一口氣，面色如常地向前走了兩步，他伸手微微貼在石上，只見他全身衣袍猛然一陣飛揚，那巨石緩緩離地數寸！

但是這時又不能再往上抬，因爲上抬立刻就會碰著頂上的山石，岳多謙就彎著腰，一步步緩緩前行，只見石地上立刻陷下一個一個腳印。

岳鐵馬全身功力遍佈，但是雙臂上卻完全是一股純和之力，是以他腳下雖把石地踏得步步下陷，那石上卻沒有留下絲毫手印。

芷青知道爹爹的意思乃要在這一點上勝過對方，只見岳多謙弓著身形一步一步極慢地前行，那龐然巨石竟托空跟著前移，一尺復一尺，終於走完了這丈餘的狹道！

一方、君青歡呼一聲道：「爹爹在石上一絲指紋都沒有留下哩。」

但是岳多謙卻笑著搖了搖頭道：「我敢說移石擋我們的光頭老人，功力絕不在我之下！」

君青道：「爲什麼？」

岳多謙指了指地上道：「人家在地上可沒有留下腳印啊。」

芷青叫道：「爸，你瞧，就是這石屋。」

大家往下走去，果然看見那古怪石屋，只是屋內一片空蕩蕩的，不見半個人影。

岳多謙提氣道：「老朽岳多謙冒昧造訪，還請主人現身一見。」

鐵馬岳老爺子何等功力，提氣之下，聲音直可裂石，但是屋內絲毫不見回音，君青忽然叫道：「爹，這屋裡沒有人，那光頭老兒已經走啦。」

岳多謙奇道：「你怎麼知道？」

君青道：「方才那巨石上的掌印不是在外麼？若是光頭老兒封此石而自己在內，那掌印怎麼會在外？若是人在外面封的，他又怎能進來？」

岳多謙點了點頭，暗讚君青聰明，他回頭問道：「芷青，你發現鐵騎令是在什麼地方？」

芷青帶著眾人走入石屋內，到了那間古怪房間中，芷青輕踏牆邊那塊地板，立刻反身躍回，但聞嘩啦啦一聲暴響，地上出現一個大洞來。

芷青從洞邊小心繞過，把牆上那兩塊活動的石磚撬開，果見那小洞中空空如也，鐵騎令旗無影無蹤。

一方在他身後忽叫道：「大哥，看你左邊角上——」

芷青伸手一掏，掏出一卷紙來，上面寫著「岳老英雄謙公親鑒」，芷青反身遞給爹爹。

岳多謙皺著眉攤開紙卷，只見上面寫著：「公閱此卷時，則徑前之石屏必移去矣，鐵馬岳多謙之盛名，誠非浪得也……」

岳多謙忍不住重重哼了一下，繼續看下去：「……老夫既知岳公前來，本當恭候一了上代之約諾，惜前日忽接自謂青蝠者之戰檄，老夫以屆時岳公亦將前在，故先行一步，首陽山麓共赴青蝠之約，然後一戰可也。」

下面沒有簽名。

一方道：「好狂的口氣。」

芷青道：「他既接青蝠之挑戰，必是七奇中的人了——」

岳多謙冷哼了一聲道：「哼，原來是他，原來是他……」

君青身邊的司徒丹一時還沒有明白，她悄聲問君青：「原來是誰？」

她本是悄聲發話，哪裡知道此刻屋中靜得出奇，她的話反倒顯得十分清晰，司徒丹一急，不禁臉上紅暈。

君青答道：「金戈艾長一！」

試想武林七奇中，雷公、劍神、霹靂三人岳多謙在長安會過了面，秦允、姜慈航二人芷青等人見過，剩下的兩人中一個是鐵馬岳多謙，還有一個不是金戈是誰？

岳多謙大步走出石屋，他想著那信中狂傲的字句，想到自己一向威重武林，哪曾被人這般輕蔑過，不禁停下身來，反身看了看那怪異的石屋——

映入眼簾的是門楣上「上天下地唯我獨尊」八個大字，岳鐵馬那噓下去的一口氣再也按捺不住，他大袖一揮，反手一掌劈出，那楣上石碑竟如刀切豆腐一般應聲而崩落，只剩下「上天下地唯我獨」七個大字。

芷青等人在心底裡大叫一聲「好」！

岳多謙更不回頭，大踏步往外便走，大家都跟著他走出了狹谷，君青問道：「爹，咱們這什麼地方去？」

岳多謙仰首望了望天，高處山峰似乎和青天都銜接在一起，那巔峰兒上積雪漸融，樹木帽兒上面已有了嫩綠的顏色。他沉聲道：「到首陽山去。」

芷青道：「我們要不要先去看一看媽，免她著急。」

岳多謙道：「正是，你們四兄弟帶著司徒姑娘到朱嬸嬸家去，我——我一個人先去——」

一方道：「距首陽之會時間尙早，爹爲什麼不也先去看看媽媽？」

岳多謙沉重道：「首陽之會，勝負難料，我要利用這段時間把所有該做的事都做好，到時候我才能安心一戰！」

一方明白爸爸話中的語氣，那是多少含有一點交代後事的意味，芷青也明白，他心中感到慘然，也感到愧然，因爲他一點也不能爲老父分擔一些憂患……

卓方忽然道：「咱們見過了媽，再趕到首陽山去看爹爹大顯神威。」

岳多謙強捺煩惱，笑道：「好，好，你們這就起程吧！」

芷青望了望老父，一方卓方望了望芷青，於是芷青低聲道：「爹爹，再見。」

岳多謙催道：「好，你們走罷，咱們首陽山上見。」

芷青帶著弟弟們和司徒丹走了，岳多謙遙望著這一行少年的背影消失在蜿蜒山徑彎處，他摸著長鬚歎了一聲，喃喃自語：「盧老哥，范老弟，縱使危難再深千倍，姓岳的也絕不會在你們的怨仇沒有了結之前倒下去的！」

雪白的雙眉皺得更緊了。

廿四　前緣天定

「君弟，走快些呵。」

是一方的叫聲，他停下步來，回頭喊著。

君青悄聲對司徒丹道：「咱們又落後了，快些走啊。」

他們的臉上微帶著些微紅暈，當他們觸及一方那帶著神秘微笑的眼光時，司徒丹的雙頰更紅了。

芷青和卓方在前面默默地走著。

芷青忽然問道：「喂，卓方，我要問你一件事——」

卓方道：「什麼事呀？」

芷青認真地道：「你說我的功力比他們來怎樣？……」

卓方道：「當今武林之中，少年一輩之中只怕難以找出勝過大哥的。」

芷青嚅嚅道：「不，我不是說這個，我說的『他們』是指……是指武林七奇……」

卓方吃了一驚，冰雪聰明的他想到芷青的語氣，立刻明白大哥問這話的意義，於是他巧妙地答道：「武林七奇麼？我敢說他們在大哥你這般年紀時未見得就能強得過你——」

芷青緊接著道：「可是——現在呢？」

卓方有一點不忍傷大哥的心，他漫聲道：「現在麼，七奇的功力——大哥你自己知道——」

芷青長歎一聲道：「唉，是啊，我自己也知道，現下和青蝠秦允金戈之流相比可還差得遠啊……」

卓方道：「可是大哥你該知道，世上還找不出第二個像你這等的少年高手哩。」

芷青道：「有什麼用？有什麼用？在爹爹敵人面前，我連插手的餘地也沒有啊！」

卓方知道大哥一直在爲不能替老父聊盡子道而難過，他想說一些安慰的話，但是拙於口舌的他想了半天，一直找不著妥當的字眼，於是他咬了咬牙，只說了一句：「咱們走快一些！」

後面傳來一方催促君青和司徒丹的喊聲。

蜿蜒的山徑在沉默中從他們的腳下飛過，徑旁潺潺山泉聲都變得清晰可聞。

卓方打破了沉默，他先斜眼向後望了一眼，看見一方還遠落在後面，於是他道：「大哥，如果……如果……你——你愛上了一個女孩子，你會怎樣？……哈哈……」

他加上一聲乾笑，表示這句話是開玩笑似的。

芷青是個實心眼，他笑道：「哈，我不會愛上什麼女孩子的，人家也不會愛我，咦，你問這幹麼？」

卓方乾笑一聲，掩飾道：「大哥你別說得那麼肯定，你瞧君弟還不是……」

芷青對於一方、卓方在少林寺和白姑娘的一段完全不知，是以一時他想不透卓方的用意，他只豪爽的笑道：「我不會的，不會的。」

卓方忽然認真地道：「大哥，我相信你能瞧都不瞧那些女孩子一眼，但是，有一天你會遇著一個女孩子，那似乎注定著你非去愛她不可，那時就由不得你了……」

芷青道：「笑話，哪會有這樣的事。」

卓方正色道：「會的，會的，有些事是由不得人的，當它來的時候，它就發生了，沒有任何跡象，也沒有任何力量能阻止它，大哥，你相信有些事是由天意安排的麼？」

芷青道：「三弟，你爲什麼會想到這些呢？也許你說的有道理，但是對我而言，那還沒有到時候哩。」

卓方偏頭望了望大哥，那英挺的額準中泛漾著一種偉岸男子的氣概，偶然兩隻早出的蝴蝶從芷青的頭頂上舞翔而過，卓方心中忽然閃過一個靈感，他十分正經地道：「誰知道？也許時候就要到了。」

午後，他們翻過了山嶺，又看到了上次走過的大道，朱嬌嬌的家快到了。

一種莫名的興奮充斥著幾個少年的心，也許，那是因爲快要見著媽媽了吧。

下面叢林尖兒上一片稚嫩的青綠，他們驚訝了，每隔一天，大地似乎更甦了幾分，樹葉兒也似乎更綠了一些……春天悄悄地從嚴寒的厚幕中閃了出來。

君青深深吸了一口清涼的空氣，他忍不住唱道：「細雨輕風，乳燕斜佻，池面冰解，浮光飛耀，黃鶯兒枝頭報曉，唱一聲，春到了。」

芷青忽然叫道：「留神，大家看那邊——」

大家順著他手指的方向望去，只是山下遠處幾條人影在追逐廝殺，一閃而沒入坡後。

一方驚呼道：「那後面的一個，竟是百步凌空秦允哩。」

卓方道：「一點也不錯，是秦允！」

芷青道：「咱們快追過去，姓秦的追殺前面之人，難道還會有好事麼？」

君青躍躍欲試地道：「正是，咱們快追。」

一方看了看君青，想起數月之前在終南山上君青還是那付書呆子的模樣，不禁笑道：「對，咱們快追上去，君弟大大施展一番，讓我們見識見識松陵老人定陽真經上的絕世神功。」

君青臉紅道：「二哥你可別取笑我——」

卓方猛叫道：「咱們快追，遲了可要來不及！」

他話聲方了，人已如流星趕月一般全力飛騰下山，一方一扯君青，也自騰身而起。

司徒丹連忙施展輕功，哪知這一下三兄弟是施展了全力飛奔，那速度當真是乘奔逾風，她只飛縱一步，便自落後了大半丈，她芳心一急，不禁一咬下唇——

忽然一隻寬大的手掌捉住了她的小手，一個雄壯的聲音在她耳邊響起：「司徒姑娘，讓我扶你一程。」

她偏起頭一看，原來是芷青，那英俊威猛的面孔令她絲毫想不到「羞澀」兩字上去，她直覺地以爲是被自己的大哥握住了手，於是她嫣然點了點頭。

芷青微笑了一下，他握住那柔若無骨的小手，但是他也只當是握著自己的小妹子，毫不侷促地喝了一聲：「咱們快追！」

一方和卓方跑了個首尾相銜，他回首看了看，令他大吃一驚的是君青竟然輕鬆地跟在他後面！

他忍不住驚叫道：「呀，君弟，你好俊的輕功呀！」

君弟原本內力深厚無比，這一下糊里糊塗跟著一方起步就跑，慌忙中自然而然所施的全是定陽真經上的身法，等到一方這一喊，他才猛然想起自己輕功本來頗差，心中一急，猛然奮力一縱，只聽他「哎呀」叫了一聲，竟然險些扭傷了腳踝——

「呼」一聲，芷青帶著司徒丹平穩異常地飛過君青頭上，趕上了一方，他大叫道：「君弟，你快全身放輕鬆，提住真氣跟著我跑，你的輕功俊極啦！」

君青幾乎跌了一跤，正在垂頭喪氣，聽得芷青的話，想起自己方才確是跑得又輕又快，不由大叫道：「大哥，你說的……真的嗎？」

芷青叫道：「真的，君弟你輕功俊極了，快照著我的話跟我跑——」

他說完反身飛縱，司徒丹只覺被他帶著自己身體宛如輕了一半，兩邊樹木山石飛快地往後倒退，她忍不住悄聲道：「大哥——呵，我能叫你大哥嗎？您的功夫真好……」

芷青哈哈一笑，就如被三個弟弟叫聲「大哥」一樣的感覺，他忽然覺得如果媽媽生一個這樣的妹妹倒也不壞，哈，不管怎樣，他還是老大，大哥——生下來的時候就注定了。

他耳後風起，他知道君青跟了上來，於是他一面誇張地做換氣提身的動作，一面慢慢地加快速度。

君青自幼精練岳家內功，因他專一此道，不必費心兼學許多招式身法，是以功力之深厚，只怕猶在一方卓方之上，定陽真經中的各種身法也都諳熟於胸，只是經上沒有系統地把輕功提縱之訣寫明，是以他自以爲輕功極差，這時依著大哥之話把全身肌肉放鬆，繼而發現芷青故意做給他看的訣要動作，他天資聰明無比，又加根基深厚，一試即成，霎時身形輕靈自如，有如行雲流水。

芷青回頭一笑，君青也是一笑，兩人露出雪白的牙齒，芷青的速度猛然之間又加快些許。

君青一竅即通，再無疑慮，身形也不知不覺之間愈來愈快，緊緊地跟著大哥。

一方和卓方回頭望了一眼，雙雙叫道：「君弟，真有你的！」

五人飛快地奔騰，霎時已到了山下，他們繞過那山坡，不覺一呆，一齊停下身來。

原來那追殺著的一夥全不見蹤影，前面卻出現兩條岔路，也不知應該往哪一條路追下去。

芷青飛快地作了決定，他道：「你們三人護著司徒姑娘往左追下去，若是追不著就一直到朱嬸嬸家去，不必管我。」

敢情左面一路正是通朱家之路，是以一路追去，就算是追個空也不必繞回。

一方道：「若是姓秦的他們是往右邊去了，大哥你一人追去只怕勢單力孤——」

一方的意思是希望大哥命他同往。

芷青想了想暗道：「一方智機百出，若是跟了我一路，則左路似乎力量不足——」於是他決定道：「好吧，君弟跟著我——記著，你們追不著，不必管我，我們追不著自會趕回——走！」

說罷一扯君青，大步向左邊小徑奔去，一方卓方對望一眼，一方道：「卓方，你扶著司徒姑娘一把吧。」

卓方想說什麼，但是沒有說，他扶著司徒丹一隻胳膊，飛身而前。

半個時辰以前，卓方曾對芷青正經地說：「……誰知道呢？也許時候就要到了……」是的，有的時候事情還沒有發生，但是老天早就安排好了結果，任你再聰明，任你醒悟得再早，但是事情還沒有發生之先，它的結果就注定了，還能比這更早麼？

芷青走向了右邊的一條路，於是……一切就注定了！

他和君青默默地飛奔著，君青有些緊張，他不時摸一摸背上的那柄破劍。

山路盤迴，兩人疾比流星地跑著，驀然——

芷青叫道：「止步！」

刷一聲，兩人停下身來，只見那邊古松下躺著一個人，一個女人，一個年輕的姑娘……

「啊，白姑娘！」

芷青不禁驚極叫出，原來這竟是在少林開府時所認識的那雲台釣徒之女，白冰。

君青奇道：「她是白姑娘？你認得她？」

芷青點了點頭，趕緊趨前幾步，伸手一把脈門，不由輕噓一口氣，敢情這白姑娘脈膊正常，看來只是受驚過度，昏暈過去罷了。

芷青運功在白姑娘「背宮穴」上一拍，白姑娘呻吟一聲，悠悠醒來。

她才睜開眼，口中含混地叫著：「爹，等我一下，爹，等我一下……」

芷青、君青聽得一怔，白姑娘定眼一看，認出是芷青，她和芷青雖然只在少林開府時認識，但是在這等情形下宛如見了至親之人，當下眼圈一紅，眼淚幾乎奪眶而出，芷青道：「白姑娘，快告訴我是什麼人……」

白冰強自噙住淚水道：「那天少林開府，岳公子你也看到有一個蒙面人混進大殿，用內功毀了佛像，還和岳公子對了一掌——」

芷青點了點頭，焦急地望著白冰，他怕耽擱太久，再要追前面的人只怕難以追及。

白姑娘抬眼觸及芷青的眼光，不知怎的她忽然心中一陣狂跳，連忙用說話來掩飾道：「……岳公子一定還記得，正在蒙面人大鬧殿上時，少林寺的弟子來報『萬佛令牌』被人奪走了，當時老禪師雖然震怒，但是他一直以爲蒙面人是他老人家多年老友清虛道人的那個不成材的師弟，是以當時不欲圍阻傷他性命，哪知後來半月，清虛道人竟然來訪，說他那不成器的師弟已於三月前病逝，這一來老禪師可急了，連忙出動少林弟子尋查萬佛令牌的下落……」

芷青急道：「白姑娘可知那萬佛令牌的下落了麼？」

白冰道：「家父雖是俗家，卻是少林嫡傳弟子，自然責無旁貸地出訪令牌下落，直到方才，他忽然瞧見一個蒙面客，腰間纏著一塊黃緞子，正是少林寺獨有的包裹萬佛令牌的東西，我們一面喝問他，哪知蒙面人功力高得難以置信，家父鬥不過他，便欲逃往少林報訊……」

芷青替她道：「於是蒙面人反而要殺掉你們……」

他本想說「殺掉你們滅口」，但是話到嘴邊又收了回去。

白冰望了芷青一眼，點了點頭道：「家父帶著我拚命逃，哪知那蒙面人輕功快極了，他攔住我們獰笑道：『說什麼也不能讓你們逃出去。』我們拚了十招，正在……危險……」

她偷眼瞥了芷青一眼，她心中想：「他一定在心裡笑我們太不濟了吧。」

豈料芷青此時心中正在想：「嗯，『雲台釣徒』白老英雄能接住『百步凌空』秦允這十招，已是難能可貴了。」

君青聽得入神，他忘情地催道：「後來呢？」

芷青和白冰同時被驚起，芷青忙道：「這——這是我最小的弟弟，君青。」

白冰檢衽爲禮，心中道：「他？就是那書呆子？」敢情她還記得一方對他說君青是個書呆子的話。

她續道：「正在危險的時候，忽然那邊山上跑來一個斷手的童子，他也不分青紅皂白就叫說：『欺侮老弱婦女算什麼好漢』，說著沒頭沒腦地就加入攻打那蒙面人——」

芷青奇道：「斷手的童子？」

君青道：「你爹現在呢？」

白冰道：「他們都追殺到前面去了。」

芷青道：「白姑娘，咱們一路走一路說。」

於是三人一面向前追趕，白冰一面續道：「那童子功力之高，招式之奇端的罕見，他一加入，我們登時緩過一口氣來，那童子打了一會，瞧見蒙面客腰上那塊黃緞子亮得可愛，便乘亂一把將黃緞子摸了出來，那蒙面客雖然出於不意，但他身法實在太快，伸手竟把那童子肩上衣服扯了一個大洞——」

芷青、君青吃了一大驚：「什麼童子竟然在秦允身上施手腳？而且是個斷手的？……」如果他們朝「斷手」兩字上去想，那麼一輩子將也想不到這童子就是少林寺下來的「風火哪吒」于不朽。

白冰道：「那童子搶了黃緞，樂不可支地往前就跑，蒙面人立刻捨下我們飛快地追了下去，我在他前面一阻，被他橫掌打倒地上，爹爹叫了一聲，『冰兒，冰兒，為了少林大事，爹爹顧不得你了。』說完也追了下去，我一急就昏了過去……」

芷青道：「白姑娘，你可知道這個蒙面人和大鬧少林寺毀去佛像的那蒙面人不是一人？」

白冰眨了眨眼睛道：「嗯——」

芷青道：「換句話說，這個蒙面人就是乘亂盜走萬佛令牌的人，而且兩個蒙面人並非同路——」

白冰一怔，芷青暗道：「一個是青蝠，一個是秦允，這其中的關係說來話長，豈是三言兩語所能說得清楚的？」

正在這時，芷青一扯兩人，三人同時停下步來，芷青領著三人到了石岩邊上，往下一望，只見蒙面人正在獨戰雲台釣徒和那斷手童子！

「原來是他，原來是他……怎麼？他的手？……」

敢情君青發現了斷手童子竟是風火哪吒于不朽！

芷青輕聲道：「是誰？」

君青道：「風火哪吒于不朽！」

白冰見老父無恙，頓時心中一放——

忽然之間，那風火哪吒大笑一聲，倒跳出外，手一揚，那塊黃緞平平穩穩地飛向蒙面人，他大笑道：「小家氣，還你，我不高興打了。」

說罷更不打話，掉頭就跑得無影無蹤。

蒙面人也不追趕，大笑道：「姓于的，承你情啦！」敢情他早認出了這以怪聞名天下的「老童子」。

蒙面人轉過身來，陰森地瞪著雲台釣徒白玄霜，白玄霜凜然不畏，朗聲道：「宵小魍魎，快還我令牌！」

蒙面人舉掌道：「我一掌劈下，你還有命麼？此時四下無人，嘿嘿，你連伸冤的主兒都沒有一個哩！」

白冰急得叫都叫不出聲來，只張惶無助地緊抓住芷青的手臂，全身猛然顫慄。

蒙面人掌起待落——

芷青驀然一提丹田之氣，朗聲道：「秦允住手，姓岳的在此！」

芷青這一喝聲音好不宏亮，更兼他口氣十分狂大，秦允驟然被叫破秘密，慌張之間倒真以爲是鐵馬岳多謙到了，驚得向後倒跨三步，轉過身來。

白冰望著芷青那凜然生威的神勇英姿，她的芳心無端一陣狂跳，芷青那斜飛如劍的雙目，給她一種溫馨的感覺，是那麼熟悉，那麼親切，那像是在甜蜜的夢中見過的吧……她自己也記不清楚了。

蒙面人瞧清楚只不過是岳鐵馬的兒子，冷冷一笑道：「嘿嘿，又是你——」

岳芷青長吟一聲，身形幾個起落，已到山石下，同時君青也帶著白冰下了山崖。

岳芷青不待身形站定，戟指向蒙面人道：「姓秦的爲七奇中人，豈料如此卑劣——」

秦允冷冷一哼道：「這話兒你憑什麼說，便是岳多謙在這兒，他敢如此無禮麼？」

白玄霜迅速轉了數念，忖道：「這廝是七奇人物？又姓秦——是了，難怪輕功這等高妙——」

那岳芷青卻義正詞嚴地道：「晚輩雖然言詞或有不當，然而萬佛令牌乃是少林之物，姓秦的豈能搶爲己有——」

秦允不待他說完，哼一聲道：「別多說了，那日若不是臨時有急事，在山中便要教訓你這目中無人的小子，今日是你又自動闖來，可少了你的兩個寶貝弟弟——」

芷青宏聲道：「晚輩雖明知不是對手，可是卻甘心領受教訓！」

他說的斬釘截鐵，倒使秦允口中許多尖刻話一時說不出來，只一揮手，打斷芷青話頭。

芷青目不斜視，默默運氣，猛然開口道：「接招！」

說打便打，話聲方落，一拳當胸搗出。

君青斜睨見大哥滿面凝重之色，拳勢十分緩慢，明白已出盡全力，不由感到一陣緊張。

秦允蒙著臉孔，把一切表情都隱在幕後，只見他雙目翻天，不把芷青看在眼內。

芷青一點也不爲這一切所動，剛剛正正一掌推出，表面平靜異常，但十餘載的功力已一發而出。

秦允是何等人物，怎不知對方這一掌實有驚天裂地之猛，表面上冷漠不視，暗中也運足了氣功，等到這一掌離身不過一尺，右掌猛然有若快刀一砍而出，「嘶」一聲，敢情是出手太快，竟而帶起一聲銳響。

岳芷青視若無睹，一拳仍然緩緩打出，眼見兩人勁道一觸，岳芷青似覺全身被人猛斫一刀，不由一個踉蹌，秦允只不過全身微微一震。

芷青雙頰微紅，暗暗忖道：「我全力打出一式，他竟似不放在心上，難道我的功力差得太遠麼？」

一念方興，猛然瞥見秦允一步跨上，似乎要在自己身形不穩之際再行攻擊，心中一驚，再也不容多加考慮，猛然身形不站正便自拍出一掌，這一掌拍出好不奇怪，整個掌緣都是斜斜向外，倒像是送出去一樣。

秦允陡覺勁風襲體，連忙舉手一封，卻覺手臂上一沉，心中一震，暗暗驚道：「好重的掌力！」

芷青雙目軒飛，滿面通紅，左掌不待右掌收回，又是斜斜拍出。

一剎時間，芷青已輪番打出十掌。

秦允但覺每接一掌，雙臂便是一震，幾乎不能相信對方小小的年紀竟然打出這等雄厚掌力，到第七掌上，身形再也不能釘立，忍不住後退半步。

岳芷青滿面肅穆之色，交相又自打出兩掌，秦允身形已自浮動，再一運氣，自然吃虧，但覺手中有若千斤之力一擊之下，身形險些一個踉蹌，連忙一個跟斗翻起，在空中展出蓋世輕功，一連數個轉體，化去芷青力道。

芷青推出第十掌，忍不住一口真氣鬆了下來，一旁君青和白氏父女才看清芷青面色冷冷冰冰，毫無表情，分明是內力消耗甚多。

更可怕的是他那一張誠樸的臉孔，此時竟隱透冷氣。

君青從來沒有見過大哥用這種功夫，一時說不上口，卻見那秦允退後數丈，狠狠的道：

「好掌力，好內功！可是散手神拳的看家本領——」

君青陡然聽清散手神拳的名號，不覺恍然忖道：「范叔叔——這便是寒砧摧木掌！」

芷青冷冷瞧著秦允，暗暗忖道：「這寒砧摧木掌果是耗力太大，唉，我此時功力至少耗去三成！不過秦允終於化不去這掌力。」

秦允眼見芷青不答，知是自己說對，不由又狠狠的道：「范立亭！好掌法！好——」

芷青聽他滿口狠話，但語中仍透出對范叔叔的欽佩，不由心中豪氣大振，暗暗忖道：「范叔叔的掌法果然是剛猛蓋世，可惜范叔叔已不在人世，否則親身展開這種掌法和秦允拚鬥，我不相信他會敗於七奇中任何一人！」

事實上如此，散手神拳范立亭的寒砧摧木掌，如能搶得先機，就是拳腳上的一流好手程曝然、班焯相阻，也不能搶回主動，僅能固守而已！

秦允口中雖如此說述，心中到底禁不住微驚，他乃是武學大行家，一瞥便知芷青敢情是掌法未能純精，此時功力大減，心中一動，上前道：「姓岳的娃兒，你可敢接我一掌？」

岳芷青勉強提口氣，倔強的點點頭。

秦允雙手一伸，一掌如電推至，岳芷青拚全部餘力反擊而上，但覺對方掌力有若千斤巨石，自己力道一震而散，忍不住身形往後便倒。

他明知自己一倒，岳家威名便大大損落，情知之間，一個念頭一閃而過，全身真力向下一定，竟在百忙之中用出在少林寺見過的佛門「金剛不動」身法，秦允只覺力道一虛，岳芷青右足一退，穩立如山！

但東一邊的君青和白氏父女此時都已發現芷青顯是用力過大，支持不住。

白玄霜乃是俠義中人，第一個跳上前一刀橫攔在芷青身前，芷青緩緩吸一口真氣，晃動身子，和白玄霜並肩而立，目不轉睛的瞪著秦允。

秦允冷冷一哼道：「最好是四個人一起上——」

君青飛奔到大哥身邊，芷青輕輕噓一口氣，低聲道：「君弟上前，別讓白老前輩首當其衝！」

君青反手抽出長劍，上前一步，橫劍一領。

秦允身形如電，剎時已然發動，白玄霜一刀奮力劈出，君青騰出手來一式「卿雲爛兮」也自使出。

秦允但見眼前刀光劍影，他是何等人物，一招手，掌風逼斜了白玄霜的刀，同時伸手拏向君青長劍。

君青正想變招爲「糺縵縵兮」，忽覺劍上有如千斤之物附著其上，一揮又絲毫不動，「拍」一聲，長劍幾乎折斷。

他到底功力不及，此時白玄霜連人帶刀都被封向外方，芷青也不及搶救，眼見君青再不棄劍，便要傷在秦允手中。

說時遲，那時快，君青陡然靈光一現，長劍斜斜一劃，猛然覺得劍上力道一輕，不敢怠慢，壓腕一劍削出，百忙中不及思索，順手使出的正是卿雲四式中的第三式：「日月光華」。

這一劍攻出，攻勢好不奇特，四周空氣迴複齊出，一鬆一緊之際，竟而產生真陽引力，君青長劍轉完大半圈，陡覺劍上負著最後一點重力也已消去，心知分明已擺脫秦允手腕，膽氣一壯，一劍全力削出。

「嘶」一聲，但見一縷烏光自劍身發出，陡然亮光大振，嗚嗚在大氣中呼嘯，秦允猛然全身似被一吸，雙目前烏黑一片，再顧不得傷敵，大步後退。

定睛一看，身前少年滿面莊嚴，但出劍之際，有若日臨中天，和光普及，竟有一代宗師之風範，一驚暗道：「這廝劍法如此神奇，難道是劍神弟子？」

由於君青和芷青長得並不十分像，所以秦允有此誤會。

一邊芷青大喜，對君青叫道：「君弟，好一式『日月光華』。」

君青反首一點，秦允此時已權衡輕重，暗道：「這廝若是胡笠弟子，秦某可犯不著去招惹胡笠，萬佛令牌仍在我身上，不如先走一步——」

他當機立斷，心知自己已站難勝之勢，對方四個聯手，自己未必能勝，是以身形一動，閃躍而去。

芷青君青都是一怔，秦允輕功何等高妙，一閃而過，猛然一邊站著的白冰似不意秦允突走，雙掌一封，斜推而上。

秦允身形在空中，理也不理，右手一揮，一股絕大力道一帶，白冰究竟功力不夠，整個身子被一摔而飛起，直墜向三丈以外的山崖下。

這山崖雖是不甚高深，但白冰神智似已昏迷，這一摔下，非得受重傷不可，白玄霜雙目一閃，已不及救援，君青毫無經驗，更是怔在當地，說時遲，那時快，芷青陡然使出內家上乘「大騰挪法」，身法一掠而前，及時抱著白冰的身子，然而終也站不住腳，一起跌了下去。

芷青抱著白冰滾到一個狹洞裡，他的手臂上擦傷了好些處，但是他一點也不感覺痛，只是一陣陣熱乎乎的。

他奇怪地生出一種懶洋洋的感覺，他不想動，只是靜靜地躺著，凝視著黑壓壓的洞壁。

仍舊被他抱著的白冰竟也毫無動靜，她的頭髮散在芷青的面頰上，癢癢的。

緊張的神經還沒有消褪，芷青依舊緊抱著白冰，他一點也不自知。白冰的衣衫從肩上起到背上撕裂了好大一塊，她是側躺著的，芷青略一下瞥，柔弱的光線下可以隱約地看到她的肩背，白嫩如蓮，肩骨微微聳起，芷青心想：「她很瘦。」

撒在芷青頰旁的長髮中散出一種幽美的清香，但是芷青立刻又抬起目光來，瞪著石壁，方才那一幕幕驚險的鏡頭，一招一式又浮在他嗜武的腦海中。

白冰完全清醒著，只是沒有動而已，她被芷青緊緊地抱著，心中猛烈地跳動著，她的鼻中嗅到強烈的男性氣息，她的心扉像是突然被大大地打開了，她悄悄對自己說：「呀，他不顧性命救了我……」

兩顆眼淚流了下來，那不知是感激還是興奮，她想：「原來……我是……愛上……了他麼？不……我們才認識不久……但是，我怎會這樣呢？」

她稚氣地用細嫩的手指把停聚在眼眶下的淚水引到嘴唇邊上，她伸舌輕舔了一下，鹹鹹的。

她微微側頭看了看芷青，他正凝視著上方發呆，眉目之間洋溢著一種英雄氣概，她的芳心又是一跳，於是她也輕輕地闔上眼簾，她默默地暗呼著「岳一方，岳卓方，芷青……」這三個名字……

驀地，她像發現了，芷青的名字已牢牢繫住了她的心，那時候，在少林寺中，她也曾偷偷避過一方卓方的視線注視這氣度威猛的大哥，但是她從來沒有發現芷青的眼光落到過她的身上……

但是，那是不要緊的，因為對於她此刻來說，比這更重要千倍的是她已發現自己是深深地愛著一個人，這對於一個少女的感情突然趨於成熟的一剎那，是何等的重要啊！

她再次舔了舔嘴角邊的淚水，已發現自己這一份突現的感情竟是無比的堅定，就好像她對爹爹，對媽媽那樣，充滿了她的整個心房，一點空隙也沒有。

她開始感到一點喜悅，或許是因爲她幾月來不能穩定的感情終於穩定了的原因吧。

是的，這是值得慶幸的，一個少女的感情的突放，總是那麼鮮艷，那麼明媚，那麼燦爛。

至於一方和卓方，她想，那些不成熟的戀情應該過去了，像輕風吹散了炊煙，在她美麗的感情紀錄上，那只是一些可愛的點綴罷了。

芷青仍然無動於衷地沉湎在那些奇招異式之中，他一點也不知道一個少女完整的感情已經屬於他了。

唉，可憐的一方，可憐的卓方……

白冰輕輕爬了起來，她嫵媚地望了芷青一眼，芷青也從沉思中醒了過來，他想爬起來，但是右腿一陣疼痛，他竟沒有能站得起，想是方才滾跌下扭傷了筋骨，白冰輕叫了一聲，她伸手扶著芷青，芷青輕輕地站了起來。

芷青苦笑道：「姑娘，真對不住你，應該是我來扶你的。」

遠處傳來一陣隱約的呼喊聲，兩人攙扶著站直了身體，側耳傾聽——

「白姑娘——大哥——」

「岳公子——冰兒——」

芷青道：「是白老伯和君弟哩——」

芷青扶著石壁，一面搓揉腳踝，白冰飛快地跑出去，背上破裂的衣衫在飛舞，光線照在她雪白的背脊上！

她大聲高叫：「爹，我們在這裡——」

芷青勉強走了出來，他仰望了望可愛的天，一如往昔，誰知道冥冥之中又有某些事已經被天意安排好了哩。

於是，一切都注定了——

廿五　客店之夜

夕陽西下。

天邊隱約的現出一抹金光，那落日的餘輝正在作它最後的工作，耀射著大地，終於，托著厭厭的夕陽，沉沉的落下山邊。

官道上來往的行人有若過江之鯽，當太陽落山的時候，大家都不約而同加緊了步子，於是，窄窄的石板道上又增加了一片紛亂的景象。

官道狹狹的蔓延出去，然後向左側轉彎，分成二條，向右面的，是通向首陽山脈。

時正申牌，經過一陣子急馳後，官道又逐漸恢復平靜，卻聞一陣馬蹄得得之聲，出一騎。駿馬上的騎士在昏暗的天光下顯得寂靜，但從他那挺得筆直的背部，又可辨出有一股特殊的氣概。

馬蹄聲的的，漸漸的，駿馬馳到那道路分歧的地方，馬上騎士向左右瞟了一眼，那邊的木板上寫明了道路的方向，騎士瞧了瞧，抖抖馬轠，向左一轉，分明是馳向首陽山脈的。

倘若這時附近有人的話，必定不會相信在這種昏暗的光線下，路招遠在十丈之外，而馬上騎士竟似能一目瞭然將路招上極端模糊的字跡看得清清楚楚，是誰有這等目力？

然而，從這僅有的一點光線上看來，那騎士——不，是一個老者，正是名震天下的鐵馬岳多謙。

岳多謙這一次孤騎赴約，帶著複雜的心情，他知道這一次將是他一生中最驚險的一次經歷，然而這其中又包含了種種不同的人物，其後果連他都不敢推測。

隨著馬蹄的聲響，岳老爺子緩緩掃了一眼，只見半里外燈火輝煌，分明是一個鎮集，他打量打量天色，正是晚餐的時刻了，於是放放馬繩，加快速度向鎮集馳去。

方入鎮市，迎面便是一座高樓，斗大的「酒」字繡在布上挑出店鋪外，雖在天色向晚，仍依稀可辨，岳老爺子輕輕跨下馬來，牽著給店伙，踏步入店門。

驀然，他無意間一抬眼，猛瞥見那店門檻上似乎嵌著什麼東西，心中一怔，潛運目力一瞧，分辨出是一小塊銀屑，但巧妙的排成一個星星似的符號。

岳多謙雖然三十餘年不入江湖，但這些伎倆仍然清楚無比，略一沉吟，暗暗忖道：「這顆星分明是用上乘手法給釘上去的，可料不到這荒僻的市鎮中也有高手——」

他心事本已滿腹，這個念頭竟然一閃而過，也懶得再注意，叫了酒飯，飽飽吃了一頓。

這家酒樓兼營住宿，岳老爺子吃完晚餐，隨意點了一間清靜的客房，準備休息一夜，明日再趕向首陽山脈，也爲時不遲。

這時正是華燈初上的時候，悶坐在店中無聊，岳多謙緩步走出店門，在小街上轉了一個圈兒，正感意趣索然，驀然瞥見自己所住的酒樓對面，也就是一個小茶館，忽然走出一個人來，那人約莫五十歲上下，滿面虬髯，岳多謙只覺這人面孔甚熟，不由停下足來細細思索。

他有一次和蕭一笑在酒肆中對面的經驗，知道這傢伙多半是自己三十年前所見過的，思索片刻，不得要領，便想放棄思想，驀然瞥見那滿面鬚髯的漢子似乎甚爲焦急，不斷引頸向大道來端遠望，分明是在等候什麼人，岳多謙陡然聯想到那酒樓門牌上嵌入的銀星，不由心中暗暗忖道：「橫豎今兒毫無閒事，不如看看這大漢是哪門子人物——」

正思索間，忽然大道傳來一陣馬蹄聲，岳多謙瞥見那鬍子大漢滿面欣喜之色，便知他在等待的人已來到。

爲了不使路人起疑心，岳多謙索性退立在樓簷暗處，假作遊覽街景，暗中注視那邊情形。

馬蹄聲漸近，一人一騎來到，岳多謙一瞥，只見馬上坐著一人，披著一件大風褸，長領扯起來把大半個面孔都遮住了，也不知是何等人物。

那人一馳入鎮集，鬍子大漢便迎上前去，倒是那人十分機靈，左右一陣張望，岳多謙料他目力不及自己，不能看見遠站著的自己，便不回身，仍舊注視著。

果然那人看了一圈，跨下馬來，拍拍鬍子大漢道：「久等啦?辛苦你了!」

那鬍子大漢對這個人十分恭敬，趕忙接過馬繩，恭聲回答道：「那裡，小人見了那銀星兒才知您的大駕來到！」

他們對話聲音很低，岳多謙不得不用功力，展出「天聽」功夫，才可聽真。

聽到那鬍子大漢所說的銀星兒，不由心中一動，暗暗想道：「果然不出所料，那星兒果然是江湖朋友打招呼的玩意兒——」

他這一思索，卻又聽見那鬍子大漢道：「您方才又趕到哪裡去啦？」

那人輕輕一頓，慢慢道：「方才我去鎮郊，卻發現了一樁奇事。」

鬍子大漢忍不住問道：「什麼奇事？」

那人沉吟一會才道：「這兒發現武林七奇的行蹤！」

鬍子大漢驚呼一聲，岳多謙心中也不由一震，暗暗忖道：「七奇中人物？想來必不是由我而言，怕是另外的人物也趕到這兒——」

正思索，那鬍子大漢的聲音道：「七奇，是什麼人？」

那人微微搖頭道：「我也沒見著，不過我和那人物的弟子有點交情，你猜是誰吧？」

鬍子大漢微微思索：「您曾說和那關中胡笠的弟子有交情，是否這人乃是穿腸神劍？」

那人爽朗的一笑道：「不錯，正是劍神胡笠。」

暗立的岳多謙可大大吃驚了，一方面是聽到胡笠的行蹤，一方面是他又聽到了這笑聲，而這笑聲早在胡家莊時，有一個怪人大笑使班焯逸去的時候已聽過一次，這一次又在岳多謙耳中出現，岳多謙不由大詫，暗道：「難道——此人便是使班焯變色的奇人？」

驀然那怪人猛可停下緩行的身軀，雙目如電，掃了四週一眼，岳多謙猛瞥見他那雙眼睛，但覺目中神光奕奕，內功分明已臻化境，不由又驚，忖道：「萬萬料不到這人功力竟是如此高深，怪不得那酒樓的銀星兒是這人嵌入的了，可怪的是他竟和胡笠的弟子有交情——」

那人目光如電，這會工夫已瞥至岳多謙立身處，岳多謙已知這人內功造詣極深，不願再停留，緩緩踱進酒店，心中可不住盤算這人的來歷。

岳多謙悶悶思考了半個時辰，絲毫不得要領，連那面孔頗爲熟悉的鬍子大漢也始終記不起來，不由暗地歎了一口氣道：「畢竟是老了，以前的朋友一個也記憶不起——」

愈想愈是煩惱，坐在椅子上，挑亮火燈，翻開一卷春秋，細細讀了下去。

岳多謙平日隱居山野，閒時便以讀書自娛，細細品味其中意境，這時百般無聊，細心翻閱一刻，心情倒也平靜得多。

他一坐便是二個時辰，漸漸全副心神已沉醉於書中，不覺已到深夜。

又過了片刻，岳老爺子才抬起頭望了望即將殘盡的燈蕊，正準備合卷休息，驀地房門上響起了一陣子剝木之聲。

岳多謙壽眉一軒，暗暗吃驚道：「什麼人走到房門口，我竟毫無所覺？」

要知岳多謙功力蓋世，耳目聰明，雖說是沉心醉迷於書本中，但十丈之內，落葉墜花之聲仍清晰能辨，這時卻有人走到房門口，使岳老爺子一無所知，這人的輕功造詣，真是不同凡響了。

剝木之聲又起，岳老爺子思潮如電，一連數個念頭掠過腦際，卻始終猜不透是何人來訪。心中微微一沉，隨手剔起最後一段燈心，讓燈光稍稍加明，左掌輕輕向後一拉，一股奇異的吸力緩緩將門拉開，黑暗中只見一人當門而立，燈火吞吐之際，岳多謙辨明來人五短身材，氣勢宏偉，正是胡家莊主劍神胡笠。

胡笠的行蹤，岳多謙倒是早知不怪，但卻料不到在這時來訪，一怔之下，半晌說不出話來。

胡笠瞥見岳多謙當門而坐，燈光下，白髯也反映出昏黃的顏色，右手捧書，面容清癯，宛如神仙中人，心中也不由暗暗折服。

岳多謙怔了一會，慌忙起身一揖，微笑道：「胡大俠漏夜來訪，岳某不克迎迓，尙乞見諒！」

胡笠慌忙還了一揖，吶吶道：「胡某也自感冒昧——不過——」

岳多謙見他吞吞吐吐，知道他必是爲一件極爲重要的事而來，不由驚忖道：「我和姓胡的雖然樑子是揭掉了，但交情可仍談不上，什麼事值得他連夜來訪？」

卻見胡笠微微一頓，緩緩問道：「岳大俠此行是去首陽山了——」

岳多謙點點頭，反問他道：「想是胡大俠也接著了青蝠劍客的戰書？」

胡笠沉重的點點頭，雙目緊緊的盯視著岳多謙，岳多謙不明就理，見狀心中不由一驚，暗中吸了一口真氣，防患於未然。

胡笠凝視鐵馬半晌，猛然雙膝一屈，納頭拜了下去。

岳多謙大吃一驚，好在真力已蓄備好，猛然雙手一伸，一股力道硬向上托，想托起半跪的胡笠。

胡笠似已料到岳多謙必會如此，雙膝一沉，真氣風快的一轉，整個身子半空向後挪開一線，跪了下去。

岳多謙力道落空，便知胡笠一跪到地，慌忙也還跪在地上，回拜道：「胡大俠怎麼啦，這可成什麼話！」

霎時兩個蓋代奇人在斗室間互相跪著對拜，假若有人在場的話，恐怕任何人也不能予以置信。

岳多謙一面回拜，一面口中連聲道：「胡大俠這是什麼意思，折殺老朽啦——」

胡笠卻滿面肅穆之色，使得那短胖的面孔益發顯出一種正經的味道。

岳多謙滿腔懷疑的看著他，胡笠深深歎一口氣，緩緩說道：「胡某人拜訪岳大俠放開青蝠一條生路！」

岳多謙一驚，幾乎不能相信自己的耳目，大聲問道：「什麼？你是說——青蝠？——」

胡笠雙目直視，黯然道：「正是！」

一個念頭閃過岳多謙的腦際，大聲道：「青蝠和胡大俠有什麼關連嗎？」

胡笠用力點點頭：「他是我胡某——」

岳多謙聰明的看出胡笠臉上充滿著爲難的神情，半晌才聽他道：「他是我的長兄。」

岳多謙一驚，不由手中所持的一卷春秋撲地落在地上，整個身子也不由站起來道：「你們是兄弟？」

他再也不能相信這是一個事實，然而胡笠肯定的點頭卻作了這不可思議的回答。

一連串的問題閃入岳多謙的腦海，使他又有一種衝動的感覺，只見他長吸一口氣緩緩道：「那麼胡大俠和他藝出同門——」

胡笠微微頷首道：「是胡某家父同時授教——」

岳多謙點點頭道：「老朽猜測亦是如此，說實話，老朽前次去打攪胡家莊——」

胡笠不等他說完便搶著道：「這個胡某已明白，敢是岳大俠該以爲是胡某下手傷了散手神拳？」

岳多謙點點頭。

卻又聽胡笠道：「但胡某百思不得其解，岳大俠何以會懷疑到胡某身上的？雖然胡某明知是不成器的長兄在外闖禍，但岳大俠想來亦不識得青蝠，何以會疑念及吾——」

岳多謙沉重的點點頭，道：「這卻是另一回事，岳某隱藏了三十年，今日對胡大俠言明也無關係，那就是老朽與令兄會過……」

胡笠可真料不到其中竟有如此奇事，他再好的涵養，也不由脫口叫道：「什麼？」

岳多謙淡然道：「三十多年前，青蝠索名挑戰，老夫使盡全身功夫，僥倖取勝！」

胡笠呆了半晌才道：「青蝠已和你交過手？那麼——他，他又為何去傷那散手神拳？」

岳多謙似乎被人提及痛苦之弦，深深哼了一下，沉聲道：「所以老夫當日聽范立亭臨終一言，推斷三十年前蒙面挑戰者和傷范立亭者必為一人，而天下劍術如此高強那是非胡兄莫屬，是以糊里糊塗闖入寶莊，目前提起，於心仍甚不安！」

胡笠見他冷冷道出原委，登時有若冷水淋頭，心中冷了大半截，猛然仰天低呼一聲，喃喃道：「胡立之，胡立之，你這是什麼意思，散手神拳與你無怨無仇，你——」

岳多謙一怔，緩緩插口道：「胡大俠此來有何見教，尚未見賜——」

胡笠陡然神智清醒，自覺失態，努力鎮靜自己，突然向岳老爺子說道：「岳大俠必然對胡某的一席話仍不明瞭，不知可能聽胡某肺腑之言？」

岳多謙知他這就要抖出青蝠的底細，心中也不由有一種好奇心，微微點頭道：「胡兄請說，岳某洗耳恭聽！」

胡笠似乎在思索很久以前的事實，良久才坐在椅上開口說道：「胡某生於關中，這是眾所周知的，那時家父正隱居在胡家莊中，江湖上並沒有這一號人物——」

往事如煙……

胡家莊的老莊主胡宏方是一個蓋世奇人，一身功夫無論各方面都已臻化境，然而他天性淡泊，不重名利，年少時在江湖上稍有蹤跡，便看不過武林的爭強鬥狠，安定的住在關東，隱居莊中。

胡宏方早年娶有一妻，生有一子，取名胡立之，然愛妻生子後不久便與世長辭，胡宏方雖是黯然神傷，但嬰兒立之卻乏人照料，自己對於這些是一竅不通，不得已而續絃，一方面立之有人照顧，一方面自己也可時常出莊散散心，不致莊中無主。

過了兩年，胡老莊主的繼室陳氏又生下一子，這一次生產十分危險，幾乎送掉陳氏性命，是靠胡宏方請的一個名醫協助，才挽回母子性命，胡宏方感激之餘，便將幼子的名字隨那名醫陳笠也取名「笠」，以表紀念。

胡宏方膝下有二子，其樂真個融融，雖然兩兄弟同父異母，然而都很親熱，而陳氏待胡宏方的前子立之也甚是優厚，完全視同己出。

十多年過去後，胡氏兩兄弟都逐漸長大成人，表面上兩兄弟並沒有什麼分別，但胡立之的性格卻一天天轉變惡劣，有時陳氏因過責難他，他總是懷著仇視的心理，而因此對自己弟弟也萌生出一種敵對的心情，兄弟倆爭吵的事情也日漸頻繁，而每次總是胡立之挑引起的事端，陳氏也每每加責於他，母子間的破裂也愈來愈大。

同時，胡氏兄弟在胡宏方的精心調教下，各練就一身出類拔萃的功夫，姓胡的代代相傳，以劍術最為精深，兩兄弟在父親教導下，尤其是劍術方面，成就簡直青出於藍。

胡立之和胡笠的感情因種種關係逐漸惡劣，由於兩人年齡日大，不好公開爭鬥，但勾心鬥角卻時時存在，胡笠又生得一付脾氣，絲毫不賣長兄的帳，動不動便針鋒相對，這些事胡宏方早有察覺，不由心中暗暗悲傷。

胡老莊主六十歲那一年，胡笠年方弱冠，胡立之已廿有三，各是血氣方剛之時，但兩人到底自幼相交，雖然表面不和，但每人心底中仍有手足之情。

老莊主年已花甲，決心將胡家一派掌門及整個胡家莊交兄弟兩人管理，照理應傳給胡立之，老莊主卻不作如是之想——

於是，不幸發生了……

廿六　手足情仇

岳多謙默默望著激動中的劍神胡笠，他幾乎不敢相信那狂妄的青蝠劍客竟是胡笠的兄長。

胡笠繼續地說下去——

胡家莊的老莊主眼看自己年歲已高，而且更常有風疾發生，終於經過一番極爲慎重的考慮後，決心將全部事業傳於胡笠承當。

這也是由於老莊主平日的觀察，胡立之到底總有一點兒陰狠的氣息，沒有胡笠來得光明正大！

胡笠見父親年歲已高，心知傳繼家業之事，必遭長兄更加仇恨，但他生就一副正直脾氣，天不怕，地不怕，毅然當眾接受下來。

胡立之心中怨恨自然更加十二萬分，但他城府甚深，當老莊主給他說明時，僅淡淡一笑置之。所有的人都暗中稱讚胡立之的氣量，只有自幼和他相處的胡笠深知這正是暴風雨來臨的前夕。但他生性剛強，一點也不存相讓之心，胡立之向他道賀時有意出言譏諷，胡笠也一句不饒回敬過去。

果然不出所料，不幸終於發生了。

那是一個深秋的夜晚，正在胡笠承接胡家事業的第二天，胡立之和弟弟終於起了正面衝突。

胡笠深明事理，雖然表面毫不退讓，但暗中卻早有承讓之意，但胡立之絲毫不予理會，冷嘲熱諷的指責胡笠，胡笠再也忍耐不過，一怒之下，反唇相譏，終於鬧至同室操戈！

荒莊野店中，豆大的燈火緩緩的吐露著光明，胡笠沉痛的說到自己和兄長的干戈，連岳多謙也不由暗暗感慨！

胡立之的功夫和弟弟相差甚微，先前兩人雖然動手相打，卻並未使出絕學，但兩人偏又邊打邊罵，各自怒火愈激愈大，到第五百招上，胡立之首先亮出了長劍！

胡家的武術一向是以劍道最上，胡立之一劍在手，登時絕學連使，一連逼退胡笠數步，胡笠情急之下，冒險竄到場邊，攀下一枝如臂粗細的樹枝，勉強封守下來。

數招一過，胡笠也漸攻守自如，樹枝在手上也運用熟絡，攻守之際，絲毫不亞於真刀真劍。

兩兄弟的劍道本出於一門，功力也自相若，只是兩人性情上相去甚遠，是以攻守方面也自不同。

須知最上乘的劍術，施展的時候和使用者的心情也有很大的關連，雖是同一套劍法，但在各種不同的情況下使出，其中包含的氣度，風味也迥然不同。能夠達到控制情況而使出上乘劍術的人才能稱得上一代劍術宗師。胡家兄弟的功力造詣，卻已達到這一地步，只是胡立之天性城府深遠，性格較流於偏激，是以劍術中處處流露一種狠辣的味道。

而胡笠秉性剛正，勇猛無比，劍招攻守之間，卻隱有一代宗師的氣魄，是以兄弟兩人以劍相搏，倒是攻守不同愈戰愈猛。

漸漸的，兩兄弟的劍招和手法也愈來愈重了，胡立之的長劍招招不離胡笠週身要害，殺著盡出，胡笠不由被逼退後五六步，心中大怒，樹枝一擺，霎時也使出胡家神劍中的拚命絕招，於是戰局已達到非有一人傷亡不能罷休的地步了。

胡笠的劍招雖然愈來愈狠，但心情卻愈來愈冷，就在這個時候，也許是劫數使然！陡然發生的事，使得兄弟反目達數十年之久！

由於兩兄弟的拚鬥，早已驚動了全莊的人，只個老莊主臥病在榻，非經特別許可不得驚動，是以一直沒有人去報告，但見胡立之和胡笠的招數愈來愈狠，情知事態嚴重，這才有人飛報老莊主。

老莊主聞訊立即震怒，抱病而出，走到場邊，只見兩兄弟劍式如虹，分明是要拚到性命方始甘休，一急之下，怒聲厲吼道：「立之給我停下手來！」

他因見胡立之手上有劍，是以有此一說，胡立之心中本是怨恨積發，聽父親只要自己停手，一時衝動，理也不理老父之言，狠狠連下兩記殺手。

老莊主見自己的兒子毫不理會，心中不由一陣急痛，加之重病在身，登時一口鮮血急噴而出，仰天一跤倒在地上。

胡笠雖然在激戰中，但眼觀八面，耳聽四方，先前看見老父抱病而出，心中便是一震，猛然看見父親噴血而倒，心中一陣大亂，慘呼一聲，忘記身處激戰，竟爾呆在一邊。

胡立之劍式如風，正使一式「塞北飛花」的絕招點來，陡見弟弟劍立當地，心中一喜，奮力一挑而出。

這一式「塞北飛花」乃是胡家神劍的最後三連環劍招之首，胡笠陡覺眼前劍光森森，倏地驚覺，眼看對方劍式已欺身而入，他知這「塞北飛花」之式想待破解，也已不及，神智一亂，束手待斃！

閃電般胡立之長劍已欺身而入，登時胡笠便將血濺當地，胡立之滿面殺氣，一劍分心刺出。

陡然一個念頭在胡立之腦際中一閃而過，幼年時和弟弟牽手攜遊的親愛情景登時充滿腦海，他暗暗忖道：「二弟和我並無怨仇啊！憑什麼，我——要殺死他？憑什麼——」

這些都是一瞬間在胡立之的腦際中升起，到底他天良未泯，大吼一聲，鐵腕一挫，長劍只差一分便觸及胡笠心口，硬生生給他拉了回來。

但這時胡笠神智已清，正圖臨死一拚，手中樹枝全力一蕩而起，呼的打向胡立之，想在自己傷後仍能打中胡立之，然而他沒想到胡立之竟在生死關頭時放下手來，這一樹枝卻仍挾著一股勁風打向胡立之。

胡立之一怔，料不到弟弟有這一著，只因欺身太近，閃退不及，「喀」的一聲，樹枝兒竟結實打在他的手臂上，這一式乃是胡笠拚命而發，雖是一枝木棍，但也硬生將胡立之腕骨擊折。

胡立之慘呼一聲，「嗆啷」長劍落地，他萬料不到自己一念之仁竟得如此後果，狂怒下左掌如刀，一斬而下。但胡笠有木枝在手，一而撩開，只因當時大亂，胡笠並沒有想到是大哥手下留情，同樣的他以為大哥下毒手不逞，也拚命的攻向胡立之！

胡立之一手已傷，又失去兵刃，再戰數招，又被胡笠一枝掃中背心，雖未受傷，但也感到一陣痲木，必知今夜決討不了好，當機立斷，厲聲吼道：「你好——好——」

反身隱入黑暗中而去！

胡笠一怔，猛然醒悟方才自己死裡逃生乃是大哥手下留情，不料自己反而乘機下毒手打傷大哥，登時心中大感悔痛慚愧，身形一恍，但黑暗中沉無聲息，哪裡還有胡立之的身影？

胡笠悵然將老父扶回房中，卻又發現另一樁巨變，這個巨變乃是胡家莊最爲重要的祖傳掌門信物陡然遺失，胡老莊主重病之餘，乍聞兩件變故，急痛之下，不到半月便去世。

胡笠連遭巨變，但仍勇敢的承擔胡家大業，由於他年少功力高強，逐漸聲名日著，名列七奇之一！

這些都是幾十年前的事跡了，但胡笠卻一點也沒有遺忘，他緩緩的說完這一切情形——當然有好些地方略去不提，譬如那胡家的第一令牌失竊便沒有向岳多謙說出——簡直令人難以置信！

岳多謙默默聽完，心中百感交集，眼見胡笠那竭力裝出的平靜神色，但那平靜後面又包含了多少辛酸淚？

他緩緩的將心中的思潮整理一下，沉聲道：「青蝠劍客竟是胡大俠胞兄，唉——」

驀然一個念頭閃過他的腦際，岳多謙像是想著了什麼絕大的疑問，低聲喃喃自語念道：

「胡立之，胡立之，啊！」

胡笠奇疑的望著他，半晌岳多謙才道：「胡大俠的長兄叫作胡立之，這倒使老夫想起一樁疑問。」

胡笠頷首道：「請說無妨！」

岳多謙緩緩道：「上次在關東貴莊一會，老朽好似記得那蕭一笑也駕臨貴莊，而且他找胡大俠說是要尋仇報怨——」

胡笠點點頭道：「不錯！」

岳多謙又道：「那日他說有一個什麼華山的羅信章鏢師爲一劍客血洗全家，而那兇手事後又曾仰天自道：『誰人是我胡「笠」之對手？』是以蕭一笑立刻找上貴莊——」

胡笠黯然頷首道：「正是如此——」

岳多謙微一沉吟道：「敢情那人乃是青蝠？」

胡笠用力點首道：「我知道岳兄已猜知端倪！」

岳多謙一笑說道：「老朽猜那人所言『無人是「胡笠」之對手』其實是言，無人是胡立之的對手，只是語音還全相似，是以誤以爲是胡大俠的名諱，這個誤會可真是始料不及的哩——」

胡笠苦笑道：「那日蕭一笑說出原委，我一聽此句，便醒悟是長兄所爲，是以心中矛盾萬分。」

岳多謙點點頭道：「蕭一笑此刻諒仍不知實情，唉——」

胡笠聽後也不置可否，半晌才岔開，低聲一歎道：「這幾十年不知他在什麼地方隱居，胡某當年也曾在江湖上行道，但卻始終探不出蹤跡——」

岳多謙目中神光一閃而滅，慢慢地說道：「倒是老夫在三十年餘前見過他一面，他那時便以青蝠爲號——」

胡笠一驚問道：「三十多年前岳大俠和舍兄見過？」

岳多謙勉強抑住感情，忽又搖搖頭道：「唉，不提也罷！」

胡笠不解的呵了一聲，岳多謙又道：「胡大俠移駕野店，不知——」

他故意用一種疑問的語氣結束語句。

胡笠搶著插口道：「一別幾十年，料不到他竟會挑戰武林七奇，本來這是點到爲止的比武大會，但——但岳大俠和他——」

岳多謙已大概明瞭他的來意，冷靜的道：「范立亭死於他手！」

胡笠黯然點首，忽然說道：「岳大俠可否見胡某面上，揭開這段樑子？」

岳多謙暗暗忖道：「果然不出所料，敢情他是來說情來著，但立亭弟的仇恨能不了結？這——這，對，我就明白的告訴他！」

一念及此，再也忍不住，大聲道：「胡大俠可是要老夫在這次首陽大會中——」

說到這裡陡然一停，忽又抑低聲音道：「——不和青蝠交手？」

他這話說得極有分寸，明裡暗地都扣住胡笠，敢情他明知胡笠的要求自己不好拒絕，是以先發制人，扣住只是這一次首陽之戰而已。

胡笠怎聽不出他話中之意，黯然道：「胡某正是這個意思！」

岳多謙不發一言，心中思潮起伏：「在首陽山中不和青蝠交手？那是不可能的——那麼交手一戰，就是要我退讓一步麼？可是，這一戰乃是天下矚目之戰，岳家的一世英名——」

胡笠在黃昏的燈光下，卻能清晰的看見岳多謙忽明忽暗的臉色，他深深的了解這一切，但是——

連他自己也不敢想了！

岳多謙的思潮依然繼續下去——

「胡笠要求我讓青蝠，他的意思只是爲那苦難的兄長作最低的服務，而我卻偏是青蝠的生死大敵！啊！范立亭——立亭弟——」

陡然間，岳多謙的面色紅潤了，雙目中閃爍著神光，心靈的呼喚在提升他的怒火！

劍神浩然一聲長歎，打斷了周遭的沉寂，黯然地說道：「胡某清楚了解岳大俠的心情，一切隨其自然吧！」

岳多謙頹然一歎，不作一言。

胡笠緩緩站立身手，一揖到地，沉聲道：「後會有期！」

岳多謙從他那痛苦的聲調中，衡量得出他的心情，於是，鐵馬岳多謙陡然感到一種不敢見人的感覺，他很艱難的站起來，機械似地還了一揖，深低著頭，下意識害怕看著胡笠痛苦的神色！

胡笠矮矮的身子緩緩的移向門外，岳多謙感到畢生僅有的內疚，陡然，他像是聽到一個聲音向他吼叫著：「岳多謙呵，你這個懦夫！你不答應胡笠至誠的要求是爲著什麼？是爲著那空虛的名聲嗎？是爲著立亭弟的大仇麼？不，不，立亭的怨仇不一定要在這一戰了結，歲月還多著哩，你──就是爲著這點虛名，竟然狠心拒絕人家手足間至誠的感情麼？」

呼吼的聲音愈來愈大，佔據了岳多謙整個腦海和心胸，終於，他叫住正待離開的劍神，誠懇的道：「胡大俠的事，岳某在所不辭，首陽山之戰，胡大俠放心吧，岳某──遵照你的意見！」

胡笠狂喜地點點頭，滿目充滿著喜悅的光輝，這是手足的親情呵，岳多謙又在心中浩歎了！

胡笠注視著岳多謙，面目上流露的是一種純真的感激，岳多謙暗暗一歎，喃喃自語：「我知道，我知道！首陽山一戰，我便算──我便算完了！但是，有什麼能比友情更爲重要？這點虛名又算什麼？」

胡笠聽見了，也望見了真正的岳多謙，雖然他們在這世界上都有六七十年的光陰了，而相交卻不到半年，然而，他卻深深的了解岳多謙的一切一切！

岳多謙勉強抑制著爆發的感情，送胡笠出門，昏黃的燈光下，他瞥見了掛在胡笠眼角上晶瑩的淚珠！

他們都是頂天立地的英雄，淚水可是真情的流露，這是英雄之淚呵！

岳多謙輕輕拍著胡笠的雙肩，誠懇的道：「這些聲名在這些地方，並不算什麼，你說是嗎？」

於是，荒店中響起了雄偉的笑聲，奇人的感情畢竟也是不平凡的！

岳多謙送走了胡笠，悵然走回客店，方一進門，陡然發覺有些差錯，敢情房中的燈光已然熄滅！

他可是何等人物，略一沉吟，輕輕閃身將門推開一絲眇目向內一看，只見黑沉沉的並沒有發現什麼！

於是放膽拍開木門，雙掌當胸而立，一股真力早已凝聚掌心，緩緩踏入房中，四下一打量，空蕩蕩的毫無變化。

他慢慢摸索點著了燈光，陡然一驚，只因自己隨身攜帶的布包袱竟端正的放在床榻正中。

這一驚可非同小可，一個箭步竄到床前，提起布包一看，只聽「叮」的一聲，兩支碎玉環端在包中，不由鬆了一口氣，暗暗忖道：「好險！」

仔細翻開包袱，這才發現原來放在一堆衣物中的一顆明珠，竟然不翼而飛！

這個明珠，正是范立亭拚命從青蝠頭上摘下來的神奇珠兒，上面也嵌有「岳家三環」的印痕，但這刻工夫卻有人不告而取。

岳多謙飛快的思考一下，心知必是自己送走胡笠的那一段時光中，有人進房拿去明珠，心中不由暗叫一聲糊塗，又驚又悔。

可驚這人的身手好不敏捷，而卻偏只偷去這顆明珠，看來對自己並無惡意。

岳多謙持著布包暗暗失神，口中喃喃自語道：「青蝠！又是青蝠！」

想著想著，終於廢然坐在床邊，揮掌拍熄燈火，悶悶不樂，卻不知這一顆明珠，卻關係重大哩！

晨光曦微，趕早路的人已在官道上形成了一排漫長的行列，人群中只見有一個老頭子，白髮飄飄，騎在馬背上緩緩的走著。

前面便是分支道，左邊的乃是正道，右面是去首陽山麓的道路，由於時光太早，遊山的旅客尚未出發，是以這一刻人群中鮮有向左轉的，只有那白髮老人來到道前，撥馬轉向右面，他，正就是岳多謙岳鐵馬。

昨夜的遭遇可真是奇妙無比，岳多謙悶悶不樂的坐在馬匹上，走著走著，已來到上山的小徑邊。

正是陽春三月的時分，山邊處野花叢生，紅綠交陳，馬蹄在地石道上，清脆的發出聲響，和緩的微風，逐漸吹散了岳多謙的愁懷。

上山的道徑很小，再一方面岳多謙來到這裡是信步走走，並不是準備上去，是以將馬匹拴在附近的林中，漫步上山。

山中本無小徑，乃是行人走踏而出，小石塊，黃土塊平平的構成一條小徑，倒也很爲平坦。

岳多謙雙足走動有若行雲流水，輕快已極，耗不了一盞茶工夫，已來到山峰半腰。愈向上爬，雜花生長愈是濃密，遠遠望去，簡直有若踏花而行，岳多謙興之可至，不由仰天長嘯，俯視大千，心中甚爲暢快。

驀然路旁邊花叢中一陣「沙沙」輕響，岳多謙何等人物，十丈之內，落葉飛花之聲清晰可辨，雙目一凝，掃向花叢中一眼。

「沙沙」之聲不絕於耳，剎時間花叢中枝葉一分，一線灰影一閃，岳多謙雙目如電，一瞥之下，已看清乃是一條細小的怪蛇！

「絲」一聲，那怪蛇行動好不靈敏，才竄出花叢，似察覺周遭情形有異，不待身子落地，長尾平空拍地，在空中兜一個圈，又如電竄入花叢中。

岳多謙已然瞧清楚這怪蛇竟然生有雙首，自頸部分開，一左一右，形態驚人。

這怪蛇雖似閃電一現，但岳多謙心中陡然一震，滿臉豪氣一絲不剩，廢然一跤跌坐在地上。

思維，那浩渺的思維又在心田中滋漫著……

那年，這是祖父向父親說的，父親又轉著告訴我，那年，譽滿天下的祖父挾著滿腔怒火去廬山筷子峰赴會。來登峰前，也是曾遇到過一條怪蛇的，結果，祖父竟然可怕的失敗了，失敗——那一條怪蛇是個不祥的象徵麼？失敗——

岳多謙驚痛的思想著，「失敗」和「怪蛇」難道果真是有著關連的嗎？

「蛇」，這條可厭的蛇，岳多謙不敢再想下去了，望望插天入雲的首陽山，鐵馬岳多謙的心中，閃過一絲無名的陰影，於是，他緩緩的走下山峰……

廿七　獵鷹獵星

「今天天氣可真不錯。」一方抬頭看了看青天，轉首對卓方說。

卓方點了點頭。

一方彎腰在地上捧起一把微融的白雪，搓成了一個小雪團，抖手打出去，那雪團飛出丈餘，拍的一下炸成一粒粒的小雪珠，飛射滿空。

卓方道：「二哥，你這『飛雷』手法可真練得勤啊。」

一方道：「咱們今天出去打獵如何？」

卓方道：「有什麼野獸出沒？」

一方笑道：「你這話可就外行了，天上有的是雕鷹，雪地有的是野兔，正是圍獵的好時節。」

卓方點頭道：「咱們去找大哥和君弟去，嘿，他倆到哪去了？」

一方扯著卓方的袖子，大踏步向外走去，走出天井，外面一片大院子，只見遠處芷青、君青正在兔起鳶落地餵招，遙遙聽得芷青的聲音：「君弟，好招！」

一方和卓方相對一笑，那宏亮的呼喝聲中，他們似乎又回到了終南山上的練武場中。

遠遠看去，君青正以手中長劍和芷青過招，一方卓方不禁走前幾步，駐身旁觀。

芷青左一掌，正以岳家秋月拳招中的殺著相攻，拳風呼呼，勁風直逼丈外，顯見他真力貫注。

一方卓方不禁暗暗稱奇，半月之間，君青的進步簡直令人難以置信，似乎每一天都有明顯的進境，這時他一劍縱橫，竟如懷有幾十年的功力一般。

這時芷青一招「石破天驚」斜斜斬下，一方卓方對於此招均是爛熟於胸，知道這一招只能避不能擋，因爲芷青下面接著的必是「雙霜灌耳」，豈料君青不退反進，揚手一劍攻出，霎時滿天劍影繽紛，大開大闔，立刻將芷青攻勢阻回。

芷青喜叫道：「成啦！君弟，真有你的。」

一方不由奇道：「君弟，這招叫什麼名堂，從來沒見你用過呀。」

君青道：「這是卿雲四式的最後一式，叫做『旦復旦兮』，本來我一直使不對，方才被大哥一逼，卻是順理成章——」

卓方道：「君弟，你這劍法神妙無比，足以補功力上之不足。」

芷青道：「你們可看走眼啦，君弟的內力深厚無比，也許連他自己都不清楚，而且我瞧這松陵老人的劍法確實古怪無比——」

一方道：「什麼古怪？」

芷青道：「聽說松陵老人自稱這套劍法天下無雙，以我看來，確有其無雙之處——」

一方有點不服道：「難道胡家的劍法都比不上這……」

芷青打斷道：「倒不是這個意思，我發現這卿雲四式俱有一種奇異的潛力，當你攻勢愈強時，它的反擊之力也愈強，尤其是『日月光華』和『旦復旦兮』兩招，前者攻勢如水銀瀉地，後者攻守兼顧，大有週而復始之威——」

卓方領悟道：「那麼和范叔叔的『寒砧摧木掌』的最後一招『雷動萬物』有異曲同功之妙了。」

芷青叫道：「正是，正是，一方你此刻也許看不出來，將來君弟若是和更強的高手動手，你就能發現此言不虛了。」

一方道：「我說咱們今天去打獵如何？」

芷青笑道：「一方是安靜一刻都不舒服的。」

君青道：「走、走、咱們這就去。」

芷青道：「好吧，去對朱大嬸和媽媽說一聲。」

一隻灰色野兔在雪地上飛奔，宛如一道灰線，「颼」一聲，一隻巨鷹飛撲下來，只聽得「嘶」一聲銳聲，一粒石子比勁矢還強捷地劃空而過，那巨鷹一聲慘鳴，「叶」地跌落地上。

枯林後轉出四個少年，為首的道：「卓方，你這一石端的是一舉兩得，射落了老鷹，又救了那隻小灰兔。」

卓方道：「這隻鷹好生兇惡。」

一方正待開口，忽然芷青一扯他衣袖，悄聲道：「注意，前面有人相鬥——」

三人仔細一聽，果然隱隱聽得一些，芷青道：「我們繞過去看看——」

說著一長身形，輕飄飄地飛出丈餘，一方等三人也跟著前行。

繞過兩片林子，前面果然有三人相鬥，一方眼快，輕聲道：「大哥，那兩個少年是劍神的弟子——」

芷青一看，果然是那曾有一面之緣的胡笠弟子，這時君青也縱了上來，他驚道：「那長髮老兒是我在清河莊夜遇的怪人。」

芷青驚得雙目一瞪，一方道：「你是說『獵人星』？那燒燬盧家莊的主兒？」

君青用力點了點頭。

這時林下忽然異聲大作，芷青悄聲道：「快仔細看！聞名天下的『穿腸劍式』！」

眾人往下望去，只見那兩個少年身形陡快，兩支劍光竟如兩道白練，由於劍式太快，周遭空氣竟然發如異響奇波！

一方歎道：「劍神坐鎮關中，名重武林數十載，這穿腸神劍端的是匪可異議！」

君青想起自己的卿雲四式，雖然和那胡笠弟子的劍式路道大相逈異，但是隱隱地總覺得有些地方竟似頗有同功之妙，只是一時想不起來。

只見長髮怪人喋喋怪笑，掌式愈來愈重，竟把那等凌厲劍式摒於雙掌之外，隨著雙掌翻出，長笑道：「胡笠的劍法也不過如此——」

芷青哼了一聲道：「這廝武功雖強，但若是劍子到了胡笠的手上，哼——」

林下左面那年齡稍大的少年大叫一聲：「師弟，『穿腸破腹』！」

只見劍光一盤一帀，兩個少年一劍快似一劍，君青見兩少年第一劍踏巽位，第二劍入震門，第三劍搶乾坊，第四劍移坤椿，當下心中了然，暗數道：「四……五……六……七……」

這時兩少年凌厲之劍勢猛可一收，似乎攻勢已盡，那長髮怪人桀桀大笑，大步走中宮，雙掌搶入——

君青暗叫一聲：「還有一劍！要糟！」

果然那怪人一攻前入，那兩個少年猛可一聲大喝，雙劍翻騰而出，劍氣大盛，眼見那長髮怪人措手不及，立時就有濺血之危——

君青忍不住大叫一聲：「劍下留人！」

刷的一聲，飛身而出，芷青一把沒有抓住，急道：「哎，君青誤事，那長髮怪人豈有不知之理，他大步踏入必是反藏殺著——」

君青身在空中，反手已經抽出長劍，那劍神的兩個弟子長劍方自一左一右合圍而中，忽見一人一劍由空而降，不禁各各左手推出一掌。

那長髮怪人果然是暗藏殺著，本來正待發出，忽見一人衝下，未分敵我之前，只得猛一收挫。

霎時一片塵土飛揚，長髮怪人身退了兩步，胡家少年卻是收手不住，反倒是君青身處危中。

只見長空兩道劍子一合之下，「嘶」「嘶」之聲大作，這胡家劍中「穿腸破腹」一招八式中最後一式所具何等威力，兩隻劍子翻騰所至，竟連兩丈方圓！

說時遲，那時快，只聽得空中又是一聲暗暗「嘶」聲，一溜烏光沖天而出，呼的一聲，胡家少年飛落地上，卻見君青手抱長劍凜然而立。

芷青喜對一方道：「君弟這招『日月光華』委實具有神鬼莫測之威。」

那長髮怪人大怒道：「偏你這小子多事，壞了大爺的殺著——」

那劍神的弟子道：「若非人家這一手，只怕你老鬼此刻已是劍下遊魂了，還敢誇口麼？」

長髮怪人冷笑道：「罷了，這等蠢物險些兒就得立斃在大爺掌下，竟還絲毫不知，哼……」

這時他忽然發現這飛身插入的竟是君青，不禁喜道：「呵，原來是你！嘿，姓岳的……」

君青：「你可是獵人星？」

長髮怪人大笑道：「是便怎樣？」

君青道：「清河盧家莊可是你燒燬的？」

獵人星滿不在乎地道：「自然是了。」

胡笠的兩個弟子奇異地瞪著君青，心想：「這傢伙猛衝下來像是來幫這老怪忙似的，怎麼這一問一答倒像要打一場的樣子——」

君青怒道：「你幹麼要燒掉盧老的莊院？」

獵人星大笑道：「你去問姓盧的，他自己心裡有數。」

君青悲憤地喝道：「盧老伯已經去世了……」

獵人星倒像是吃了一驚，道：「什麼？是哪個下的手？」

君青切齒道：「青蝠劍客！嘿，你也脫不了關係！」

獵人星大笑道：「哈哈，青蝠，這傢伙端的是個人才，盧某老而不死，惹得人家青蝠心煩，一劍把他劈了，此事大有可能，哈哈，所謂英雄所見略同，那天在長安時，青蝠看那胡家莊雕樓畫閣，一把火燒掉他娘的，這和我老人家火燒盧家莊大可前後輝映哩……」

胡笠的兩個弟子大驚道：「老鬼，你說什麼？」

獵人星斜睨了兩人一眼，繼續道：「哈哈，那一把火燒得真過癮，偌大的胡家莊片瓦不存，正門那個雕龍牌樓成了一堆渣渣兒，花園裡八個亭子是灰都不見啦，哈……」

胡笠的弟子聽他說得有頭有尾，知道不假，心中一涼，顫聲問道：「家師等人……」

獵人星卻理都不理，君青聽他所言，心想難道胡家莊大火時，獵人星也在場？不由問道：「你可別瞎吹，你是親眼看著的麼？」

獵人星道：「哈，青蝠放的火，姓胡的和姓程的卻以爲是你老子幹的，嘿，我可真佩服岳老兒，左右同時硬接一掌，毫不含糊——」

胡家兩少年入世不深，驟聞惡耗，驚得呆住了，看看獵人星那得意的模樣，想多問兩句卻又不敢開口，只呆呆立在那兒。

君青卻在思索一件事，心想：「原來胡家莊大火時，此人在場，那麼難道那怪聲長笑的竟是他？如果是他的話，難道他和霹靂神拳班焯有什麼瓜葛？」

獵人星一看三個少年都不開口，便大聲道：「如果三位沒有事的話，我老兒要走了。」

胡笠的弟子急怒之下，「嚓」的揮劍攔路，獵人星臉色一沉道：「怎地？」

劍神弟子說不出什麼道理來，只得發狠道：「不許走！」

獵人星勃然大怒，猛可舉起單掌，頭上長髮一陣亂動，只見他手掌五指的第一節逐漸變黑，最後竟成了墨錠一般！

他冷森森地道：「你們這裡面有誰能接得我這一掌？」劍神名家之弟子，自然見識多廣，他們注視著那五節墨黑的手指，心中一震，暗暗在心中驚呼：「漆砂指！」

獵人星這手漆砂指已自練到十成功力，這「漆砂指」乃是外門邪功中最霸道的一種，鍛鍊精深後甚至本身性情都會大變，這時獵人星運功之下，不知怎地忽然對君青也遷怒起來，厲聲吼道：「連你也算上吧，看看你們三人可敢接我這一招？」

驀然背後一個沉重無比的聲音：「我便接你一招試試！」

獵人星刷地反過頭來，只見身後一排站著三個人。

當先的，正是岳芷青。

獵人星喃喃道：「一，二，三、……五六，一共六個小鬼，一齊上吧。」

岳芷青一字一字地道：「敢問前輩和盧老莊主究竟何怨何仇？」

獵人星道：「嘿，敢情你也姓岳？對了，上次在盧家莊暗中和我硬碰一掌的可就是你？」

芷青冷然道：「如果那躲在暗處偷發掌的是你的話，那就是了。」

獵人星哈哈大笑，笑聲未完，突然一掌拍來——

芷青沒有料到他忽然發動，急切間揮掌硬架，獵人星五指暴伸，五縷寒風激射而至，芷青大喝一聲，猛可一個鐵板橋仰倒地上，他一手支地，一手發出寒砧摧木掌力。

獵人星哈哈笑道：「你不是要接我一掌麼？」

呼呼乘勢連劈，芷青在地上連滾連閃，危險萬分。

一方和卓方齊喝聲：「打！」兩人展開名震天下的岳家暗器手法，枯葉碎石都成了獨門暗器，霎時漫天飛雨般打向獵人星！

獵人星吃了一驚，不料這二個少年雙手抖動間，竟然同時放出這許多暗器，逼得他只好移形換位，硬生生把即將發出的「漆砂指」收了回來！

芷青忿怒難抑，伸手在地上抓起一把松針，抖手打將出去，他功力深厚，這一把松針竟如鋼針一般破空而去，獵人星知是岳家暗器手法，精神一凜，大步一旋，退了數步。

一方卓方同時再度打出幾片碎木，平平穩穩地飛到獵人星面前，驟然「拍」的一聲炸將開來，分射全身穴道，絲毫不差！

獵人星雖有一身離奇古怪的絕學，但是哪曾料到天下竟有這等暗器手法，卓方一方究竟手法不夠爐火純青，是以炸開之時，認穴雖準，力道卻有不逮，獵人星大叫一聲，飛身拔起數丈，總算躲過！

他忍不住驚叫道：「原來你們這兩個小子也是姓岳的，哈，岳家大概除了老鐵馬之外，今天是全到了！」

芷青恨他偷襲，雙手一揮，又是兩把松針飛將出去，霎時漫天都是落葉飛石，竟成了一張密網一般。

自從岳多謙退出武林以後，武林中不見這等暗器的盛景已有三十年，此時岳家絕技由這三個少年齊力施出又是一番氣象。

獵人星長笑一聲道：「岳家暗器領教，俺不奉陪了——」說著猛然展開輕功絕技，如飛而去，笑聲歇了半晌，芷青發出的松針才嘩啦啦落在八丈之外！

君青拍手道：「三位哥哥好本事。」

一方道：「咦，劍神的那兩個弟子到哪裡去了？」

眾人回首一看，那兩人早就不知去向，卓方道：「想是他們聞得胡家莊被焚，心急趕回去了。」

君青忽然猛叫一聲：「我知道啦，我知道啦！」

芷青奇道：「什麼？你知道什麼——」

君青道：「那笑聲，方才獵人星那笑聲，不正是如爸爸所說在胡家莊聽到的那種怪聲？這獵人星正是在胡家莊怪笑驚退班神拳的怪人……」

一方道：「但是班神拳爲什麼……」

君青搶著道：「那天在清河盧家莊時，我初遇獵人星，他隱隱說出他苦練武功是要尋人報仇，又一直問我他的功力及得上武林七奇否，這人必是要想尋霹靂神拳的怨仇了……」

芷青道：「對，我瞧必然如此！」

卓方道：「如果這樣的話，春分時首陽山會，這人必然會趕去的了——」

一方見卓方面帶憂色，奇道：「去便怎地？」

卓方道：「爸爸又要多一個敵人了……」

一方怔了一下，大聲道：「多一個又怎樣？難道爸爸還怕了他不成？」

卓方道：「這人的『漆砂指』似乎已入化境！」

一方想了一想，喃喃道：「青蝠、秦允、艾長一，再加上一個獵人星，四個……」他也感到事態的嚴重！

岳芷青只輕輕地道：「走，咱們回去吧！」

一方急道：「大哥，你說怎麼辦？」

芷青停下身來，冷靜地道：「咱們四個人齊上，再不濟也可拖得住他們兩個人罷！」

一方振奮地啊了一聲，悄聲道：「對，到時候我們四人合力一拚。」

芷青正色對君青道：「君弟，還有幾天，快把那『卿雲四式』多練一下，到時候也許你是除了胡笠以外天下唯一可以劍子抵擋青蝠的人哩！」

君青激動地睁大了眼睛道：「啊，大哥！」

夜色漸漸深了。

莊院裡的燈火一盞一盞接著熄滅，大夥兒都上床安睡了，君青從母親的房中道了晚安走出，他倚門向和母親睡在一房的司徒丹扮了一個鬼臉，司徒丹扁著小嘴對他微笑一下，君青輕輕關上了門。

那微笑中，他能覺出千萬的柔情蜜意，他心中想：「這可憐的孩子，上天保佑她的爹爹仍在人間。」

他收起嘴角的微笑，大踏步走出天井。

他的睡房是在天井那邊的廂房，此刻房中燈火已滅，他想和他同房的卓方大約已入睡了。夜晚的風，有一點刺骨之感，君青抬頭看了看天，其黑如墨，一顆星光都沒有，他站在簷下，簷椽巨大的陰影把他整個兒籠罩著，忽然，母親房中的燈火也熄滅了，剩下來的是無邊的黑暗。

他正要舉步，忽然聽到「吓」一聲異響，於是他下意識地收回了跨出去的腳，靜站在黑暗之中。果然過了一會，一條人影飛快地掠過天井，輕飄飄地落在牆邊的大樹上，那人向後面招呼，又是一條人影如飛而過，接著兩人一齊翻過牆垣，到莊園外面去了。

君青感到又是興奮，又是緊張，連忙一個箭步跟到牆邊，貼耳聽了一會，也翻身飛到牆外。

黑暗中，那兩人已去了十餘丈，君青一面藉著樹木掩護，一面飛身跟蹤，他心想：「是什麼人寅夜來此，難道是朱大嬸家的仇人？」

「不會吧，朱大嬸自從三十年前朱大叔死於大火後，守節家中絕口不提武事，怎會有仇家？」

他的身形如行雲流水般向前飄去，心中忽又忖道：「聽爸爸和范叔叔說，朱大叔那次死於大火的事其中頗有蹊蹺，只是朱大嬸自己不願多提此事，范叔叔和爸爸也不便出頭多管……這樣說來，難道這兩人是朱大叔生前仇人？」

他想到此處，頗覺可能，想回去叫醒大哥，但是那兩人輕功極好，自己若一耽擱，只怕要跟脫了節，當下悄悄跟了下去。

那兩人一陣急行，到了林外一個山崗子上，君青蛇行鶴步跟上山崗，悄悄躲在一塊大石後面。

只聽得一個雄壯的聲音：「大爺，岳鐵馬不在這莊中……」

另一個熟悉的聲音：「什麼大爺？你又忘了？」

那人忙道：「是，是大哥。」

那耳熟的聲音：「咱們從今天起就是兄弟啦，你的事就是我的事，千萬不可客氣。」

那人道：「小人……小弟省得啦。」

君青悄悄伸出頭來偷看，只見一個鬍子壯漢，另一個卻是以一件大風衣把面目遮住，君青暗自納悶：「怎麼方才那聲音好生耳熟……」

那鬍子壯漢忽道：「大哥，你怎麼啦？臉色這麼難看？」

那人輕歎了一聲道：「你可知道青蝠劍客首陽山邀戰武林七奇之事？」

那鬍子漢子似乎已得其意，也歎了口氣道：「唉，明天大哥你決心去？」

那人大聲道：「人活百歲也免不了一死，我這條命早就不想要了，難道還會怕死麼？」

那鬍子漢子道：「大哥，今晨咱們結拜的時候說的什麼話？」

那人道：「咱們說有樂同享，有禍同當……」

鬍子大漢道：「這就是了。」

那人奇道：「是什麼？」

鬍子大漢道：「上首陽山，我也去！」

那人叫道：「那可不成——」

鬍子大漢道：「大哥，小弟有句忠言，大哥你的功夫雖然俊極，可是——比起武林七奇來，我瞧……」

他頓了一頓接著道：「七奇之中，鐵馬岳多謙小弟曾會過，那著實是……」

那人搶著道：「你不說我也知道，武林七奇個個都是絕代高手，但是我並非去和他一決勝負，而是去一拚死活！」

髯子大漢道：「大哥，你若看得起我，便讓我和你一道去。」

那人咳了一聲道：「不行，這是我一個人的事，你——你先把剛才入探西邊的情形詳細說一遍罷。」

髯子大漢歎了一口氣道：「西面那邊似乎是這莊院主人住的地方，我從右邊摸進去，一抬眼，就發現一樁怪事——」

那「大哥」道：「什麼怪事？」

君青在山石後驟然一聽，猛然想起一個人來，他險些脫口叫出：「獵人星！」

原來這以風衣遮臉的「大哥」就是獵人星那怪人。

髯子漢子道：「我一走進側門，當頭樑上掛著一對黑漆漆的東西，我仔細看了半天，可認出來啦——原來竟是一對紫金錮杵！」

獵人星驚咦了一聲，他的臉大半藏在風衣之中，沒有人瞧得見他的神色，髯子大漢續道：「我一看這對紫金錮杵，分明是河南商丘朱家堡，練那『平沙落雁』輕功絕技所用的獨門傢伙，但是朱家自從『滄浪飛客』朱白龍死於大火後，江湖上就絕了朱家的影兒，難道這莊院是朱家弟子的？」

獵人星的身軀在黑暗中抖顫了一下，但是鬍子大漢沒有發覺，他續道：「我想了一會，始終想不出朱家有什麼後人，於是就走了進去，這一帶房子全是幾個女婢的下房，一直摸到上首，才有一間上房，紙窗中透出微弱燈光，我從窗縫往裡一看，但見裡面只有一個女子……」

君青暗道：「那是朱大嬸。」

獵人星叫了一聲：「你快說下去呀──」

鬍子大漢吃了一驚，奇怪地望了獵人星一眼道：「那女子穿著一襲睡袍，正持著一束香火，對一方檀木神位下拜，因爲太遠太暗，瞧不清靈位上的字……」

君青暗道：「啊，朱大嬸在給朱大叔唸經上香。」

獵人星忽然問道：「那──那女子多大年紀？」

他的聲音充滿著奇異的顫抖，鬍子大漢道：「看不太清楚，總之是個中年婦人罷了──有什麼不對麼？」

獵人星不答，他仰首望天，罩在頭上的風帽落了下來，露出了那嚇人的長鬍長髮，他喃喃自語道：「難道是她？難道是她？她──竟沒有死？」

君青在暗中吃了一驚，那鬍子大漢也吃了一驚，他抓住獵人星的衣袖道：「大哥，什麼？

你說什麼？」

獵人星不答，只喃喃道：「蓉妹，難道是你……？」

君青心中猛然一跳，他暗道：「呀，朱大嬸的閨名中著實有一『蓉』字，難道……」

鬍子大漢道：「大哥，你認得那女子麼？」

獵人星那醜怪的臉上滴下一顆淚珠來，他偏著頭想了一想，又搖了搖頭，自言自語地道：「不可能罷，不可能罷。」

這時鬍子大漢忽然低聲道：「大哥不好！有人來啦！」

獵人星機警無比地把風衣拉上，遮住臉孔，一面和鬍子大漢站起身來——

只聽得自左一陣破風之聲，一條人影疾似流星地竄了上來，君青定眼一看，竟是大哥芷青！

獵人星用風衣遮面，芷青顯然認不出來，他向兩人打量一番後，開口道：「兩位夜半潛入民宅，不知是何用意？」

鬍子大漢大聲道：「什麼潛入民宅，你是說誰？」

芷青冷笑一聲，伸手一揚，一個白色鏢囊丟落地上，冷然道：「只可惜兩位遺失了這東西！」

鬍子大漢一見鏢囊，吃了一驚，連忙伸手腰間一摸，果然腰間空空，想是方才失落在院中的，一時不禁口瞪目呆，卻聽獵人星壓著嗓子冷笑道：「這是誰的東西呀？可不是咱們的！」

芷青不料他當場賴脫，不禁大怒，君青正要現身，忽然想到獵人星鬼計多端，大哥莫要上了他的當，自己還是在暗中相機行事來得穩當。

獵人星對鬍子大漢揚了揚首，道：「這廝不講理，咱們走吧。」

芷青怒道：「給我站住！」

他左右雙手同時打出一掌，威力竟然絲毫不減，直襲兩人背腰。

獵人星反手一掌拍出，力道大得出奇，芷青右手一沉，鬍子大漢卻是跨步避閃，芷青左手上托，他雙手一托一沉，受勁完全不同，他竟身形如鐵塔般文風不動！

芷青從獵人星那出手上似乎也覺出一點眼熟來了，他停身問道：「兩位大名？」

鬍子大漢道：「嘿嘿，不敢，在下沈青峰。」

芷青暗想了一遍：「沈青峰，不曾聽過啊。」

獵人星卻冷笑一聲道：「首陽之會是要去的了？」

芷青一怔，但仍點了點頭，獵人星道：「嘿，那麼明天就得動身啦——到時候你自然知道我是誰，咱們走！哈哈！」

他拖著鬍子大漢沈青峰的手袖，反身倒縱，如飛落在崗下。

芷青從他最後那「哈哈」笑聲中聽出端倪，他凜然叫出：「獵人星！」

君青從山石後站起身來，準備上前把所聞告訴大哥，他看見自己修長的影子投在地上，原來月亮不知什麼時候已從雲堆中鑽了出來，忽然之間，他發現另一個纖細的影子疊在自己的影子上，他大驚且駭，反身舉掌護體——

背後有一個幽靈般的人默然靜立著，君青仔細一看，更是大驚一跳，忍不住叫出聲來：

「朱大嬸！是你！」

芷青也聞聲轉了過來，君青忽覺朱大嬸眼角上掛著兩滴晶亮的涙珠。

廿八　首陽之戰

春天，紅白野花如繡球般雜在如茵的嫩坪中。

黃鶯兒唱著、跳著，首陽山麓揚開了驚天動地的序幕！

幾乎天下武林人士都趕到了山中，他們所熱烈談論的全是「金戈、鐵馬、雷公，劍神、霹靂、凌空、步虛、還有青蝠」！

遠處又出現了一批人影，飛快地向這邊移動過來，爲首的是年約七旬的黃冠羽士，後面的也全是玄門中人，只見他們一晃身之間，已是近了數丈。

人群中發出竊竊私語：「武當的，是武當的！」

「青凡觀主親自來觀戰啦！」

「啊，青凡觀主！武當的掌門！」

武當派青凡觀主在眾人竊竊私語中進入會場，只聽得一聲宏亮無比的笑聲：「道長可是青凡觀主?老朽青蝠失迓了！」

眾人連忙回首看去，只見一個精神奕奕的老者大踏步走了過來。

「原來這就是青蝠劍客！」

「嘿，以一挑七，有種！」

青凡觀主稽首道：「敢問青蝠施主，貧道那生死至交可曾到了？」青蝠豪爽地大笑道：「是啦，道長定是爲班大俠助威來的啦。班大俠尙未到哩——」

人群中立刻傳出陣陣討論之聲，一些喜歡賣弄武林掌故的立刻對別人口沫橫飛地吹噓：「嘿，你連這個都不知道麼？龍池百步霹靂神拳班大俠和武當掌教可真是過命的交情，那年西藏紅袍教主夜闖武當山，就是班老爺子一掄神拳把他打回去的……嘿……」

只聽得青凡觀主沉聲道：「貧道今日來此觀看班老弟神拳鎮妖孽。」

青蝠劍客臉色微變，陰森森地道：「屆時青蝠會完七奇之後，道長若是有興趣的話，老朽當得奉陪。」

他的口氣似乎七奇之敗已成定局，青凡觀主數十年修養也不禁微慍，哈哈笑道：「壯哉此言，壯哉此言！」

青蝠道：「道長請！」

他伸手做了讓客的姿勢，卻是袖袍一揚，勁風暗襲，青凡觀主低宣一聲：「無量壽佛！」單掌一立，暗中動用內家真力，和青蝠的勁道一觸而散，兩人都是微微一怔，青蝠大笑道：「這邊坐，這邊坐！」

這時眾人又吵嘈起來，原來又有一批高人來到，青蝠仰首望了望，回首對青凡觀主道：「少林百虹大師到了。」

只見百虹老僧領著眾僧走了上來，青蝠迎道：「大師德重宇內，威聞四海，青蝠得瞻仙顏，何幸如之！」

百虹禪師瞪著青蝠望了兩眼，長眉一軒冷然道：「咱們早朝過相啦！施主那張蒙面黑巾呢？」

青蝠一怔，知道自己蒙面掌毀少林佛像之事已被看破，便也不再否認，大笑道：「大師好純的金剛不動身法！」

百虹大師道：「敢問施主和百步凌空秦施主合手偷竊佛門之物，其意何在？」敢情雲台釣徒白玄霜已經趕回少林，把萬佛令牌在秦允手中的事報告了方丈，而百虹大師就以為是青蝠秦允合手的了。

青蝠何等聰明，一聽之下心中了然，暗罵道：「秦允啊秦允，你這廝專門揀老子的便宜，每次幹了事，總是把惡名讓老子揹，嘿嘿，等下兒有你好瞧的。」

他口頭上也不爭辯，只是冷然一笑。

百虹大師心想等會兒反正不免一場惡鬥，也不急在這一會兒，便朗聲道：「老衲那方外老友可到了？」

青蝠道：「武林七奇還沒有到一個。」

眾人立刻有人悄聲問：「少林寺百虹大師的老友又是誰？」

「嘿，我看你當真是孤陋寡聞……」

「那麼你說說是誰呀？」

「嘿，鐵馬岳多謙。」

百虹大師率眾上了觀台，正和武當派青凡觀主朝了相，這兩位方外武林領袖雖然不曾見過面，但是彼此神交已久，一望之下，都知道對方是什麼人物，立刻寒喧甚歡。

正在這時，忽然一個大漢沒聲沒息地走上看臺，青蝠劍客倒吃了一驚，忙問道：「兄台尊姓？」

那大漢哼了一聲，大笑道：「在下姓蕭，草字一笑。」

立時群雄轟然低呼：「啊！笑鎮天南！」

青蝠心中一驚，表面上卻大笑道：「蕭大俠隱居數十年，不料在此得瞻雄姿，想來蕭大俠必是來觀戰的了？」

蕭一笑理都不理，逕自走上台，也不理會少林武當徒眾，獨個兒揀一席坐定了。

青蝠冷笑道：「難道蕭大俠不屑一答麼？」

蕭一笑虎目一睜，大聲道：「姓蕭的一生只知道管別人的事，今天姓蕭的來尋兩個人較量較量──」青蝠心中想知他究竟要找哪兩個人，便故意道：「不過今日是我青蝠找武林七奇比劃的日子，蕭大俠若要找七奇中的人，可得等我青蝠的事了卻之後……」

他這番話，既能探出蕭一笑來意，又不失自己威風，可謂面面俱到。

蕭一笑冷笑道：「姓蕭的第一個找胡家莊主，請問他殺害羅信章羅老鏢頭是何道理……」羅信章之死，在江湖上是一大懸案，這時聽說竟是死在劍神胡笠手下，都不禁議論紛紛。青蝠劍客聞言臉色微變。

蕭一笑朗然續道：「第二個要尋你青蝠老兒──」

青蝠驚怒參半，冷笑道：「我可不是怕你，不過你得說出一番道理來──」

蕭一笑冷笑不理，青蝠怒道：「你說是不說？」

蕭一笑怒道：「我問你，散手神拳姓范的是死在誰的手中？」

青蝠劍客仰天長笑，並不回答，眾人大多根本不知散手神拳范立亭已死，聞言驚呼大起。

青蝠劍客收斂狂笑，大聲道：「我先問你，姓范的死活干你什麼事？」

蕭一笑怒聲道：「姓范的生前何等英雄，他遭了毒手，我姓蕭的雖不濟，但是也要看看能傷散手神拳的究竟是什麼人物？」

青蝠也怒道：「范立亭是你什麼人？」

蕭一笑應聲道：「姓范的不是我什麼人，咱們只在鬼牙谷交過一次手！」

青蝠怔了一怔，仰天大笑道：「好，好一條漢子，我青蝠敬你是條好漢，待會定讓你一了心願。」

蕭一笑冷冷一笑，也不言語。

青蝠劍客抬頭看了看天，道：「怎麼到這個時候，還沒有一個到來？」話聲方了，台後一個沉沉的聲音接道：「姓姜的到啦！」

青蝠驚極轉身，只見一個光頭和尚好不悠閒地站在台上，看臺上坐著不下十個一等一的高手，竟然沒有一個人發覺到這和尚的出現，這和尚的輕功真到了神鬼莫測的地步了。

百虹大師和青凡觀主都是名重武林的老前輩，但是這時也都站立上前見禮道：「這位道友可是靈台步虛姜老英雄？」

靈台步虛呵呵大笑道：「洒家這不成規矩的野和尚，倒惹列位見笑了。」

青蝠正要開口，姜慈航忽然向上發話道：「姓秦的下來吧！」

長笑聲起，一條人影如四兩棉花般落了下來，青蝠劍客識得，正是百步凌空秦允。

青蝠劍客衝著秦允冷笑一聲，秦允卻是嘿然不語。

眾人正在對台上指指點點之時，忽然兩條人影快似飛箭一般落在台上，眾人中立刻有人喊道：「劍神！胡笠！左邊的是劍神！」

「右邊的是雷公！」

胡笠到了台上，雙目瞪著青蝠——不，他的哥哥，他們同時發現彼此都老了，那些少年的青春都不復在了，但是爲什麼少年時的怨仇還牢牢地繫在人的心上?!

胡笠的眼光中有著難抑的激動，那像是在輕聲地呼喊：「大哥，大哥，咱們好久不見啦！」

青蝠劍客只覺渾身如觸電一般猛然一震，但他立刻大笑道：「這位就是胡莊主吧，這位可是雷公程兄?來，老朽給各位引見……」

雷公程�然瞥眼發現據案高坐的蕭一笑，不禁大笑道：「哈哈，有熱鬧的地方，總少不了你笑鎮天南！」

蕭一笑哼然不語。猛聞一聲暴響，一個宏亮無比的嗓門：「程暻然，今天看你的啦！」

青凡觀主聞聲起立，朗聲道：「班兄別來無恙乎?」

龍池百步神拳班焯大步走將上來，握著青凡觀主的手大聲道：「有勞觀主，有勞觀主。」

青蝠劍客這時卻陪著一個光頭老人走上台來，向眾人介紹道：「這位乃是金戈艾老爺子！」

台上眾人倒沒有一個見過金戈艾長一，這時聞言一齊瞠目注視，艾長一也不言語，也無笑容，大剌剌坐在班焯的身旁。

天下英雄紛紛談道：「就只差鐵馬岳多謙一人了。」

不知是誰眼快，大聲道：「那不是來了麼？」

千萬隻眼睛齊往那邊看去，只見一個白髮老翁緩步走了上來。

雖說緩步，但是每步跨出怕不有數丈之遙，是以遠遠望去，就如在空中飄動一般。

「這就是岳鐵馬麼？」

「瞧他背上微微隆起的，必是那名震天下的碎玉雙環。」

岳多謙走到了近旁，仰目四望了望黑壓壓的人叢，他輕輕皺了皺雪白的雙眉，逕自走上觀台。

青蝠劍客走上前去，岳多謙立在三步之外，昂首凝視了一會，青蝠只覺岳多謙雙目中射出一種令人心寒的光芒，也許是當年那一敗的緣故，青蝠竟略略有點感到不安，岳多謙一語不發，只靜靜地望著青蝠。

青蝠劍客心中不服地重重哼了一聲，揚目回瞪過去，岳多謙想了一想，想不出什麼話好講，大步從青蝠身旁擦過，走上觀台……

這時候……

四條人影正飛快地撲入山中，他們一言不發，只在腳下拚命地加勁，身形之快令人咋舌。

山坳中傳來轟天一般的喝彩聲，四個人中間居三的大聲道：「大哥，大約是開始了。」

為首的回答道：「一方，注意左邊山巒上的那人。」

居尾的道：「那人是獵人星！」

爲首的道：「不錯，咱們等會兒盯牢他。嘿，君弟，不到必要時，你千萬不要出手，你那劍法是不傳之秘，未到爐火純青之境，最好不要讓胡笠、青蝠等使劍的名手看到。」

居尾的答道：「我曉得，大哥。」

「好，放慢速度吧，裝做觀戰的混進人叢。」

這時候……

青蝠劍客正式宣佈了以一挑七的大旨，台下是一片騷動，台上金戈艾長一和岳多謙這兩大奇人卻正暗中互相打量著，岳多謙藉著搔頭的姿勢，斜眼望了艾長一一眼，艾長一竟也有點不安的樣子，他輕輕地把脅下夾著的長包袱打開，霎時金光耀目，露出一截黃金般的戈頭。

岳多謙揚了揚白眉，下意識地摸了摸中指上的三個環兒。

青蝠劍客清朗的聲音壓過了全場的噪音：「現在，青蝠首先向胡家莊主劍神胡大俠請教！」

岳多謙心中微微一陣緊張暗道：「胡笠求我不下殺手，且看他自己如何應付，難道他真不顧威名而求一敗？」

胡笠瀟灑地站了起來，在他那傷感的老懷中早就作了最勇敢的決定，他毫無顧忌地從台上一蹴而下。

「嚓」，胡笠亮出了長劍。

天下英雄都伸長了頸子，似乎想看個清楚，這支無敵天下的長劍究竟有什麼殊異之處。

「嚓」，青蝠也亮出劍子。

胡笠和青蝠的心中同時一震！上一次，他們兵刃相對時，那還是青春的年華，如今，他們都白了頭，但是卻依然不免白刃相對。

胡笠長吸了一口氣，摒除了萬端憂思，緩緩舉起了長劍，平額向後一挽——這是胡家神劍的起手式！

青蝠劍客一怔，心中登時百念叢生，慌忙後躍數步，他一生浸淫在胡家神劍中，深知這套劍法的神奇。

胡笠只覺眼前一片清光，順手撩出一劍，在森森劍幕之中，倒也激發起他的豪氣，剎時間，他已熟練的沉醉在這一場搏鬥中。

青蝠一連倒退好幾步，心中一凜，慌忙克制心神，冷叱一聲，長劍陡然一領，展開還擊。

這一劍攻出，方位簡直怪到極點，劍子走著「之」字路線，忽左忽右，眼見胡笠非得後退不可。

四周的天下武林人士幾乎不敢相信自己的雙眼，他們作夢也沒有料到世間竟有這等劍術攻守兼備，雖然他們知道對手乃是劍術之祖，但仍不由大呼出聲，唯恐怕胡笠也不能免於一難。

七奇中其他六人的觀點，當然和一般人不同，但也想不到青蝠劍客會在這一方位攻出一劍，六個人中除了空著手的，其餘都暗暗緊捏了一下自己成名的兵刃，到這個時候他們才感到一生中第一次的威脅。

胡笠和大哥多年不見，想不到他功力精進如斯，但覺青光盤旋，左右飄忽，瞬間已攻進自己身前不及半尺，一個念頭閃電般掠過腦際，他明白大哥這是想一舉成功，不惜出此奇招，百忙中他大叱一聲，勉力虛空劈出兩劍。剎時間，青蝠的長劍已破門而入！

說時遲，那時快，胡笠第二劍劈完，但聞劍風嘶嘶，一帶劍身，「嗚」一聲，竟然發出一聲銳響，敢情他方才那兩劍是用以提純真氣而發。

劍神估計的果然分毫不差，青蝠的長劍欺身不及兩寸時，他的劍子正好蕩起，猛可一挫身形，長劍緩緩一劃，薄薄的劍身挾著一股勁風，在這迫不及待的時刻中，佈出一道劍幕。

青蝠只覺這一劍之式簡單已極，但自己可有可無，忽左忽右的一切勢卻自然而然全部瓦解，心中不服，並不收回劍式，但覺叮然數響，攻出的劍式一一受封回，心中不由一歎！

這短短的一下子，卻正是最高深的武學相搏，所有的觀眾都沒有辦法看清劍神這一式是如何發出，他們只覺得同時間漫天劍影一收，青蝠卻倒退三步！

七奇中雖然能看出胡笠的劍式，他們在青蝠招式一出之時，幾乎全部飛快的爲胡笠思索封守招式，但全部只不過想出唯一的招式——便是兩敗俱傷！但胡笠卻和他們思想大相逕庭，只見他長劍在身前完美的劃出一個半圓，氣度好比日行中天，炎炎及地，摒除一切偏、邪、狠、毒的氣氛，正大光明的封守回去，六人都不由暗中心折。

霎時場中又起變化，胡笠一劍封去青蝠的攻式，猛可接連削出三劍，這三劍招招氣勢宏壯，絲毫不帶偏激味道，但青蝠左封右阻，連連被逼後好幾步。

想是這三劍比較淺進，一般武林人士都看懂了，他們正領略到這股凜若天神之氣，喝采聲震天！

胡笠劍式如風，一連又攻數劍，青蝠架得數劍，狠命削出一式，登時平反敗局，胡笠攻勢不由一挫。

青蝠長劍下指，緩緩吸口氣，猛可眼前劍光森森，胡笠又發動攻勢。青蝠心中明白，只要一退，非得到百招之後才有機會反攻，心中一凜，暗暗歎道：「罷了！罷了！」

說時遲，那時快，長劍如風，分心一劍刺出。

但見劍光一縷，青蝠攻勢大反常態，隱隱也含有凜然氣魄，胡笠心中一陣暗笑，也自拚力攻出。

敢情青蝠一生浸淫劍道，仍以胡家劍法最為拿手，他一心想在劍術上擊敗胡笠，是以苦心摒除胡家劍法不用，而另想怪招奇式，但這一交手，只覺自己的怪招總似缺少一些什麼，不能和對方相比，不得已之下，自然而然被迫使出早已根深柢固埋在心中的胡家神劍。

這一來，兩兄弟在分離數十年又重以同樣的劍法放對，兩人心中都感慨萬千。

說時遲，那時快，胡笠見青蝠使出的劍招竟和自己一樣，正是胡家劍法中流星追月的絕招，心中一驚，全力刺出。

同一劍法又是同一招式，但見兩縷劍光相對而來。

「叮」一聲，劍身已然相觸。

「嚓」，「嚓」兩人的劍子都順勢彈起，卻藉這一跳之勢，源源導出內力相抗，敢情兩人都想在內力上爭個長短。

閃電般劍子已彈動數次，而兩人的內力仍不相上下，胡笠猛覺手心一熱，趕忙蕩起神劍，但見青蝠劍客也是混身一震，情知雙方內力都消耗很多，不由一陣慘然。

微感混沌，不由一驚，暗暗忖道：「胡笠的功力不在我之下，再拚下去，我的真力要耗盡了，還說什麼連戰七人？」

一念及此，十分焦急，思索間，雙方劍子又彈動數次，青蝠再也忍耐不住，奮力一劍挑出，左手伸入懷，摸出一件事物來……

胡笠猛然瞥見青蝠神色有異，凝神一看，只見青蝠左手微張，手心端端放持著一顆亮晶晶的寶珠。

胡笠登時面如死灰，青蝠左手一翻，那珠兒又攏入袖中，疾戰中倒無人注意著。

青蝠望著胡笠的臉，沉聲道：「胡大俠還要戰下去嗎？」

胡笠面色慘變，心神一疏，蹬蹬蹬連退三步，雙目如火般怒視著青蝠，那想是在說：「好陰毒！好卑鄙！」

青蝠面色如常，手中長劍微微垂下，胡笠猛然長歎一聲，反手插劍入鞘，冷冷道：「好本事，好本事，胡某人甘拜下風！」

登時廣場上揚起一片驚呼之聲，他們都沒有看清胡笠如何失敗的，是以呼聲中充滿著不能置信的味道。

事實上，武林七奇中的人也沒有一人看出是什麼原因，胡笠猛可後退一步，向七奇中其他六人一拱手，寒聲說道：「胡某學藝不精，有損諸位名頭——」

他話未說完，猛聽雷公程暻然宏聲道：「胡兄什麼話，老實說，程某方才並沒有看出胡兄有什麼地方失手——」

他這幾句話說得好不宏亮，全場的人沒有一人不能清晰聽得，他們本就存著疑心，經雷公一說，更證實他們的想法，早有數個關中的豪傑大聲呼道：「胡老爺為什麼不打啦？對這狂人客氣些什麼？」

登時大家都有同感，一片呼打之聲。

胡笠微感雄心奮發，猛可一側身，雙目炯炯的瞪著青蝠，看模樣立刻就要拚將上去，青蝠也不由全神提防，猛的個念頭一閃過他的腦際，暗忖道：「我負大哥的地方已很多了，這一次，我成全他的豪舉吧！」

一念方興，不禁長歎一口氣，收回奪人的神光，猛可一頓足，如飛而去。

場邊猛然一條人影竄起，大吼道：「姓胡的慢著！咱們的事還沒有了結哩！」

胡笠早已心灰意懶，頭也不回的走去。

人影一閃，眾人看清楚竟是笑震天南蕭一笑！

胡笠理也不理，蕭一笑倒是感到丟臉，大吼一聲：「姓胡的要耍賴麼？你給我停下來！」

笑震天南的狂名雖早傳遍江湖，但料不到竟是這等囂張，群眾不滿，早有噓聲大作。

青蝠正感心煩，又被蕭一笑一陣無理取鬧，大吼一聲道：「你是什麼東西！有興趣老夫先領教你的工夫。」

蕭一笑哪能忍受這著奚落，怒聲道：「好好！」

青蝠走上兩步，揚手一劍刺來，蕭一笑方才已見過青蝠的高招，慌忙後退好幾步。

奔雷手程暻然在一邊望著胡笠遠去的背影，猛然下了一個決心，一頓足站起身來，向身旁數奇略略交代數句，大聲提氣叫道：「青蝠劍客聽著，今日之會，程某人自認無勝你把握，咱們後會有期！」

他匆匆忙忙交代這幾句話，全體觀眾大聲嘩然，眼見他人影一晃，已緊隨劍神追去。

青蝠劍客一怔，萬萬料不到雷公會來這一手，倒是岳多謙、百虹大師、青凡觀主等人能了解程暻然的苦心，不由都暗暗敬佩。

青蝠劍客暗想好好一場大會竟是如此多變，一腔怒火完全移之於蕭一笑身上，右劍左掌一連下了數記殺著，蕭一笑不由被逼出圈中。

青蝠正待再拚殺，猛然席上站起鐵馬岳多謙，沉聲對蕭一笑說道：「蕭老師慢著，咱們之間的樑子雖然不算沒有，但你可能聽老夫一言？」

蕭一笑一怔，點點頭道：「什麼？」

岳多謙乾咳一聲說道：「不瞞你說，上次老夫和蕭老師在關中一見，對劍神胡老爺子的用意可說一般無二，但——嘿嘿，老夫斗膽一言，蕭老師不可再找胡大俠了！」

蕭一笑驚問道：「憑什麼？」

岳多謙冷然道：「只因他根本不曾做過這等事！」

蕭一笑一怔，岳多謙冷冷又道：「蕭老師信不過岳某麼？」

笑震天南望著岳多謙那正義凜然的臉孔，不由得他不相信，長歎一聲道：「岳大俠言出如山，蕭某怎敢不信？只是——到底是何人所為，岳大俠可否見告？」

岳多謙早料到他有此一問，長笑道：「這個也有一層道理，老夫在這一場盛會後必當見告！」

蕭一笑一怔，但也不好再問下去。

他們這一陣問答，天下人都不明所以，青蝠早已不耐，狠聲道：「岳大俠自信有命活過盛會麼？」

岳多謙頭也不回，冷冷道：「好說。」

青蝠不再多言，緩緩提一口真氣，大聲道：「下一位恭請班焯老英雄賜教！」

說著還劍入鞘。

班焯緩緩走出來，左側坐著的武當青凡觀主張聲道：「貧道敬觀班施主神拳施威！」

雖然是簡短數字，但話中已將關切之心一一流露，班焯也低聲道：「敬領道長嘉意。」

說者反身走向青蝠。

乘著青蝠和班焯拚鬥之際，筆者且將胡笠敗走的原因交代一筆。

原來青蝠劍客，也就是胡立之在胡老莊主傳位於弟弟後，決裂而去，但他心有不甘，冒險竟偷得胡家一門掌門的信物——玉龍珠。有這顆珠兒，就等於掌門，所出的命令，凡是胡家的弟子都得服從。老莊主急得不得了，不久便重病死去。

這珠兒既是胡家最高令牌，而不幸失竊，胡笠當時也曾推想必是長兄所爲，但他仍不顧一切，掌管胡家一切事務。

幾十年來，胡立之絕跡江湖，也並沒有持那珠兒向胡家逞強，這珠兒的事才逐漸在胡笠的心中消失。

一直到上次蕭一笑尋仇關中，說出「誰人是我胡立之敵手」的話時，胡笠才首次聽到長兄的音訊，後來形勢急轉直下，青蝠下戰書以一敵七，胡笠才知事態嚴重。

而青蝠劍客自和胡笠絕裂，偷走胡家寶珠，終日苦心鑽武，避不露面，直到最近第一次出動和散手神拳范立亭相逢，被范立亭奪去胡家寶珠，心中本也不甚在意，但後來思及和胡笠之戰必要時尙須賴這顆神珠，才決心奪回來。

但他也明知這珠兒現在是存放在岳多謙身邊，自己想要強搶，簡直不可能。

他可不感甘心，於是小心的跟著岳多謙，想乘機不告而取，總算他運氣好，也許是天意如此，那天半夜來到客棧正逢岳多謙送走胡笠，客房中空無一人，心中不由大喜，立即下房搜出珠兒，揚長而去。

當然岳多謙也料到必定是他所爲，但此時他已遠至千里之外，而且首陽之戰爲期不遠，是以他不憂慮岳多謙會追趕來要回，於是放心的歇了下來。

果然這珠兒到臨頭奏效，和胡笠之戰勢均力敵，不得以暗中露出珠兒逼使胡笠自敗而去，也就是這個原因！

他情知胡笠必然不敢違背先輩所定下的家訓，果然劍神在天下人毫無知覺之中，認敗而去。

這時候……

拳勁威猛震天下的霹靂神拳對著青蝠劍客發出了第一拳。

青蝠劍客在群雄喊吶聲中，硬拚硬地還了一掌，班焯心中暗暗震了一下，他開始對這狂妄的傢伙的實力加以重新的估計，他心想：「難道此人當真天縱奇才，拳劍輕功樣樣練到登峰造極？」

青蝠劍客一掌攻回，使胸前完全進入空虛地帶，而雙拳卻暗蓄十成功力，只要班焯一動攻勢，他就能以靜制動！

班焯是何等人物，在這一雙掌上浸淫數十年，和雄震關中的雷公程暻然在胡家莊的一戰，千招之上不分勝負，那是何等威風，又如何不知青蝠之意？他在心中暗道：「你擺下這空城之計，難道我當真不敢踏中而入？」

只見他扭身飛轉，右掌對中揮出，霹靂聲起，震得四周空氣一蕩！

青蝠劍客虛抱若谷，雙掌倏然切下，下落之勢有如雷霆萬鈞，然而班焯之掌勢絲毫不變，依然居中而入。四下不乏武藝高明之士，見狀不禁大驚，有些人甚至驚叫出聲來——

只見班焯沉哼一聲，鐵肩陡然一沉，那遞出之勢極然加速數倍地拍入，青蝠雙掌雖然能切下，但是在他掌緣未能切到敵人時，班焯的神拳只怕已按上他的胸口！

霎時群眾更加大聲喝起來，他們絕料不到天下會有這等神奇的變招，但見眼前一花，青蝠和班焯已換了方向，而班焯的一掌仍然威脅著青蝠的胸前——

青蝠劍客雙掌如飛，每掌攻敵所必救，班焯那一掌離他前胸不過半尺，但是卻始終無法推進，他以空出的一手一連封出十拳，十拳過後他的一掌仍然半寸也沒有推進，但也絲毫沒有被逼退，而兩人已迴轉了數次方向。

只見青蝠雙掌齊飛，招式之奇，掌力之重，實所罕見，而班焯虬髯怒張，單憑一掌硬接下這掄猛攻，妙招奇式，端的層出不窮！

這一下可令天下英雄大飽眼福，這等神妙招式一一發出，看得懂的高手自是心癢難搔，看不懂的亦覺神妙無比口呆目瞪，連喝彩都忘記了。

青蝠劍客鐵青著臉，一口氣攻出三四十拳，到了第四十七掌上，才逼使班焯以雙掌化解，而青蝠乘機大踏退後半丈。

班焯舉起雙掌，虛空一揚，霎時霹靂再起，兩道勁風直飛而出，青蝠才緩過一口氣，猛見班焯隔空發出霹靂神拳，不由心中一凜，雙掌一合一翻，發出一口陰柔之勁！

班焯的拳風隨著這股陰柔之勁，猛然消失，霹靂神拳何等人物，厲聲喝道：「好啊，我道你竟敢在拳頭上挑我老班正樑，原來這『百柔神功』給你練成啦，好啊，看我來一個以剛克柔！」

只見他大喝一聲，鬚髮俱舉，一手提拳，一手掄拳，輪翻打出十餘招，霎時漫空都是霹靂之聲，愈來愈響，也愈來愈密，直如天崩地裂，風雲變色。

四周武林英雄到今天才算看見大名鼎鼎的班焯神拳的功夫，他們興奮得難以自己，忍不住高喝道：「龍池百步飛霹靂，百步飛霹靂！」

班焯劈出第十八掌，青蝠奮力發出『百柔神功』，忽覺手背上一涼，原來一滴冷汗從額頭上滴落下來，他暗自吃了一大驚：「姓班的好生厲害，難道今日要敗在他手上？」

鐵馬岳多謙在戰台上暗自尋思道：「那日班程大戰胡家莊，兩人全是一等一以陽剛之勁功力確是無雙於世，自是再打千招也無勝負，這青蝠劍客膽敢以敵之長挑戰，必是借恃那『百柔神功』要想以柔克剛，豈料陰陽相擊之下，畢竟難以稍抑老班之威，看來這青蝠雖然功力大進，而且樣樣精通，但是若要以七奇之長相對，仍然遜上一籌，武林七奇仍是無敵天下的！」

他想到這裡，忍不住悄悄斜目向那邊的金戈艾長一望去，卻見艾長一也正向這邊望來，兩人目光相交，都是心中一震。

班焯打得興起，猛然想到施出凶絕天下的「霸拳」，打算要把青蝠劍客立斃掌下！只見他雙掌一揚，攻勢頓收。

青蝠劍客兼通天下奇藝，確實是武林怪傑、一代宗師，他見班焯攻勢未疲而收，立知必有更厲害的殺者接踵而至，連忙提氣凝神以待。

他被班焯一輪霹靂神拳打得有點心寒，心中暗暗立定計劃，如是班焯施出更厲害的拳法，自己決心亮劍相拚，先勝了再說，再也顧不得以拳挑戰的事。

事實上，像他們這種高手相拚，即使以劍和班焯空手相搏亦非丟臉之事，因爲班焯以掌力威震武林，而青蝠究竟以劍法爲其最長，只是他要以七奇之長相挑，若是自毀信諾，就顯得有點丟人了。

岳多謙一望而知斑焯想要發出「霸拳」，不禁心中一陣緊張，凝目注視。

就在此時，驀然——

一聲長笑劃過長空，一條人影疾如流星地飛落場中，只見那人長髮披肩，形同厲鬼，而輕功卻俊極，但見他鬚髮飄飄，竟有出塵之槪。

那人走前三步，怪笑一聲道：「嘿嘿，姓班的，還認得我麼？」

班焯猛然渾身一陣顫抖，但是瞬刻之間又恢復了鎭定，他沉聲道：「姓班的怎會不認得你？」

那人厲聲道：「好厲害的神拳啊！殺人不見血！嘿！」

班焯雙眉一揚，似乎怒極，但是隨即忍耐下來，冷然道：「我不會向你要求解釋的！」

那人逼進了兩步，揚了揚掌，大聲道：「好啊，霹靂神拳，請上吧！」

班焯雙手一背，無限沉痛地道：「我的掌永遠不打在姓歐的身上，以前是，現在也是的！」

他們的對話，四周人聽不清楚，頓時鼓譟起來，青蝠劍客雖然聽清，但是絲毫不懂兩人的關係，台上的岳多謙聽見那人的怪笑聲，猛然想通了一樁事：「對，那天在胡家莊怪笑驚退班焯的就是此人，還有前次在那小鎮上所逢以風衣蔽面的人也是此人——」

人叢中岳家兄弟也低聲討論著，君青道：「獵人星果然是找班大俠的，咱們要不要出去？」

芷青搖頭道：「方才咱們為場中大戰吸引，沒有注意到獵人星的動靜，現在他既已出去，咱們還是不動為妙。」

場中獵人星恨聲道：「你放心吧，這一生我決不放過你！」

班焯低聲道：「若不是我不願讓你這莽豬鑄成無邊大憾，我便站在這兒讓你殺了也無妨。」

獵人星道：「沒有人聽你的花言巧語，你快動手吧。」

班焯臉上的肌肉微微搐動了一下，他用左手緊緊捏住右腕，輕輕歎了一口氣。

四周英雄見好一場大戰被這怪人打擾，頓時大聲吆喝起來，青蝠劍客沉著嗓子對獵人星道：「這位兄台請讓開幾步！」他這一聲雖是沉著嗓子，但卻渾宏無比，全場每個人都聽得清清楚楚。

獵人星瞪了青蝠一眼，冷笑道：「俺的事你也管得著麼？我看你管得太多了！」

青蝠劍客臉色一沉，厲聲道：「老夫勸告你一句，快快與我滾開！」

獵人星抗聲道：「叫你少管閒事你就得安靜點！」

獵人星在武林中露面極少，但是很做了幾件兇惡之事，這時已有人認出他來，霎時在群眾中傳播著。

青蝠劍客這一刻間已經緩過氣來，他大踏步走上前去，雙掌一揚，道：「走不走？」

獵人星大袖一揮，露出右手五指！

青蝠一瞥之下，猛然向後跳了一步低呼了一聲：「漆砂指！」

獵人星右臂一抖，長袖又遮住了五指。

青蝠劍客雙眉一揚道：「漆砂指也算不了什麼！」

獵人星道：「那麼你便試試！」

正在此時，忽然獵人星大叫一聲：「班焯，你往哪裡跑？」

原來班焯在獵人星和青蝠相爭之時，忽然拔身而退，飛身躍出廣場！

獵人星大急之下，也是箭步急追，霎時落在數丈之外，緊跟而去！

四周群雄見劍神胡笠和雷公程�然突然遁去在先，霹靂神拳班焯驟離於後，不禁奇聲四起。

棚台上也是一片驚咦之聲，只有那武當掌教青凡觀主長眉緊皺，喃喃歎道：「唉！冤孽，冤孽！」

青蝠劍客怔了一刻，然後緩緩踱了二步，心中不斷的考慮將再挑選哪一位對敵。

雖然這個問題在大會前不知已思慮了若干次，但到底不能作定。這時霹靂手班焯走後，大會場上沉默了好久，大家見青蝠不再挑戰，竟在石場中踱起方步，立刻行起一陣騷動。

青蝠劍客心一横，緩緩定下身來，鼓足勇氣驅除內心多餘的恐懼，沉聲說道：「下一位請岳鐵馬老英雄賜教！」

登時全場一陣嘩然，岳多謙平靜的挪動身子，沉重的立起身來，緩緩走入方場。

天下的武林人士都眼睜睜的望這昔年威振大江南北，幽隱已達三十年的七奇中第二位神奇人物，雖然，大家的心中都懷有一個不可否認的感覺！岳多謙是年老了，但那端止的行走姿態和威武的氣度，又自然的在每個人的心中留下一個極端高深莫測的印象！

岳多謙向前走了幾步，猛然收步立定，他這一停止，全身沒有一處再行動，筆直有如木標，益發顯出與眾不同的氣度。

鐵馬岳多謙立定當地，雙目微翻，一股精光從銳利的目眸中凝視著青蝠，使得青蝠好不容易才克制下來的恐懼心理又加深不少，到底失敗過一次，這種心理不容易壓制的呵。

青蝠吶吶的思索一下，努力平靜微亂的情緒，嚓地一聲抽出長劍，冷冷地道：「在兵刃上恭候岳家高招！」

岳多謙雙目如電，毫不瞬睛，生像是要看透青蝠心中的感情似的，也好像嘲弄那三十年前的往事，使青蝠劍客莫名其妙地感到一陣不安！

岳多謙雙手輕輕一分，脫下挾在脅下的布包，露出兩個徑尺的碩大玉環來。

白玉通體純亮，白光流動，岳多謙輕輕一擊，登時響起龍吟之聲。

響聲中，他又緊隨著上前兩步。

青蝠劍客下意識緊握長劍，緊瞪著曾使自己喪膽的雙環，緩緩的立了一個門戶，卻正是胡家神劍的起手式！

岳多謙雙環平舉，左橫右豎，形成垂直狀態，沉沉開口說道：「有僭！」

說時遲，那時快，雙手一分，一左一右向外各走一個半弧形，夾擊向青蝠雙肋。

青蝠劍客長劍平空一劃，卻不料岳多謙雙環連跳三次，內力湧出，青蝠劍勢不由一阻。

「碎玉雙環」忽地一合，左環盤打而出，右環卻一沉下，斜地裡穿擊而出，一連下了三記殺手，青蝠長劍被封，被迫連退三步！

猛地裡全場一聲暴吼，說實話，武林中沒有一個不對青蝠以一挑七的狂傲有著反感！

岳芷青四兄弟在人群親睹父親動出三十年不碰一下的碎玉雙環，連芷青也是第一次看著，但見白光閃閃，連搶上風，四人心中不由一陣狂跳。

暴吼聲中，芷青瞥見父親方外好友少林百虹老禪師那眉飛色舞的模樣，幾乎高興的忍不住笑出聲來。他們四兄弟壓根兒沒有擔心父親的失敗，因為——他們深信父親的功夫，雖則對手是可怕的強硬！

又是一陣嘩然，岳多謙怪招連使，左環有如巨斧開山，硬打硬撞連擊三下，右環卻迂迴在外，猛可左環一收，右環走「之」字形一閃而入，青蝠迫不得已，一式「鬼箭飛磷」硬撞而至，劍尖輕輕掃在巨大的環緣上，帶出一點輕脆的響聲，而長劍卻被蕩至門外。

岳多謙左環一閃而入，還算青蝠功力深厚，右手一式「玄烏劃沙」內力悉湧而入，才挫阻岳多謙的攻勢。

群眾方才一連見青蝠接戰劍神、笑震天南及霹靂神拳，對青蝠的功力都大感驚異，直到岳鐵馬出戰，連搶上風，不由嘩然喝采。

芷青心中熱血沸騰，見父親大顯神威，大眾喝采，不由癡在當地。

驀然瞥見那高高坐在場側的七奇之首金戈艾長一，雙目緊盯著場中，面上流露一種焦急的顏色，芷青明白，他是在顧忌岳家了！

青蝠一連失著，也是由於心神不定的原故，拚命挽回局勢，心中凜然，不敢再分心絲毫，提純真氣，準備和岳多謙再戰。

岳多謙全部心神灌注於武學上，他暫時已遺忘了這一戰的結局，只是沉醉在拚鬥中。

他明顯的感覺到青蝠劍客較之三十年不知進步多少，難怪有膽以一挑七，若非自己三十年一日不放武學，爲要奪回那失蹤的鐵騎令，恐決非他的敵手。

單看方才那一式徒手使出的「玄鳥劃沙」，方位之準，內力之重，實絲毫不在自己之下；於是更不敢存分毫大意之心！

青蝠擺好架式，一劍點向岳多謙眉心，岳多謙以施制動，下盤釘立，上身陡然平向後移半尺，直待青蝠劍勢一衰，立即雙環封上。

青蝠劍客長劍一連跟著劃了兩個半圓，登時擺脫碎玉雙環的威力，猛可劍式一沉，斜地裡劍身平平向外，刃鋒半向左方，用力一劃。

這一劍好不怪異，薄薄的劍身由於空氣激盪的原故，竟爾發出「嘶」的一聲銳響。

岳多謙慌忙一式「雙龍抱珠」，在身前遍佈一層玉環圈兒，封守青蝠攻勢。

青蝠方才一著失手，幾乎慘敗，這一回搶回主動，心中不敢稍存大意，上手便是全部殺著，但見奇招異式盡出，岳多謙「碎玉雙環」使出十成功夫，才在下風之勢逐漸持平，搶回主動。

但見場中兩人愈打愈快，簡直是一團玉光和一縷青影激戰，戰到三百多招，青光雖屢次奇襲，但玉光仍能固守，且逐漸將青光包圍起來。

激戰中，青蝠驀然大吼一聲，簡直有若平地一聲雷，直可裂石，吼聲方落，閃電般飄忽彈出兩劍，這兩劍乃是青蝠三十年來苦心鑽究破「碎玉雙環招」的絕技，果然怪異已極。

當年青蝠第一次和岳多謙交手時，大戰數千招，岳多謙使出「奪命三招」中的首式「三環套月」，才能招回上風，然後緊接使出「天羅地網」、「雲破天清」兩式，方將青蝠逼敗數丈之外，找著機會使用「岳家三環」打傷青蝠，是以這三招青蝠記得特別清晰。

三十年來青蝠針對著這連環三式下了不知多少苦心，才想出兩式怪著相破，專對岳多謙這三式而創。

果然不出所料，三十年後兩人再度一戰，岳多謙最後仍使出「碎玉環招」中的「奪命三式」，青蝠看的清切，激吼聲中，攻出三十年苦心創出的怪招。

岳多謙第一式「三環套月」一如昔年，左環一閃，右環一連震出三個環花，奇襲而至，而左環更在最緊要時一擊相交打出。

「呼」一聲，雙環結成一縷長長的白光，一閃攻入，青蝠迫不得已後退半步，但手中終於尋隙彈出兩劍。

岳多謙但覺滿天劍影似乎一收而成一道極窄的青光，並不理會自己攻勢，卻針對門面侵入。

一時裡岳多謙著實想不透青蝠這是什麼意思，百忙中「三環套月」之勢一收，左右微分，至下而上，使出一式「天羅地網」。

這一式比第一式更見複雜，環影閃閃，簡直布成一張有形的網線。青蝠雙目如赤，緊緊瞪視著，驀地乘機一劍歪歪閃出，方向大出尋常。

但見青光一閃，簡直好像能破網而入，玉環攻勢登時全部冰消雲散，「叮」一聲，眾人只見人影一分，岳多謙連連後退，青蝠劍客長劍連下殺著，兩人腳下都是上乘的「移形換位」內家功力，剎時已退出廿多丈。

芷青，一方四兄弟不由輕輕啊了一聲，連最信任父親的芷青也不由捏了一把冷汗，重重劍影中，岳多謙倉皇而退，滿面焦急之色，雙環翻動如飛，才勉強抵住青蝠殺著。

岳多謙雖不斷退守，但心中仍耿耿於懷，只因方才青蝠那一劍簡直怪異已極，好像是針對自己而發，自己一招失著，全盤盡墨，實在心有不甘。

心中想到這兒，腳下又已退出尋丈，猛可他大叱一聲，雙盤一式「倒剪重尾」。

青蝠絕著一針見效，心中不由狂喜，使出全身絕學，劍劍不離岳多謙胸腹要害，眼見即將得手，卻猛見岳多謙全力拚出，心想簡直如同困獸之鬥，哪知岳多謙這才是真實絕學出現，雙環挑出，猛可一收，青蝠劍客長劍釘出，岳多謙卻理也不理，直到劍尖離身不過二寸，右環急接，一揮而上，準確的套在那劍尖上。

青蝠一怔，心中雖知並無大妨，但仍作謹慎計，一劍微震，想擺脫而開。

說時遲，那時快，岳多謙清嘯一聲，左環一揚，緊貼著青蝠長劍一擊而下，而右環中內力旋轉湧出，拚死封住青蝠長劍。

青蝠只覺對方白光一閃，長劍上有若挑著一座巨山，直有千斤之力，大驚之餘，旋身而退。

岳多謙左環緊接而上，用一隻左手使出「奪命三招」最後一式：「雲破天清」！

登時滿天光圈頓斂，青蝠劍客急吼一聲，心中簡直震怒已極，好不容易拚到的優勢竟爾全部失去，忍不住一劍橫削而出，劍鋒微吐，準確地點在岳多謙玉環上緣！

岳多謙只覺手心一熱，心中驚忖道：「好重的內力！」

但他本意正要青蝠如此，大環一揚，拍地左環手擊而出，勁風蕩漾起來，驀然左臂自肘向外虛虛一摔。

剎時岳多謙面色凝重，這一摔看來毫無勁道，但在行家眼中，可知乃是暗暗藏有「小天星」內家力道，但見大環一送，大袖袍子飄飄震起千百條波紋，可見這一式內力之猛。

突地岳多謙肘部劃了半圓，右環原式不動，猛可從左臂下閃電翻擊而出，這一式好生奇幻，威力之大，實是令人咋舌。

芷青陡然看出苗頭，一把拉著一方的手臂，激動的說道：「你看！這——這是雲槌！」一方登時如夢初醒，前時父親細心指教這一招時的光景一一清晰閃過目前，但見鐵馬岳多謙神色肅然，發招奇幻，流露的氣度，當真是英雄人物！

芷青兩兄弟不覺看的熱血上衝，忍不住大聲喝聲「好」！

當初岳多謙教授芷青一方一式怪招，名喚作「雲槌」，雖說是一招，卻包含三個式子，而在教授之前，也曾叮囑兩兄弟不可任意使用。

說時遲，那時快，「嘶」地一聲，千重玉影一散而合，青蝠劍客但覺對方右手一翻，「小天星」內家功力源源不絕至環鋒中透出，迫不得已，自然身形後仰，百忙中使出一式「鯉魚打挺」。

戰場變化一瀉千里，怎料岳多謙早知他必如此，下盤本是不丁不八，驀然緊隨右手出擊後踏前一步，成爲暗含子午的姿態。

這一式簡直玄妙無比，青蝠劍客糊里糊塗只覺下部勁風凜然，生像自己的招式已被對方控制似的，長劍早已封至門外，搶救不及！

「雲槌」乃是岳多謙在隱居後千思萬想創出的一式，果然首次用出，強如青蝠，也不能逃出，便可見其威力之一斑！

青蝠暗歎一聲，尤其不心甘的是連對方的殺手都沒機會看清，心中一黯，忖道：「到底我仍差一籌麼？」

由於招式的變化太過玄妙，在場的除了芷青和一方外，幾乎沒有一個看出青蝠已處於生命的險境中，岳多謙心中有一種奮發心情，然而陡然他瞥見青蝠那慘然的面色，胡笠的話在這一瞬間閃入腦際！

那已不知考慮過若干次的思想，這一刻又在心頭中閃起，但這一次只有極短的一瞬。

「嘿」地一聲，岳多謙收回了前跨的一步。

「呼」，青蝠但覺週身一輕，長劍已斜刖而至。

他這一劍本是打算作同歸於盡而發出，這一下岳多謙突然放手，這一式格外完美的擊出，岳多謙一驚，料不到有這一著，不由怔了一怔。

青蝠這一式喚作「玉石俱焚」，完全是俱傷的拚法，而岳多謙一退，卻轉成了最狠的攻勢，情勢一轉千里，眼看岳多謙反陷危境！

岳多謙也想到這不是青蝠有意如此，只因自己放手的太不明顯，恐怕連青蝠本人也不能明瞭這是什麼原因，但忍不住心中仍然升起一股怒火。

大叱一聲，雙環合併而立，雙臂曲伸，一起往上方頂出，內力也發出十成。

「嗆啷」一聲，劍環相擊，然而，一切太遲了。

這一劍在被封開的那一刹那，只距岳多謙的肩頭不過半分，劍鋒發出的真氣，在岳多謙的肩衣上劃裂一道口子。

刹那間，那日——那年，那同一模樣的怪蛇在岳老爺子的心中浮起，難道這真是不祥麼？

也許這是天數，也許這是人為，總之，生平赫赫的岳鐵馬的鐵肩上留下了一道可怕的遺憾！

岳多謙倉皇的後退三步，一種從未有的感覺在心中滋長，難道這就是失敗麼？

青蝠劍客一條右臂整個發麻，他略略思索到方才那一股勁風為何陡然退開，然而這時心中的喜悅充滿了一切，那一點疑惑再也不暇考慮，他以為，他全心的以為，他贏了這一仗！

也許是無人看出這一個變化，並沒有人看出岳多謙失敗的原因，連芷青一方在內。岳多謙長吸一口氣，橫掃青蝠一眼，強烈的自尊心使他構成一個念頭，緩緩的舉起右手，岳家的三枚玉環已由真力逼在指尖上跳動著。

青蝠劍客倉皇連退一丈遠，他可沒有把握再試試這可怕的三環！然而這一切都過慮了，岳多謙陡然洩氣的一鬆真力，緩緩收起玉環，冷冷說道：「好功夫！」

天下武林人幾乎不敢相信岳多謙說出這三個字，這才明白敢情岳多謙認敗了，刹時震天一陣大吼，沒有人能說出是多麼沮喪。

七奇領袖武林垂四十載，每個人在天下人的心目中都是敬若神明，而卻被這狂傲的青蝠一連闖過四關，尤其是列名第二的鐵馬也不幸告敗，是以紛紜嘈雜之聲大起，直凝成一片渾厚的聲浪。

芷青四兄弟陡然感到似乎失去了知覺，他們不能相信這一切結果，但這卻是鐵一樣的事實！

岳多謙點點頭，冷然道：「咱們之事——並沒有了呵？」

青蝠一怔領悟，默不作聲，岳多謙一轉身，大踏步走出人叢，茫然疾行而去。

嘈雜聲中陡然響起一個蒼勁的聲音，這聲音平平淡淡毫不起眼，但卻就在這吵雜聲中一字字透出，清晰的傳入每個人的耳中，大家驚異的回首一看，卻見是一個老年和尚，正是七奇中「靈台步虛」姜慈航！

姜慈航平淡的道：「青蝠施主的功夫，老僧觀看已久，哼，果真精純無比，貧僧甘拜下風，咱們也就免戰了！」

他這「甘拜下風」之辭，說來到底十分勉強，是以語氣中透出一種無奈的味道，分明是不得已違心之言。

群眾聽姜慈航竟也甘拜下風，不由感到一陣糊塗，有經驗，有閱歷的卻暗中明白這是什麼原因，敢情和那雷公不戰而走是含有同種意義。

不明白的人大聲叫嚷，簡直不知這七奇中人物是什麼意思，尤其以西邊那一夥多半是年輕力壯的小伙子，更是大聲吆喝。

一個年長明事的人忍不住說道：「你們懂什麼，姜老和尙和岳大俠有交情，岳大俠失手於青蝠，倘若姜慈航勝得青蝠或是持個平手，都表示他的功夫要在岳大俠之上，他們這種蓋世高手對高下看得自然重了，是以姜慈航寧可自己認栽，也不願再拆岳大俠的台，想來那雷公也是如此，不願使胡笠太過失顏，他們這種爲友而捨聲名的作爲，才稱得上好漢，哼，你們知道什麼？」

這一番話說得中肯之極，剎時大場中紛紛傳說這個道理，姜慈航卻在人聲鼎沸中，施展蓋世輕功，頭也不回，一閃而去。

青蝠登時怔在當地，卻聽那秦允冷哼一聲，滿存不屑的口氣說道：「姓姜的沒種，夾尾巴跑啦！」

他和姜慈航曾會過一次，自己絲毫佔不著上風，算起來，反倒吃了虧，是以對姜慈航恨意甚深，竟爾破口批評。

話聲方落，猛然身後一個冷冰的聲音道：「姓秦的別胡說，你是姜和尙的對手麼？」

秦允大怒，反身一瞧，卻見發話者竟是金戈艾長一。

他冷冷一哼，叱道：「艾大俠這話是何意思？」

艾長一雙目一翻道：「人人敬重姜慈航，你不准胡說！」

短短一共十二個字，但滿是命令語氣。

秦允勃然大怒道：「你是什麼東西，快給我滾開！」

他們兩人口角聲音較低，是以並未引起大眾注意。

艾長一不住冷笑，驀地一拳擊向秦允。

秦允可料不到艾長一性烈如此，竟爾用手相打，心知對方名列七奇之首，哪敢大意，右臂一曲，一式「肘槌」疾撞而出。

「拍」一聲輕響，兩人肘、掌相觸，秦允但覺對方內力奇重，身形不由一蕩，向左邊傾斜一下才維持重心。

心驚之餘，見艾長一也微微向後一仰，膽氣方才一壯，冷冷道：「動手麼？」

艾長一不住衝住他冷笑，笑中透出絲絲冷意，連秦允也辨不清到底是什麼意思，只不住提心吊膽防他沒聲沒息再來一下。

兩人正僵著，忽然場中一陣騷動，人群不由自主散開一線，秦允心中一驚，隨著望過去。

只見人群中走出兩個人來，奇怪的卻是全付武裝，完全朝廷官員打扮，服色鮮明，細一辨認，官階竟是中樞閣員的模樣，怪不得人群引起騷動。

兩人走進場中，動服閃閃，龍行虎步，氣度倒也不凡，在場的雖都是武林豪傑人士，但對這國家高級官員仍不由自主存有一種敬仰之心。

秦允瞥見，登時臉色一變，那兩人似也瞧見秦允，正待上前，卻見秦允眼色相阻，不由怔立當地。

這時候人聲漸漸低沉下來，芷青四兄弟對這一切都似沒有看見，一齊越眾而去，卻見青蝠一揮長劍，沉聲說道：「金戈艾長一英雄賜教！」

芷青心中一動，然而還有更重要的事，於是四兄弟一齊大踏步走開。

岳多謙走出了山坳，讓涼風盡情地吹在他的臉上，他不知不覺地愈走愈快，那些磋峨巨巖在他腳下如飛地掠過，但是他一點也感覺不到，他的心中充滿了沒有邊際的空白。

遠處有一些薄薄的煙靄，被輕風吹捲著，在林梢間曼妙地飛舞，飛舞，終於消失了蹤跡。

岳多謙忽然覺得自己數十年的威名付之流水了，就像那些輕煙薄霧一樣，隨風而去，沒有聲音，也沒有影子。

一世英名，毀於一旦，他得到的是什麼呢？

只爲了胡笠的一句話，這值得麼？

兩顆瑩晶的淚珠在岳老爺子的眼眶中滾動，那是英雄之淚，敗在青蝠的劍下，這深深地傷了岳老爺子的心。

岳多謙啊！你這麼沒出息麼？那浮名虛譽真值得那麼留戀麼？

他揮袖擦去了淚珠，不停地對自己說：「浮名虛譽，又算得什麼？算得什麼？」

「為朋友兩肋插刀亦所不辭，這又算得什麼？」

但是他不得不想到：「可是，你和胡笠並無深交啊！」

是的，岳多謙和胡笠相識不過兩月！

一個念頭極其自然地鑽入岳多謙的腦海：「胡笠輸給青蝠，那是因為青蝠是他的兄長啊，你輸給青蝠，青蝠是你的什麼人？他是你的敵人啊！」

這聲音像是愈來愈響亮，漸漸佔滿了岳多謙整個心懷，於是在他蒼老的面頰上，從悲傷中逐漸透出了憤怒。

這聲音愈來愈響了，岳多謙的怒火也逐漸上升，他的身軀猛然抖顫著，背上的碎玉雙環輕輕相撞，發出「叮」的一聲。

岳多謙忽然控制住自己的忿怒，他竭力使自己冷靜下來，緩緩地對自己說：「這一仗完了，還有下一仗哩，下一仗，對付金戈……」

背後忽然出現了輕微的腳步聲，岳多謙在一剎那間，他願意離開全天下的人，遠遠地離開，絕不見任何一個人，這腳步聲令他感到從未有過的恐慌，他背對著厲聲喝道：「什麼人？

快給我滾開，滾得遠遠的，愈遠愈好！」

他急切地又加道：「滾啊，小心我殺了你！」

背後一片寂靜，那人也沒有滾，也沒有前進，岳多謙急怒大喝道：「什麼人？快……」

「爸，是我們！」

這四個字鑽入岳多謙的耳中，頓時帶給了他無限的親切，也有無限的傷心，他緩緩轉過身來，輕輕張開了兩臂，用力地擁抱著當先的幼子君青。

君青低聲地暗泣著，岳多謙卻是慢慢地鎮靜下來，他軒了軒白眉，做出一個慈祥地笑容，低聲道：「孩子，你們也來啦……」

芷青偷偷拭去了淚痕，他發現父親的聲音變得異常平靜而穩定，就如平常一樣，好像一點事情也沒有發生過，他望著爸爸的臉頰，那蒼老的笑容也愈來愈和穆了。

在孩子們的面前，父親永遠是堅強的啊！

「孩子，媽媽可好？」

一方答道：「媽媽很好，爸爸——」

下面該說什麼呢？

岳多謙淡淡地扯開：「卓方，你好像瘦了一些。」

卓方從淚眼中儘量露出一個親切的微笑，淚光中，父親的白髮在飄動，就像終南山上秋天的蘆花一樣。

岳多謙撫了撫長鬚，握住君青的手，輕快地笑道：「君兒，你的小姑娘來了沒有？」

君青低聲道：「沒有來。」

岳多謙哈哈大笑，笑聲完了，他們的談話也完了，可以談的都談過了，還有什麼好談的？剩下來的只是沉重的安靜罷了。

終於，芷青再也忍不住了，他顫抖嗓子，打破周遭的沉默：「爸，我想——我想你……一定勝過青蝠的！」

岳多謙哈哈乾笑一聲，並不回答，半晌才指著山麓下兩隻飛奔著的野羌道：「你們看，那兩隻羌子好快的腳程——」

芷青道：「爸，我們知道的，你一定能勝的——」

岳多謙再次大笑打斷，朗聲道：「勝敗兵家常事，還談那作什麼？」

他的笑聲在四個少年的耳中也感到份外的淒涼。芷青再也忍不住，熱淚流了下來，他大聲叫道：「爸，你一定能勝的，如果沒有什麼臨時的意外，你一定能勝的……」

岳多謙凝視著這個英俊的長子，望著他瑩亮的淚珠，他忽然發現這個少年幾乎就是他自己的縮影，他想起終南山上芷青固執要以爸爸做榜樣的往事……

「爸爸，告訴我們，你一定能勝那青蝠，如果在正常的情形下……」

岳多謙深深感到自己這一句話將要影響芷青的一生，於是他也感到激動，他沉穩無比地一字一字說道：「是的，在正常的情形下，青蝠劍客甚至連回手的機會都沒有！」

他輕輕撫摸著右手中指玉環。

芷青似乎從這一句話中得到了解脫，他默默對自己說：「縱使天下的人齊聲說爸爸敗了也不打緊，我是知道爸爸勝了，因爲，這是爸爸親口說的！」

山坳的那一邊，又掀起了一陣震天般的喝呼聲，不知又是誰勝了？又是誰敗了？

而這裡的五個人一點也不關心這些了……

這時候……

廣場中，青蝠劍客的長劍正與金戈艾長一在進行大開大闔的搏戰。

青蝠劍客劃破了大名鼎鼎的岳鐵馬的衣衫之後，立刻氣壯山河地向七奇之首金戈艾長一劃下道兒。艾長一大踏步走入場中，青蝠亮出長劍道：「老夫願在兵器上向艾老英雄求教。」

艾長一毫不理會，打開包袱取出那稱霸名天下的金戈，只聽得「吭嗆」一聲，那金戈兩截挺直，頭尾長有丈二，金光閃爍！

眾人在心中不約而同地暗叫著：「金戈，金戈！」

青蝠劍客把劍子緩緩地劃了半個圓圈兒，同樣以對付劍神胡莊主時姿勢凝視著這七奇之首的艾長一。

但是觀戰台上的高手們卻都心中有數，武當掌教青凡觀主低聲對他的弟子道：「他們兩人要以內力相拚。」

果然艾長一舉長戈並不妄動，兩人一左一右緩緩移動腳步，地上都陷下一個個腳印，顯見兩人都以全身內力貫注。

青蝠劍客猛可大步虛踏，一劍斜斜削出，那劍尖不停地跳動著，發出絲絲異響，刺入耳膜。

艾長一金戈一擺，戈首直點青蝠咽喉，桿尾卻向劍尖上一封，一招兩用，妙絕人寰。

但聞「噹」的一聲，劍尖和桿尾相碰，青蝠劍客只覺劍上其重如山，不由心中一凜，連忙反手一振，一面化去敵勢，一面借力打力，確是罕見絕學！

艾長一面無表情地一招一招緩緩攻出，卻是一招比一招狠，也一招比一招重，那桿金光霍霍的長戈到了他的手中，當真是妙招無窮，令天下英雄大開眼界。

青蝠劍客與岳鐵馬一戰，雖然沒有以內力相拚，但耗費真力極大，這時和金戈一招一式全是以硬碰硬，自是大感乏力，只見他頂門冷汗直冒，而金戈艾長一卻如未睹，毫無表情地一式式攻出！

匆匆又是十招，青蝠劍客頂門忽然陣陣蒸氣冒起，就如剛揭蓋的蒸籠一般，而他的面色卻愈來愈紅潤，招式也愈來愈強硬，金戈冷哼一聲，反手又是一戈攻出——

台上青凡觀主面露異色，凝視半晌才喃喃道：「啊，原來青蝠竟練成了『擷長補短』的內家功夫，難怪他竟敢以一挑七！」

這「擷長補短」乃是內家工夫中最上乘的一種，練成之後，能夠在拚鬥中自己恢復內力，而能夠愈戰愈勇，青蝠劍客膽敢一身向武林七奇同時挑戰，若非具有這種功夫，那是絕不可能之事。

金戈艾長一見青蝠劍客內力如泉湧，滔滔不絕，頓時冷哼一聲，金波閃動，長戈竟如開山巨斧般，橫砍豎劈，凜凜生威！

青蝠劍客只覺劍上有如挑了一座泰山，而且愈來愈重，他雙目盡赤，大喝一聲，劍上內力暴長，那剛剛搭上的戈頭猛跳起，艾長一再次冷哼，只見他光頭上蒸氣陡冒，金戈暴然下壓，「喀听」一聲，青蝠劍客長劍折爲兩截！

霎時舉座皆驚，呼聲雷動，艾長一面無表情，冷然道：「青蝠，你要死還是要活？」

青蝠劍客鬚髮俱張，他緩緩蹲在地上把斷劍拾了起來，突然之間，伸手一掌拍出——

他這一掌好飄忽，艾長一正在仰面待答，等到覺查掌風襲到，已是不及，「嘶」的一聲，他的脅襟上被青蝠抓下一塊布來。

他長戈一抖狠狠逼向青蝠，忽然之間他發覺青蝠手持斷劍，於是他仰天大笑，收戈倒退三步，朗聲道：「上天下地，唯我獨尊！」

剎時全場寂靜下來，金戈的狂言震動了在場每個人的心弦。

青蝠滿面通紅，那平日冷冰的模樣再也維持不住了，右手持著那半截劍子，左手握著從金戈身上撕下的衣襟，喉管中發出咕咕之聲，好不容易才迸出一句話：「唯我獨尊，好！好！」

金戈頭也不回，反身收起黃金長戈，大踏步走回原座，大馬金刀地坐了下去。

天下英雄陡然又激一陣狂呼，他們要看青蝠如何了這個殘局。

暴吼聲中，青蝠擲去手中斷劍，又恢復冷靜的聲音說道：「百步凌空秦大俠——」

語聲未完，人群中已紛紛有人道：「好傢伙，真夠種！」

青蝠立在當場，驀然也不見秦允有任何舉動，整個身竟然如飛飄過，立在自己身前不及半丈。

心中一驚，不由自主退後數步。

驀然眼前人影一恍，停下身來時，秦允距自己仍只有半丈左右！

青蝠心中冷冷一哼，忖道：「敢情你是這樣耗上啦！」

心念一轉，身體驀地向左一幌，再向右竄出半步，猛又是一停，全身滴溜溜打個轉兒，卻向後掠出三丈餘。

這一下虛之又虛，秦允左幌右動見上當，心中一急，雙足虛空一蹈，盤旋而起，全神注視那青蝠劍客的去勢！

說時遲，那時快，青蝠方立下足跟，秦允全身一盤，飄然落下，眼看又將追上青蝠。

青蝠疾哼一聲，不待秦允落實，一頓足跟，又倒竄出五丈開外。

秦允心中一急，迫不得已雙足連連虛空踢出，整個身子登時如箭般掠出，正是「迴風舞柳」絕技。

所有的人只見兩條人影有如兩條線兒，一閃一掠，這才看清敢情兩人已繞場一圈，而秦允仍端端在青蝠前半丈處。

最高深的輕功不易爲眾人所了解，是以全場沒有幾人能看出其中玄機，青蝠冷冷一哼，輕聲道：「你敢再試試？」

秦允冷然不理，驀地鷹目一掃，瞥見立在場子兩方的兩個尚書官階的人似乎向這邊微微打個招呼，心一急，驀地人影一閃，這一瞬間青蝠已然發動。

這一次青蝠劍客不退反進，秦允心神一疏，再一凝，不由大吃一驚，拚命提口真氣，全身往上一拔。

青蝠但見人影向上掠起，大叫一聲，跟著拔起，哪知秦允已萌走意，雙足一曲，又飛起半丈，頭下腳上，呼呼在長空打了兩個圈子，宛如怪鳥般飛出人群。

大家都一時看得呆在當場，半晌才曝出一聲喝采，然而秦允卻在這一瞬間神秘的離開首陽山，台上的百虹大師驚喝了一聲，但他見秦允去勢太快，絕不可能追截得上，只好長歎一聲……

如果仔細的人，也許會發覺這一刻中，那兩個朝廷官員也悄然而退。其中有什麼關連麼？

青蝠怔然呆立，人群中又發出巨大的吵雜聲，已有人開始下山了……

於是，他看見金戈蹣跚的離去……

於是他也歎口氣，步出場子，耳旁陣陣傳來少林武當門人退席的聲音。

武林亙古一場大戰，就此結束……

廿九　天下第一

現在，留在岳多謙的面前，只剩下兩條路——

一條路是立刻帶著妻、子隱歸山林，平淡而安逸地渡其餘生——如果他真淡泊到一塵不染之地步的話。

除此，他就立刻安排下全盤戰略，一鼓作氣替范立亭、盧清伯報仇，奪回鐵騎令！

他在首陽山後的小峰上徘徊了整整一夜，天明的時候，旭日初升，金波洶湧之中，岳多謙選擇了後者！

於是他把眼前的形勢作了暫時的安排，芷青和君青以最快的腳程趕往嵩山，向那石屋中的金戈艾長一遞下約戰書，而他則帶著一方、卓方先回朱大嬸家去。

日頭照在山石上，有一種令人鼓舞的氣氛，岳多謙把自己的決定告訴了幾個孩子，他囑咐芷青道：「見了金戈，也不要問他和青蝠交手的勝負，更不要和他起衝突，記著，一切都有爸爸在！」

金色的陽光把他的白鬚也染成了金色，芷青又想起終南山上臨別囑咐的一幕，不知怎的，他的眼角又濕了。

君青默然緊緊把住腰間的劍柄，劍神胡笠的偉大神奇劍式曾在君青的心中激起無限的靈感，也使他從自己的卿雲四式之中，領悟到更多精微之處，他現在更深信松陵老人稱此劍法爲「天下第一劍」絕非虛譽的。

清風旭日中，岳多謙帶著一方和卓方走了，芷青和君青站在山頭，直到那三個親愛的背影完全消失了，才相對歎了一口氣。

芷青道：「咱們也動身罷！」

君青點了點頭。

岳芷青攜著君青的手，向著初升的旭日前行。

昨夜，他們不休不眠地走了一整夜，然而他們一點也不感到勞累，那些失敗的沮喪已經完全消失了，尤其是芷青，他能聽到父親親口說出的那一句豪話，他好像覺得什麼都夠了。

他側過頭來對君青道：「君弟，你說究竟天下第一高手應該屬誰？」

君青毫不猶疑的回答：「爸爸！」

芷青滿意地點頭：「嗯，我也這麼想。」

孩子們對於父親的信賴永遠是那麼堅定的。

芷青道：「我真不明白爲什麼爸爸會對青蝠手下留情？」

君青也困惑的說：「有些事不必知道得太多，反正爸爸手下留情這是事實，我們別多想啦。」

芷青激動地道：「難道范叔叔和盧伯伯的死，還不能激起爸爸下手的決心麼？」

君青也不明白，但是他確信一點，於是他說道：「反正爸爸留情一次，決不會有第二次的了。」

是的，君青說得對，這種事再不會發生第二次了！

塵土激揚，兩人匆匆而過。

忽然之間，前面傳來一陣咻咻異聲，芷青吃了一驚，用手按住君青，低聲道：「什麼東西？」

君青聽了聽那咻咻異聲，搖頭道：「不要是什麼野獸吧……」

「卟」一響，那邊林子角轉出一隻大牛來，奇的是那牛背上坐著一個奇裝異服的少年，正自目不轉睛地望著芷青兄弟倆，芷青低聲道：「怪事，這人不是中原人士——」

君青也恍然道：「那牛也非尋常牛種，想是外國異種！」

那少年長得十分清秀，他見芷青和君青竊竊私語，忽然一拍牛背，直接跑來，皺眉道：

「你們兩人偷偷談些什麼?」

芷青原以爲這人是個外國人，豈料他竟說得一口好漢語，不禁仔細又打量了一會少年頭上插戴的羽毛，忘了回答。

那少年臉色猛可一沉，霎時面上有如寒霜，怒聲道：「喂，我問的話你們聽到了嗎?」

芷青不禁又氣又奇地道：「咱們走咱們的路，又礙你甚事?」

那少年一翻眼珠，待要發作，忽然後面傳來一聲蒼老之音：「憂兒，又要惹事生非啦——」接著得得蹄聲，又是一頭這等怪牛跑來，牛上坐著一個白髮老翁，那少年見老翁趕來，登時換了一副笑臉應道：「大伯，我逗這兩個鄉巴佬玩哩。」

君青暗想道：「好傢伙，你變得可真快。」他是唯芷青馬首是瞻，見芷青並無怒意，卻一味注視著那白髮老翁，面露驚訝之色，也就不作聲響。

那白髮老翁走近慈祥地一笑道：「兩位小哥請了，俺這孩子年幼不識禮數，兩位多擔待一點。」

芷青忙道：「老伯不必客氣。」

那老翁一拍牛背，雙雙匆忙而過，君青兩人依稀聽得那少年道：「……兩個鄉巴佬……」

老翁卻道：「什麼鄉巴佬?這兩人功力之深絕不在你之下……」

君青驚異地望著芷青，芷青低聲道：「這白髮老翁功力深極，看他們像是從異域來的，不知是什麼路數？」

君青道：「咱們要不要跟他一程？」

芷青搖頭道：「還是別生事的好。」

兩人走出不及里許，忽然迎面奔來一條漢子，那人縱躍如飛，竟是一等的輕功身法，芷青咦了一聲，低道：「少林寺的！」

那人身形如風，霎時奔到眼前，果然是個青年和尚，芷青一瞥之下，大叫道：「智伯師兄，小弟岳芷青——」

那和尚聞聲猛可一個旋身，單腿支地在原地打了五個圈兒，把那猛烈前衝之勢完全化去，停下身來。

芷青忍不住讚道：「好一招『旋風五迴』！」

來人正是少林寺小一輩中最傑出的智伯和尚，芷青在少林開府時曾參觀他大顯神威連過十八羅漢堂的考驗，智伯和尚大叫道：「岳兄，那日在首陽山麓，貧僧見賢昆仲匆匆離去，不克一晤……」

芷青想起父親在天下英雄前失敗的事來，不禁黯然，智伯和尚道：「這位敢情是岳兄最小的幼弟了？」

芷青道：「正是舍弟君青——」

智伯和尚道：「令尊岳老英雄之敗……」

芷青猛覺臉上一陣火熱，他想起父親那天的話，於是他仰天大笑打斷了智伯和尚：「哈哈，敗則敗矣，勝敗乃兵家常事，還談它作甚？」

智伯和尚正色道：「雖然令尊是敗給了青蝠，但是會家高手皆知是岳老英雄手下留情——」

芷青吃了一驚，暗道：「爸爸輸給青蝠的一招絕難看出其中有留情之舉，我們只是憑感情上臆測的，到現在還不知爸爸究竟爲何手下留情，也看不出他如何留情，怎麼智伯竟知道？」

智伯和尚續道：「那日令尊離場之後，在天下人轟天狂叫聲中，觀戰台上傳出一聲沉厚無比的聲音：『哼，岳鐵馬手下留情！』貧僧站得最近，側目一看，正是金戈艾長一，貧僧心中狂喜，心想金戈之話必非亂發，那麼岳老英雄到底沒有敗落……」

芷青和君青雖然表面盡量裝得平和，但是壓抑不住心中的狂跳，智伯和尚道：「貧僧游目四望，只見靈台步虛姜大師亦是面露異色，貧道越發相信岳老英雄是手下留情……」

芷青雖然裝出一種不在乎的樣子，實則心中激動之極，同時他又想到金戈艾長一到底是個厲害的角色……

他雖然很想問問首陽之戰的以後情形，但是他爲了要保持這一份無謂的尊嚴，他壓抑住自己，沒有發問。

智伯和尚說到這裡，像是猛可記起來，大叫道：「……敢問岳兄可曾見到一老一少打這兒經過？那少年身穿異服，頭插羽毛？」

芷青吃了一驚，忙道：「方才和他們迎面而過哩，師兄可知這兩人……」

智伯和尚急道：「這兩人來歷貧僧也不知曉，但那少年卻身懷少林秘學，貧僧奉師命一路跟來——事不宜遲，咱們就此別過……」

說罷匆匆轉身飛奔，芷青皺眉喃喃道：「那少年身負少林絕學？少林絕學？……」

君青叫道：「這也沒有什麼大不了，也許是哪個少林俗家弟子的傳人，譬如人家雲台釣徒白老……」

芷青道：「不對，不對，如果是少林俗家弟子的傳人，人家少林寺自己怎會不知？呀，要糟！」

君青道：「什麼？」

芷青道：「那白髮老人功力深不可測，智伯師兄一人追去，若有什麼差錯，只怕太過危險，咱們快追去！」

君青聞言立刻起步，兩人如飛反身追去，只見兩條人影飛快地隱入林叢之中。

芷青和君青飛快地追趕著，遠遠就聽得那邊智伯和尚的聲音：「貧僧只請教這位少俠的師尊名諱——」

那少年的聲音：「大伯，你說這和尚討厭不，咱們還是快趕路罷。」

智伯和尚急切地道：「貧僧請問這位少俠師尊名諱絕無歹意……」

那少年嘻嘻笑道：「喂，小和尚，你是不是一定要知道我師父的大名？」

智伯和尚道：「貧僧洗耳恭聲。」

那少年的聲音：「家師複姓天下，名諱第一，哈哈，天下第一……」

猛可一個聲音發自林後：「天下第一是姓岳的！」

只見芷青和君青走了出來。

那白髮老翁雙眉一皺，對芷青道：「你說的姓岳的，可是叫做岳多謙？」

芷青道：「正是家父！」

那白髮老翁目露奇光，點頭喃喃自語道：「嗯，你說的不錯，你說的不錯……」

那少年不悅地道：「大伯，你說什麼不錯啊？難道什麼姓岳的是天下第一不錯麼？」

那老人似乎吃了一驚，忙道：「我是說他的父親是岳多謙不錯……」

那少年橫了他一眼，轉向芷青道：「你們三人可是一夥？」

君青道：「是便怎麼樣？」

那少年道：「我勸你們快些滾開，少管咱們的事，否則免不了一死！」

智伯和尚冷笑道：「出家人不會以惡言相罵，但是施主莫要過份……」

那老者道：「這位小師父盤問咱們，不知有什麼事情？」

智伯和尚反倒怔了一下，那異服少年尖聲道：「大伯，咱們走啦，不要理這和尚，鬼鬼祟祟的。」

智伯和尚究竟年少氣盛，聞言怒叱道：「這位施主若是再口不擇言，可莫怪貧僧不客氣了！」

那少年雙眉一豎，猛然躍在空中，雙手一伸就往智伯和尚頂門拍來，出手之快，著實出人意表，而且偷襲部位歹毒之極！

智伯和尚乃是當今少林寺年輕一輩中最傑出的一人，年紀雖幼，卻是功力深厚，他身形一挪，一式「比丘降魔」極其瀟灑地閃開，他冷笑道：「好啊，這招『彌勒收網』可是你師父教你的？」

芷青聞言吃了一驚暗道：「聽說『彌勒收網』是少林伏虎拳法的起手式，這人使得竟然極見功夫——」

那少年並不答話，臉色如霜，反手一翻，掌挾勁風拍向智伯和尚，智伯大笑一聲，同樣也只反手一翻，快疾如風地搶入內圈，後發先至地指向那少年脈門。

這一下兩人用的是一模一樣的招式，智伯竟然後發先至，那少年沉哼了一聲，左掌暴起暴落，竟然直蓋智伯和尚頭頂——

芷青悄聲對君青道：「這廝使的是正是少林伏虎拳法！」

只見智伯和尚閃身、避敵、反攻，一氣呵成，也展開了少林的伏虎拳法，和那少年對掌。

那白髮老翁仔細注視了智伯和尚一會，大聲道：「憂兒，憂兒，快停手！」

那少年手快心辣，全是伏虎拳法中最惡毒的招式，智伯和尚自幼受少林高僧的薰陶，對於拳法中這份狠毒的招式大半是懂而不用，這時被那少年一輪狠攻，反倒落了下風。

芷青和君青低聲談論：「這少年一身少林功夫，而且功力精純之極，真不知是什麼路數哩。」

那白髮老翁叫道：「憂兒，快住手，這位小師父是少林寺……」

那少年對老者似乎並不畏懼，聞言冷笑道：「少林寺麼？除了那什麼百虹老和尚，全是我的徒子徒孫。」

智伯和尚似乎大吃一驚，停手道：「你說什麼？」

那少年道：「我先問你，你在少林寺是哪一字輩的？」

智伯和尚道：「貧僧智伯。」

那少年扳著手指算了一下，拍手笑道：「哈，你是我的徒孫啦！」

智伯和尚一聞此說，猛然想起一個人來，霎時他臉色大變，仰天喃喃自語，也不知他在說什麼。

過了一會，他突然雙掌一分，猛可往那少年當胸打到，他這一下用足了功力，只見掌活生風，威風凜凜，正是少林排山掌的起手之式！

那少年急忙中單足點地，身體反向前仆，竟在間不容髮之中俯倒向地，而讓過了智伯和尚的一招。

智伯和尚更無疑慮，納頭拜在地上，口稱：「弟子智伯拜見祖師，敢問苦師祖法身尚健？」

那少年傲然昂頭不理，君青吃了一驚，低聲問道：「到底是怎麼一回事？」

芷青也是丈二金剛摸不著頭，但是他道：「方才智伯以那招少林排山掌試這少年，那少年不退反向前倒的身法正是天下獨一無二的身法，若非自幼師從正宗少林，別無其他可能，是以能夠證明這少年是少林嫡傳，至於他爲何拜倒稱『祖師』，我就不懂了……」

那少年這一刻臉色一變，竟然滿面殺氣，厲聲道：「頂撞長輩，該當何罪？」

智伯和尚道：「恕弟子不知，弟子無狀……」

那少年雙眉直豎，竟然厲聲道：「你快自尋了斷，否則，哼——」

智伯和尚雖然自幼出家，師門恩重如山，但是聽了這句無理之言，再也忍不住仰首怒目相視。

芷青暗道：「好啊，智伯這下火了，只要他一動手我絕立刻出手。」

哪知智伯和尚忽然長歎一聲，低首道：「弟子只問一句，苦師祖尚在人間麼？」

那少年厲聲道：「恩師自然健朗安好——」

智伯和尚道：「好罷，弟子聽隨處置！」

他緩緩閉上雙目。

那少年冷哼一聲，猛然一掌拍向智伯腦門，白髮老者急叫道：「憂兒，使不得！」

芷青也待上前，但是哪裡還來得及，那少年一掌快捷如風，呼地劈到智伯頂門上三寸，突然停住，智伯和尚動都沒有動一下。

白髮老者叫道：「憂兒，千萬不可——」

那少年回頭道：「大伯，這是咱們本門中的私事哩。」

那老者聞言怔住，一時說不出話來，那少年臉上殺氣愈來愈重，似乎覺得舉掌殺人十分過癮似的，智伯和尚卻是動都不動。

芷青大踏步走上前去，大聲道：「喂，你給我清醒一下！」

那少年止手反身，朝著芷青瞪了一眼，向老者道：「大伯，替我把這小子宰了罷。」

一面說話，忽然猛發偷襲，一拳直搗向芷青腹部，君青大叫了一聲：「哎呀——」

芷青離他頗近，又是事出突然，眼看萬難閃躲，驀然芷青長嘯一聲，雙腿一錯，移形換位，同時雙掌齊發，左掌是岳家秋月拳法中的「桐葉弄影」，右掌卻是「寒砧摧木掌」中的「雷霆萬鈞」，兩人相距不過三尺，「碰」的一聲，芷青右掌和那少年的拳頭在空中相碰——

那少年自以為偷襲必然得手，豈料芷青變招快比閃電，「碰」的一下，拳頭如中石板，痛徹心脾，大叫一聲，退了五步！

芷青正待開口叱罵，忽然身旁風響，那白髮老翁已不知何時潛到身邊，當下大吃一驚，左掌反飛，右手一伸，把跪在地上的智伯打開三尺——

「碰」一聲，那異服少年的一掌拍了個空，正拍在智伯和尚方才跪伏之地！

白髮老翁見芷青矯若游龍，掌重如山，忍不住叫道：「岳多謙有此後人，足堪慰矣！」

君青見那少年一連偷襲狡詐，「嚓」地抽出長劍，站在智伯面前，那少年冷冷道：「你要怎地？」

君青不擅江湖辭令，吶吶道：「我……我要和你打！」

那少年轉身大笑道：「哈哈，你來啦……」

君青吃了一驚，偏頭一看，總覺勁風襲面，心知上當，他心中一慌，頓時便沒有了主張，只見那少年手中一隻黑壓壓的鐵筆堪堪點到他門面——

岳君青雖則經驗不足，但是雄傑蓋世的岳鐵馬遺傳給他天生的敏捷反應，他手中長劍一翻，自然而然地攻出一式，只聽得「噹」的一聲劍筆相擊，霎時「嗞」「嗞」之聲大作，一溜烏光燦燦而生，那異服少年驚駭之極，奮力一躍，倒退丈餘！

他轉首道：「大伯，這劍法也是那什麼岳多謙的嫡傳麼？」

白髮老翁左右封出一掌，答道：「這個我可不知道。」

君青抖動一下長劍，大聲道：「管你是什麼祖師爺，我可不是少林寺的！」

敢情他對這少年方才逼迫智伯和尚的事萬分憤怒，才沒頭沒腦地說出這句話。

那少年冷笑一聲，大聲道：「你那劍法也不過爾爾——」

君青右臂一圈，「叮」然一聲，劍光斗伸……

卅 力拔山兮

岳君青拔出了佩劍，對準那異服少年道：「要打便打，不必多說。」

那異服少年抖手就是一劍當頭點到，岳君青晃身避過。

那異服少年原來一臉輕率佻脫之色，這時一劍而出，面上卻是一片肅穆，寶相莊嚴，宛如老僧入定，君青不禁暗暗稱奇。

那少年劍光霍霍，有如海底潛蛟，君青擋了一劍，暗叫道：「原來這廝使的是正宗達摩劍法！」

他長劍一挽，攻出那式「卿雲爛兮」，只見劍勢舒捲盤曲，頓時把那異服少年無限攻勢膠纏住，他乘機看向那邊一眼，只見那白髮老者正自一掌劈向芷青——

芷青似覺白髮老者掌重如山，大喝一聲，左右掌一搓，翻飛而出，施出了散手神拳的平生絕技「寒砧摧木掌」！

達摩劍法乃是少林寺鎮山之寶，攻守之間自有一番廣博精深之勢，但是這劍法精微之處與施劍人的佛學造詣極有關係，佛道愈高的高僧，施出之時威力愈更驚人，但是大凡得道高僧，皆有慈悲之懷，是以施用達摩劍式威勢愈大，反而招式愈爲平和，凶狠之招全數避而不用，其中精微道理，常非外人所能領悟。

而這異服少年，年紀輕輕，舉手投足之間卻似有數十年佛門修爲似的，而招式卻狠辣兼具，實屬異事。

君青覺得這少年劍上造詣不在胡笠之弟子之下，當下專心一意，一招一式把那卿雲四式施將出來。

那邊芷青運足十成功力，「寒砧摧木掌」招招全採攻勢，那白髮老者功力極深，卻也愈打愈是心驚，忍不住喝問道：「散手神拳是你什麼人？」

芷青揚眉道：「小可姓岳——」

那老翁大大啊了一聲，暗道：「我怎麼糊塗如斯，范立亭和岳老兒是過命的交情，這小子自然會這『寒砧摧木掌』的了。」

他心中一想，手上猛覺芷青掌力一招比一招重，宛如有一甲子的功力在身一般，他不禁又驚又奇。

君青習劍以來，突飛猛進，這時碰上異服少年的達摩劍法，他前後把那四式使了六遍，到了第七遍上，他從「卿雲爛兮」轉爲「糺縵縵兮」之間，忽然悟出三個偏式，那異服少年不虞及此，一連被迫退了三步。

君青心頭大喜，第八遍施到一半時，他又悟出兩招，那異服少年初入中原，以爲劍法除了自己師父，已可無敵天下，哪知第一次遇上君青，就是一手聞所未聞的劍法，自己百般攻勢一觸之下，都如石沉大海，對方打來打去總是那幾個式子，他原想等到摸熟了對方這幾式，便要全力反攻，一舉創敵，哪知陸續之間，對方又多出幾招新招來，霎時威力更增，他不禁又氣又急。

那白髮老翁見狀喝道：「憂兒，快快抱元守一！」

正在這時，忽然一個蒼老的聲音傳來：「都給老衲住手！」

這聲音鑽入每人耳中，就如針尖驟刺一般，令人感到百般不舒服，眾人吃了一驚，都停下手來。

那異服少年歡呼一聲，跑過去大叫道：「師父，師父，你老人家現在才來啊——」

樹叢中簌然而動，一個白衣老僧走了出來，那白髮老者十分恭敬地道：「小人葉萬昌拜見大師。」

那老僧看起來真不知究竟有多少高齡，滿面都是密密麻麻的皺紋，精光卻是出奇地亮，他對白髮老者和聲道：「老弟，這麼多年啦，你何必還固執這個稱呼，老衲早就叫你喚老衲一聲苦和尚足矣。」

那邊呆立著的少林智伯和尚一聽到「苦和尚」三個字，頓時大叫一聲，上前拜倒地上，叩頭道：「弟子智伯參見祖師爺。」

那老僧怔了一下，雙袖一抬，智伯竟然身不由己站了起來，老僧厲聲道：「你是少林弟子？快與老衲滾回去告訴方丈，苦和尚早就不是少林中人了，苦和尚不尋少林寺的晦氣已不錯啦，哼！」

智伯和尚待要下跪，卻有一股無形之勁道擋在前面，他急道：「即使祖師爺不願……也請祖師爺千萬見我百虹恩師一面……」

那老僧面色如霜，暴叱道：「快滾！」

說罷他伸手牽著那異服少年之手，臉上顯出慈愛之色，和聲道：「憂兒，是誰欺侮你啦？」

那異服少年此時竟如小女兒撒嬌一般，伸手指著芷青和君青兩人道：「就是他們。」

老僧道：「好，讓師父殺了他們。」

他的聲音忽然變得比冰雪還冷，令人心中忍不住打個寒噤。

那智伯和尚道：「弟子求求祖師……」

老僧大袖一揚，喝聲：「去你的！」

智伯不敢避脫，亦不敢運功相抗，登時如斷線風箏一般直飛而去。

老僧這一掌好重的手法，智伯和尚身形如疾矢一般撞向一棵大樹，老僧只道他即使不死也得頭破血流，但聞「咔嚓」一聲，智伯和尚的身軀撞在大樹之上，那碗口粗幹竟然應聲而折，智伯和尚身軀卻輕飄飄地落在地上。

老僧心中暗道：「這小子年紀輕輕，功力卻頗深厚哩。」

智伯和尚也是聰明絕頂之人，他心中盤算道：「我留此處無益，不如全力快趕去請思師來……」

他思索已定，反身便施展十成輕功，飛奔而去。

芷青和君青此時都在想著同一個問題：「葉萬昌……葉萬昌，這名字好生耳熟，好像是爹爹提過的……」

那老僧見智伯和尚奔去，忽然臉色一沉，厲色對芷青及君青道：「你們這兩個小子，竟敢欺侮我徒兒，是不要命了麼？」

芷青見這老僧年紀雖尊，卻是不講道理凶暴之極，不禁暗中皺眉，那老僧指著芷青道：「你先滾過來！」

芷青心中甚怒，但見那老僧功力深不可測，便是原先那白髮老者也對他如此恭敬，心想，「苦和尚，沒有聽說過啊……」

那老僧見芷青不動，以爲他畏懼，頓時暴吼道：「膽小的東西，快滾過來！」

芷青冷笑一聲，昂然走上前來，那老僧一手拉著那異服少年，一掌猛然一揮，打向芷青前胸。

芷青忽覺眼前一花，那老僧掌勢已到，他見老僧招式飄忽已極，當下只得以攻爲守，也是一掌搶出！

那老僧見他變招奇快，單掌一揚，掌勢一橫，「拍」一聲，兩掌在空中相對。

老僧原意一掌把芷青立斃當場，卻不料兩掌相碰，芷青連動都沒有動一下。

他咦了一聲，把那異服少年推開，向前跨了一步，猛可雙掌齊發。

芷青見這老僧出招便是少林的路子，他深知這老僧功力深不可測，一上手就貫注十成功力。

那老僧三招一過，掌勢忽然放慢下來，似乎體力不支一樣，君青大感奇怪，側目一看，卻見那白髮老者臉上露出不忍之色，他不禁驚異地看著芷青，只見芷青臉上露出驚駭之色——

驀然，那老僧身法快將起來，君青看了一刻，恍然大悟，不由心中大急——

原來那老僧正施展一種「拖雲手」的功夫，這種功夫乃是蛻自山西太極門，用的全是內家功夫中的「黏」字訣，對掌之際，功力較低者略一不慎，陷入「黏」字訣中，則被功力較高之一方完全控制，彼快則已快，彼慢則已慢，彼不停則已雖欲停而不可得，直至脫力而死。

芷青方才一個不慎，已是陷入絕境，老僧身法愈來愈快，芷青也只得跟著愈來愈快，君青一明此情，心中大急，揮劍便欲上前，卻見眼前劍光一閃，那異服少年持劍相阻。

君青焦急之下，舉劍一招「日月光華」攻出，只見劍尖一溜烏光閃出，突然如水銀瀉地，攻勢斗盛，那少年被迫得就地一滾閃過，站起身來罵道：「小子你可認得我師父這『拖雲手』之厲害麼？不消半個時辰，你那哥哥就會精疲力竭，慘聲哀號而死，我瞧你還是趕快開溜吧。」

君青聽得暗暗打了一個寒噤，待要抽身相助，又被這異服少年困住手腳，不由急如火焚。

那老僧連聲陰笑，身形突如走馬燈一般轉了起來，芷青知道對方功力太高，自己已陷絕境，但他掙扎著發出「寒砧摧木」掌力，硬使自己不隨著老僧疾轉，但老僧出招一招快似一招，他也只得加速發掌，勉力硬撐。

這「寒砧摧木掌」最費真力，幾十掌發出，芷青已是氣喘如牛，但他仍然絲毫不慢地雙掌連揮。

那老僧原以爲轉到一百圈上，芷青必然慘號倒斃，哪知百圈已過，芷青依然掌出如風，這老僧不竟倒抽一口氣，暗道：「這廝不過弱冠出頭，怎麼功力如此之厚？」

他想到這裡，不禁冷哼一聲，忖道：「老衲九十年之修爲，若是讓這小子在絕境中撐出百五十招以上，還有沒有老臉混下去？」

他陰森森地乾笑一聲，猛然腳下施出達摩神行腿來，霎時速度又快了一倍。

芷青只覺汗濕透衫，身不由己，但他仍然咬緊牙根，一掌接著一掌推出，那白髮老翁忽然叫道：「大師，此人岳多謙之後……」

老僧臉寒如霜，厲色道：「難道老衲看不出來麼？嘿嘿，秦允那廝既然用萬佛令牌把老衲招出，目的就是對付姓岳的幾個人，難道還不敢殺了他的兒子麼？」

君青一面奮劍力拚，一面聽得此語，心中恍然，暗忖：「原來秦允千方百計到少林寺去盜得萬佛令牌，是要把這個老和尚招出，看來秦允必然另有一番野心……」

他忽然之間，念頭又接到先前沒有想通的事情上：「葉萬昌，葉萬昌，爹爹提到過他的，怎麼我記不起來了？」

「唰」那少年一劍當空而入，君青毫不思索地信手一揮，卻是攻敵之所必救，此時他劍上變招已達心與手合的地步了。

那老僧面上殺氣愈來愈濃，身法也愈來愈快，芷青漸漸感到體力不支，眼花耳鳴，但是他掌上的力道卻絲毫沒有減輕，他透支著他的潛力，一招一式地力拚，牙根都被咬出血來，鮮紅的血從嘴角滲出，但是立刻和臉上流下的汗水合在一起了。

那白髮老翁面上露出慘色，但他卻用左手緊緊握著右腕，抑住自己的衝動。

君青瞥見大哥的危況，心想：便是拚著讓你劃一劍，也得趕過去——

這時那老僧已轉到第一百三十九圈，芷青喘聲如牛，但是他始終不讓「寒砧摧木」掌力減弱下來，他自幼奠立的深厚內力已被透支得接近油盡燈枯的地步了。

他奮力揮出兩掌，大聲喝道：「君弟，你……你快走，你快先走……我和他們拚啦……」

君青心如刀割，他拚力一面攻敵，一面向芷青那邊移過去，那異服少年狡猾已極，施出一套劍法來，既不攻，又不守，只是死死纏住君青，君青不由雙目噴火——

驀然，一個記憶如電流般閃過君青的心田，他大聲叫道：「四十六年前，在廣西……」

「呼」一聲，他舉劍封開敵勢，繼續叫道：「……在廣西，金家村，那個受人毒打的落第秀才……」

「叮」，兩劍相交，君青喘口氣叫道：「正碰上剛入廣西的一個青年，那青年路見不平，爲了救這秀才……」

「叮」一聲，兩劍再次相交，君青奮力一絞，接著道：「爲了救這秀才，這青年隻身力戰廣西綠林盟主……」

他說到這裡，那白髮老翁突然大叫一聲，衝前兩步，大聲對那老僧道：「大師，快請住手！」

老僧奇道：「你說什麼？」

那白髮老人衝動已極，他大叫道：「快請停手，快請停手！否則——」

那老僧聽出端倪，怒吼道：「否則怎的？難不成你要動手麼？」

白髮老者葉萬昌道：「小人不敢，但……岳鐵馬對小人有恩……」

原來君青忽然想起了這葉某的來歷，他所說的落第秀才正是葉萬昌，而那青年俠士就是岳多謙。

老僧雙掌連發，口中道：「你快與我站開，只當沒有看見就得啦。」

葉萬昌眼見芷青立刻要危險，他長歎一聲，一挽衣袖，就要上前相救……

驀然，一聲焦雷般的吼聲從林上震下：「住手，那施『拖雲手』的給我住手！」

接著一條龐大的人影如飛而下，正從君青身邊掠過，那異服少年舉劍一招快狠無比的妙著突襲而上，那人巨掌一伸，貼著異服少年劍身掌心一吐，「拍」的一聲，那長劍成了兩截！

那人絲毫不停地飛向老僧，一掌從中劈下，轟然一聲，老僧退了一步，芷青從「拖雲手」中退出身來。

芷青本來覺得自己已經要完了，他心中暗暗向爸爸說：「爸，我已經盡了我的全力……」忽然之間，他聽得轟然一響，接著壓力全消，他退了兩步，猛覺雙腿一軟，但是他仍然挺住了。

他和君青一起看向那人，一望之下，不禁又驚又喜！

那老僧強忍怒氣，冷冷地道：「施主貴姓？」

那人道：「老夫姓班……」

老僧摸了摸微微發麻的雙腕，一字一字地道：「四十年前神拳班大鏗是你什麼人？」

那人道：「正是先父。」

那老僧道：「便是你父親在此，也得對我恭恭敬敬。」

那人冷哼一聲，不置可否。

老僧怒道：「你膽敢干涉苦和尚的事麼？」

那人道：「我早知你是苦和尚——」

老僧見他聽到苦和尚三字毫不在乎，不禁暴跳如雷，大聲道：「老衲可要代故人考較考較你的功夫。」

他說的「故人」，敢情是指神拳班大鏗。

那人道：「先父從未說過與苦和尚有交情的事，只曾提過和苦和尚略有樑子！」

苦和尚老羞成怒道：「汝名為何？」

那人雙臂當胸交叉，朗聲道：「老夫班焯！」

苦和尚道：「班焯，你可敢和老衲對三掌？」

班焯道：「有何不敢？」

苦和尚左右齊揮，一聲怪嘯破空而出，少林達摩神拳如排山倒海一般隔空飛出，班焯雙拳當胸一合，硬硬接了下來。

苦和尚雙掌一揚，又是一招當胸推來，班焯雙肩一震，不閃不躲又硬接住了，苦和尚大叫一聲：「你再接一招試試看！」

轟然一聲，班焯臉色微變，但他的身軀仍然絲毫未移，苦和尚老臉一沉，冷笑道：「你比你老子還厲害……」

班焯大聲喝道：「你敢接我三招嗎？」

苦和尚狂笑道：「小輩無禮，便讓你口服心服——」

班焯單掌半立，猛吸一口真氣，一揚之下，霹靂之聲暴響，那苦和尚白髯簌簌，大笑道：「還是班大鑼那老招，不過爾爾。」

忽然之間，班焯虯髯根根倒豎，他的面孔漸漸發紅，他大喝一聲，舉掌待發——

苦和尚忽然臉色大變，那白髮老人葉萬昌也是臉色大變，他驚呼了一聲：「霸拳！」

苦和尚忽然一躍而起，一把抓住那異服少年的手，身形如箭一般竄向林中，那葉萬昌也跟著竄入林中，但聞震天一聲暴響，無堅不摧的「霸拳」已然發出！

只見苦和尚原先所立之處五棵碗口大樹齊腰而折，一方山石成了粉屑！

芷青和君青相顧駭然，若非親見，他們萬萬不信世上竟有這等威勢的拳招，稱之「拳中之霸」，實在不爲過也。

芷青向林中看去，只見苦和尚等人已走得不見蹤跡，回頭一看，只見霹靂神拳班焯此刻臉色漸漸由紅而白，最後竟帶有蒼白之色，他退了一步，坐在地上。

芷青和君青嚇了一跳，連忙走進一看，只見班焯頭頂上冒出陣陣蒸氣，臉色又漸漸恢復。班焯一躍而起，對芷青笑道：「這一掌打出，耗我真力十之五六，是以非得調息一下。」

芷青正要謝他相救之恩，忽然一陣頭昏眼花，哇地吐出一口鮮血來。

君青大吃一驚，趕上去相扶，芷青張口又是一口鮮血噴出，他拚力以「寒砧摧木掌」在苦和尚「拖雲手」中苦戰，連發一百四十掌，內力已是大大受傷，方才一直處於緊張之下，這時精神略一鬆弛，立刻感到不支。

班焯見他吐出之血殷紅鮮明，只道他內臟受了傷，連忙伸手把住他的脈門，一摸之下，只覺脈氣逆竄，心知他用力過度，傷了元氣，便以本身真力打入相度。

班焯的真力發到七成，仍然不能把芷青逆亂之氣制服，他不禁暗暗稱奇，把真力又加上一成，才算使芷青之逆脈導入正途，他哈哈大笑道：「孩子你好深的功力，岳氏有後矣，哈哈。」

芷青站起身來，正要措辭稱謝，班焯已搖手道：「老夫與令尊雖然相見不過一月，實則神交已有數十年——喂，我倒問你，以你的功力怎麼會被那苦和尚以『拖雲手』相害的？你適才對敵時用的什麼拳法啊？」

芷青臉上一紅，答道：「晚輩以『寒砧摧木掌』相對，是晚輩一時不慎，著了道兒——」

班焯大笑道：「散神拳范立亭的絕學原來傳給了你，散手神拳一生不收徒弟，也幸好傳給了你，否則這等絕世神拳就得失傳武林啦！」

芷青道：「班老爺那日在首陽山上大展神威，青蝠劍客幾無還手之力，晚輩欽佩不已。」

班焯正色道：「說實在話，那青蝠劍客著實是武林百年來第一怪傑，他一身浸淫拳劍輕功暗器各門，居然樣樣練到一等高手，實在令人佩服——」

芷青心中暗想：「經此一戰，青蝠之名只怕猶要駕凌武林七奇之上了。」

班焯說到這裡，忽然歎道：「班某平生浸淫拳掌之中，天下各家拳理，雖說不能全通，但都想方設法有過目睹，唯有范立亭之寒砧摧木卻是僅有耳聞，而無目睹，一向總想有個機會和散手神拳聚聚，殊不知驟然之間，英雄長逝，從此是再也看不到散手神拳寒砧摧木掌的神威了……」

他說得連聲噓唏，芷青聰明絕頂，如何不知他意，連忙道：「班老爺子若是想看范叔叔的這手絕技，晚輩雖然功力較之范叔叔何異天淵，但是那招式步法卻是得自范叔叔親傳……」

班焯雙目一睜，精光暴射，歎道：「班某若能得窺寒砧摧木掌全豹，則堪稱遍覽天下拳掌之術矣——」

芷青恭聲道：「晚輩功力有限，范叔叔絕學之精微處萬難充分表現，還請班老爺多多指教。」

於是他把這套掌法重頭至尾打了一遍，到了最後一式「雷動萬物」，班焯眼中一亮，接著便是皺眉苦思，過了好一會，他才長歎一聲道：「散手神拳威震武林，端的良有以也，老夫敢說這套寒砧摧木掌精奇之處，普天之下再無第二種掌法及得上——」

說到這裡，他對芷青道：「孩子，你把那最後一招再施一遍。」

芷青以為自己施得有什麼不對，連忙用心又施了一遍，班焯想了一想喃喃自語道：「這一招博大精深，攻守兼備，難道除了退閃之外當真再無破解之法？」

君青和芷青對望一眼，心中卻道：「原來班神拳在思索破解這招之法。」

班焯背著雙手，來回踱了十次，輕歎道：「這招端的是妙絕人寰，妙絕人寰……」

忽然他停下身來，側頭道：「好啦，老夫走了。」

芷青吃了一驚，叫道：「班老爺子——」

只見林中簌簌，班焯一躍而過數丈，片刻不見蹤影，芷青和君青愣了半天，才相對道：「他們總是那麼來去無蹤，神龍不見首尾的。」

芷青看了看天色，道：「我們走罷。」

一日，又是一日，他們不停地跋涉長途。

於是天又黑了……

卅一　騰蛟起鳳

山野中有著無比的寂靜，尤其是夜。

雖然快要黎明了，但是無涯的黑暗正在施展它最後的威力，把大地緊緊地裹抱在懷裡。

一道刺目的劍光在黑暗之中有如蛟龍騰鳳舞般地劃過一道優美的半圓，卻突然停在那兒上下地跳動，接著，完全停了下來。

過了片刻，那劍子再次飛騰而起，到了同樣的地方，就停了下來。

一聲輕歎劃破了寂靜，黑暗中那個練劍的人喃喃自語：「唉，真不知是怎麼一回事，依照經上最上乘的理論，我這變招換式之間必應能產生一種左旋之力，然後下一招『旦復旦兮』施出，就能威力奇增了，怎麼老是不對呢？難道是我弄錯了？」

嗦嗦聲起，他從懷中掏出一本書來，黑暗中他似能目察秋毫，熟悉地一翻，輕聲念道：「……當此之時，左旋之勁以輔右，而右暴之力則以養左，『旦復旦兮』由中旋出，敵若以陰勁相抵，則變爲威盛陽剛，敵以陽勁相制，則變爲陰柔反克，故其隨心所欲，欲敗而不能得，是謂無敵於天下。」

只見他一目十行，細細又看了數遍，瞑目沉思自己的劍式，卻再也覺察不出這其中有什麼地方不正確。

輕歎一聲，望望手中長劍，不由坐在地上，胡思亂想起來：「芷青一再說要我千萬勤練這松陵老人的劍術，並還一口認定這是將來唯一能在劍術上勝得青蝠的希望，唉，我真愚笨，怎麼——怎麼這一共四招，卻始終領悟不通？」

朦朧的月光下，看得出這是一個俊美的少年，並且從他那寬闊的上額也辨出他有一種先天內在的英雄本色，這是岳家的後代——岳君青。

君青和大哥一路行來，兄弟倆不時談談武林趣事或討論武學上的疑問，倒也頗不寂寞。尤其是君青，他這才明白為何大哥會如此沉醉在武學之中，漸漸的，他自己也感到著了迷！

「卿雲四式」的威力，芷青是目睹過的，他有一種奇想，想使自己最幼小的弟，以前絕口不談武學的弟弟成為武林最偉大的英雄，他認為這四招劍式，正是培養這個奇想的最佳本錢。

芷青明白君青的心理，知道他絕無信心來達到這一個壯舉，於是他便口口聲聲稱讚松陵老人的劍式，用各種方式勸使弟弟下此決心。

果然，君青漸漸從內心中萌發出一種逸興俱飛的壯志，雖然這點雄心仍是那麼幼小，但是已使君青日夜沉於劍道而不疲。

這一天晚上，兄弟兩人在一個小鎮上打尖，吃過晚飯，早早便歇息下來，而君青卻耐不住，一人偷偷起身趕到鎮郊的樹林中勤練劍術。

「卿雲四式」中前兩式：「卿雲爛兮」及「糺縵縵兮」是君青在司徒青松的水底宮中領悟而出，這幾日更有很多的心得，自認過得去了，而且大哥也說這兩式已登堂入室，可算是練就成功。

第三式「日月光華」本是這四式中具中間位置的，不但前貫後連，而且威力之大，亙古稀見，是以最是複雜難解。

當初君青就始終不得要領，好在終於在那一次和龍豹幫主白公哲相逢時，爲保護司徒丹，鋌而走險，被迫使出這一式，卻不知不覺中豁然而悟，當真是上天意旨，而這一式使出，就是連岳多謙也讚口不絕，其實君青自己知道，卻始終不能和最後一式相連。

最後一式喚作：「旦復旦兮」。

顧名思義，這正是含有一套劍術週而復始，循環不息，有若天體間一切事物一般的意義，君青這幾日經大哥指點，已將招式爛熟於胸，使將出來，也頗見威力，但這四式連貫之下，卻每次使到「日月光華」後，便連不住「旦復旦兮」。

芷青也指不出這有什麼毛病，只以爲是君青功力不夠，君青自己卻始終不能甘休，是以這一夜又偷偷起來練劍，卻仍是一無所成。

且說君青呆坐在地上胡思亂想，好一會也得不到什麼結果，一睹氣索性放棄思索，閉目養神起來。

君青不知道，岳多謙在他幼小時已偷偷將最上乘的內功移入他體內，這時他的功力至少已抵得上四五十年工夫，是以一靜坐下來，登時靈台空明，雜念全消，真氣回復一周，頭腦一醒，立刻跳起身來。

驀然他想到一事，暗暗忖思道：「對了，那日首陽之戰，青蝠和劍神胡笠的一戰，有一式是那青蝠攻出的，簡直怪異之極，胡笠卻能破去，我且試試看，若是換著我在當場，有何法拆解沒有？」

他因受芷青言語，激起豪氣，不知不覺中已存下和青蝠一戰之決心，是以思想中總是忘不了青蝠劍客的奇招異式。

這時刻他的目力法眼，敢情早已登堂入室，雖是青蝠與胡笠大戰，劍式奧妙無比，但仍能一目瞭然，熟記於胸。

他既有這個思想，立刻行動，瞑目假思青蝠就在面前，一式攻出，飄忽古怪之極，全神飛快的移轉著，想找出一式解救。

也許是他已看明胡笠的破解方法，是以思路一瞬間又想到胡笠的那一劍式，一連數次都是如此，心中一急，雜念又起，更是不成。

須知這種最高深的劍道在鍛鍊時哪能有一絲一毫的分神，君青功力雖厚，劍法雖高，到底氣血仍嫌浮燥，是以屢犯大忌！

終於君青摒除雜念，沉著的想著當日的情形，不知不覺手隨心動，比出一式破解之法。但想想又不對，心思如電，手也跟之而動，又改了一個方位。

這樣手隨心動，一連擺出五六種劍式，口中不由喃喃說道：「這五六種劍式沒有一招一式能夠破解的，難道我在當場，就束手待斃不成？」

他是自言自語，但不知不覺間聲調已增大許多，在萬籟俱靜的黑夜中，立刻傳出老遠，卻不料這時候在樹林邊正有一個人在暗暗的觀看摒聽著呢。

君青又喃喃道：「那日胡笠老爺子一劃劍子，登時青蝠攻勢立時冰消之散，我卻始終想不出一個法子，那胡笠的劍法神奇是不用說了，爸爸也常道古今無出其右者……」

樹稍尖上簌簌一聲輕動，偷聽著的人似乎感到一陣激動，君青絲毫沒有發覺，又自語說道：「但我——我卻一招也思想不出，何況當時在戰場中變化速捷，看來我是相差太遠了！」

想到這裡，不由感到一陣子沮喪，半晌呆立不動。猛然手中長劍一揮，咬咬牙，比著一式向前直刺的模樣，狠狠的道：「哼，這樣吧，當時即使我思想不出破解之招，好歹也來個玉石俱焚，叫他也立時血濺當地！」

他全神貫注，一心當青蝠就在面前，是以說話是咬牙切齒，殺氣騰騰，俊美的面孔露出極端正經的樣子，簡直可愛已極，樹梢上又是一陣輕搖，敢情是那人也不由莞爾一笑！

其實君青自己不知，當時在場的觀眾，包括武林其餘六奇外，能想出破招的人簡直寥寥無幾，而能想出破解招式的，也只是來一個同歸於盡而已！

思路又連續下去，想到這一戰中其他的奇招異式，一一加以自己的破解。

正比劃著青蝠的一招下斬之式，而自己以上封之式去封架的時候，猛然身後一個低沉的聲音說道：「這樣——你會死的！」

君青刷的一個反身，手中長劍護著門面，低聲喝問道：「什麼人？」

只見身後約莫五丈開外站著一個蒙面的人，矮矮的身材，一聲不響！

君青鬆了一口氣，但立即又不服地道：「方才，你說——我，我會死？」

那人點點頭，沉聲道：「死！立刻死！」

君青驚咦一聲道：「死？我死於誰？」

那人哼一聲道：「死於青蝠，因為，你在和他交手！」

君青大吃一驚，心中暗忖道：「我方才自思那日一場大戰，卻料不到這廝——這廝竟知我在思想和青蝠交手，難道——是他將一切都看去了？」

那人見君青滿面驚異之色，冷冷道：「不是麼？」

君青茫然點頭。

那人冷冷道：「就是了！」

君青見他說話總是簡簡單單幾個字，心知必是奇人異士，已存崇敬之心，但仍不服問道：「我怎麼會死？」

那人半晌不語，瞧著君青，哈哈一聲才一字一句說道：「青蝠一劍斬下，你一劍封上，結果——你的劍子失手而飛，他的劍子在你的頭上留下一個痕跡。」

君青不由大怒，但立刻又想到這是一絲不錯的，憑自己的功力，哪能和青蝠硬對，想到這，不由半晌說不出話來。

那人冷冷望著君青，心中卻不由暗笑，驀然一反身，緩緩走去。

君青一驚，追聲問道：「請問——你是何人？」

那人略一停身，理也不理，又走向前去。

君青見他不顧而去，心中不由萌起一點疑念，再加上好奇心驅使，不由自主跟了上去。

那人頭也不回，但卻似乎知道君青跟來，腳下微一墊地，整個身子有若羽毛，突地向前輕輕一飄。

君青心中一驚，忖道：「好俊的輕功！」

心念一轉，也加快速度跟上前去。

那人愈行愈快，乍見簡直有若足不點地，身體像行雲流水般，美妙已極。

君青不覺已使出十成輕功，雖則他並沒有學過一日輕功，但由於身懷高深內力，身體行動也自然變得輕快伶俐了。

半盞茶時分，那人已走出好幾十丈，君青一看兩邊，只覺叢林密密麻麻，似乎更入深林，他到底經驗不足，不由冒出一股寒意。

正打算駐足，前行那人猛然一停身子，也不見他如何反身，飄忽之際，一掌已遞了過來。

君青大吃一驚，耳邊聽那人哈哈笑道：「你跟到這兒作什麼？」

但眼前只覺一花，對方五指並立如戟，一送而至，已不過只有三分距離。

好在他長劍一直緊握手中，大驚之下，本能一揮長劍，劍光一閃，反削向對手雙指。

那人一沉手掌，肘部一捽，不但閃過君青的劍勢，而且又攻出一式。

君青長劍走空，不及帶回，慌忙一連跳後三步，才避開這一式險著。

這一下君青可再不敢冒然動手了，長劍當胸，虛虛拉了一個架式，正是卿雲四式的起手式。

那人冷冷望著君青準備，漫不經意說道：「準備好了麼？」

君青不敢分神，那人也不見絲毫行動，僵持半晌不見動靜，君青心中不由暗暗心急。

那人驀地一晃，雙手一左一右，並立而飛，直襲過來，這一下發難太快，君青只覺雙目一花，百忙之中，長劍左右齊動，寒光閃閃，有若雲霧，迷濛不清，劍身跳動之際，正是「卿雲爛兮」絕招。

那人卻視而無睹，空手一伸而入，君青可真料不到這一式竟遭對方如此破解，大吃一驚，猛力壓腕削出一劍，「嘶」一聲，已換招為「糺縵縵兮」。

「卿雲四式」的威力自是極大，而每一式的威力都順次而增，到第三式「日月光華」是為極頂，又末招「旦復旦兮」卻已改攻為守，儲招換式，備作使第二遍之用。

這一式「糺縵縵兮」使出，威力果然較第一式又增，那人何等深慮，何等經驗，一瞥之下已知下面的招式威力更將增強，決不能讓對手使下去。

一念方興，雙掌一收，左右雙肘齊飛，一撞而出，手掌同時一沉，捽將而出，力道自是大增。

君青只覺劍上一沉，有若千斤之力附著其上，大喝一聲，連退三步，才化開力道。那人毫不放鬆，節節進攻，雙掌才走空，立刻一翻而出，君青來不及使出卿雲劍式的絕招，忙舉劍一封而退。

這樣一來，君青形勢大危，再也騰不出手來施展卿雲四式，僅用一些普通的招式封阻著，登時連連後退，幾乎達十餘丈之遙。

君青的武學是最近才偶爾得到的，劍式上除了卿雲四式，幾乎沒有什麼學習過的，只憑平日操練時觸悟的一招半式，和芷青指點的數種招式使出抵擋，自然威力大大減弱，若不是對方手下留情，怕不早已一敗塗地。

君青也自知如此，是以愈戰愈感沮喪，精神也漸恍惚，手中招式自然散漫不成，眼看便得棄劍而降。

那人深知君青此時心理，突地右臂一斬而下，君青一驚，勉一封架，卻料不到對方這乃虛招，左臂一搭，「叮」一聲，雙指已搭上君青劍身。

君青一挑，卻文風不動，心中一歎，卻聽那人和聲道：「高深的劍道，首在於心神，心與劍合，神劍合一，才能使施深奧的劍術！」

這幾句話聲音極是微小，但一字一語清晰不遺的傳入君青耳中，君青心中有若當頭棒喝，猛一清醒。

雙目一翻，只見對方雙目神光湛然，心中一凜，雜念全消，連躍三步，一擺劍子，攻了上來。

劍光一閃，正是那「卿雲四式」的首招。

「卿雲爛兮」。

那人暗中頷首，忖道：「可教！可教！」

君青心中此時卻充滿泰然的感覺，根本不曾想到對方的用意，只是覺得對方方才那幾句話正是自己最易觸犯的毛病，而這毛病，是自己所覺察不著的，經他一提，茅塞頓開，心神一蕩，全心沉醉於劍道中，是以法度謹然的攻出一劍。

那人見舊式重演，君青這一式分明已較前次沉穩的多，不敢怠慢，一閃而過。

君青攻勢陡盛，長劍一轉又使出那獨步武林的劍式來，這一次，乃是第二招：「糺縵縵兮」。

寒光繞體而生，連轉三匝，一收而止。

那人左右一攻一守，化去君青這一式，卻故意留了機會讓君青發揮下去。

君青但覺身前壓力一空，左手一蕩，右劍舉起，微微指天，一劃而出。

這一劍劃的好不艱辛，生像是劍上吸力甚大，一劍劃完，果然氣流一穿，大氣竟產生真磁引力，長劍一閃，光華大盛，整個森林有如白晝，威勢好不驚人，正是松陵老人畢生的絕學：「日月光華」一招。

那人雖明知君青這一式必然猛烈異常，卻不料竟是如此威力，慌忙一個跟斗倒翻而出，閃出尋丈，才脫開威力圈，但覺衣袂飄飄，敢情是那磁力所吸。

那人畢生浸淫劍道，一瞥即知君青若能再發出一劍，使首尾相銜，則這劍式立刻可達完美之境，功力再高，招式再奇著，等他這一劍發出，要想取勝，至少須在千招之後——那就是說，這劍術反覆回轉數百遍之久。

是以要破解這套劍式，必須在對方劍式未貫通之際下手，但昔年松陵老人何嘗沒有想到這裡，特別費盡心機研創這式「日月光華」，在使用時可產生真磁引力，使再強的對手也得退出丈外，而自己好從容不迫使出第四式：「旦復旦兮」，以串連劍式。

那人也深明此理，但無奈身在丈外，搶攻已不可能，心中一怔，不由暗暗忖道：「是誰——是誰能思想出這等玄妙的劍招？」

這個念頭一瞬而逝，但見光華一斂，君青長劍已竭力劃出，一道劍光在黑暗中有如蛟騰飛舞，卻突地停在半空，上下不住跳動著，這正是君青百思不得其解的難關，到這時，仍然不能領悟。

那人陡然一見，先還奇念怎麼君青不立刻搶守一式，以銜接前後招式，但他是何等法眼，立刻醒悟敢情是君青還沒有領悟這一式的妙處。

一個念頭閃過他的腦際，只見他身形一掠而至，乘君青劍式停頓之際，已欺身而入。身法之快，君青幾乎尚未看清，只見對手一臂平伸，已對著自己額際「百會」穴道，心中一寒，垂著手中緊握的長劍。

那人面色猛可一沉，雖是隱在布幕後，但君青只覺他雙目中神光透出一股嚴肅的味道，自然含有一種威猛氣勢，不由心中一凜。

耳邊卻聽那人柔聲道：「我雖不知你的劍法，但想來必是你未曾領悟完全……」

君青這才有機會回想方才的情景，敢情這人是毫無惡意的，一念才興，猛然醒悟忖道：

「他——他是來傳授我的！」

那人見他臉色數變，似已猜中他心中所思，不由莞爾一笑說道：「方才我旁觀你單獨練劍，便發覺你總是停頓在這個地方，難道有什麼難以領悟麼？」

君青聽他語氣柔和，敵意早去，心中不由生出一種親切之感，吶吶道：「是的——這個……唉，其中難處，弟子也難道其然……」

他心中已存虛心求教之意，是以口中也不由自稱弟子，完全視對方為師長，那人微微一笑道：「是啦，我料到你必然說不出這招式中難解之處，假若你能說得出來，老實說，你早就已經領悟了！」

君青驚咦一聲，聽得似懂非懂。

那人又是一笑，說道：「你曾否思考過，你是否在氣勢上的轉變——不適應——我是說不能配合這一式？」

君青心中一震，喃喃道：「氣勢上？氣勢不能適應，不能配合……啊，是了，是了……我明白了，這，這，這正是我所百思不得其解的地方。」

那人也不料君青會領悟如此迅速，不由暗中稱讚，含笑望著君青的憨態。

君青聆此一言，頓如百弊齊通，思想有如潮流，立時明白為何自己一再失敗的原因，敢情是氣勢上不能達到心如止水的地方，逞戰時總是雜念紛紛，是以這一式遞承轉接，改攻為守的絕招始終使用不對。

這一醒悟，心中暢快簡直難以形容，大聲道：「啊！伯伯——你怎麼知道呵？」

此刻他心中已視這人爲至親恩人，是以「伯伯」相稱，那人哈哈一笑道：「我怎麼知道？我怎麼知道？孩子，你明白劍術是一切武技的祖宗麼？」

君青茫然點點頭。

那人又道：「研究劍術到達頂峰，我想，那是全可以貫通的啊！我雖沒看見你的劍法，但我卻憑經驗可肯定的說，你這一式的功用，乃是用作承前接後，轉變整套劍法，是以最爲重要不過，而前一式攻式奇強，便是爲了將敵人逼後，好從容反覆施展，前一式攻勢固然鋒利，但如無此招轉接，這套完美的劍法便至少減少大半效果——而且，我說，這套劍式最多只有四個招式——」

君青睜大雙目，簡直不敢相信，對方的話和「定陽真經」上的字句幾乎不謀而同，果真到達最高地方，可以串通爲一麼？

思潮起伏間，又聽那人道：「方才我聽你說，要和那青蝠拚鬥，你雖已領悟這套劍式，但較之青蝠，仍達有距離，不過只要你手上使出這劍法，要分勝負，至少要到千招之後！」

君青只聽得熱血沸騰，滿面激動之色，那人一笑，低聲道：「總算咱們有緣，得今日一會，後會有期！」

話聲一落，反身便走。

君青如夢方醒，大聲道：「伯伯！伯伯……」

那人一騰身已隱入黑暗，傳來陣陣笑聲。

君青驀然跪在地上，大聲道：「伯伯既不肯停身，請容我一拜，這授教之恩，沒齒不忘。」

黑暗中沉寂無聲，似乎那人早已走遠去了。

君青恭恭敬敬拜了兩拜，方才站起身來，不由呆怔在一邊。

半晌，驀地俯身拾起地上長劍，略一揮動，使出那卿雲四式來。

但見劍光吞吐自如，尤其在那「日月光華」一式時，更是靈光四射，這也是這一式的特點，當日君青雖手持銹劍和白公哲等對峙，這一式使用，也立刻光華大盛，雖是銹劍，也烏光閃閃。

這一式一過，光華陡然一暗，卻見一縷寒光繞身一匝，驀然一暗又復明，登時攻式又如長江大河，滔滔不斷，敢情已轉承了前招後式。

先前幾次，君青還施得不甚順暢，連試數次，已然得手應心，而且其餘三招也愈練愈精，四式反迴使用，簡直攻守完美無比。

這一練幾乎練了一個時辰，直到東方微露曙光，才停下劍來。

君青休息一會，正待收劍走回客舍，心中也不斷思慮那蒙面者到底是何人，猛然身後風聲微動，一驚之下，霍地一個反身道：「什麼人？」

晨曦中，站立著一個潤肩厚背的英俊少年人，笑吟吟的望著君青，仔細一看，竟是大哥岳芷青。

君青一驚，失聲問道：「大哥，是你——」

芷青含笑點首，說道：「君弟，怎麼啦？那卿雲四式練就得如何？」

君青登時喜上眉梢，說道：「成功了，成功了！」

芷青微微一笑說道：「我知道你成功了，方才的一切，我都看著了……」

君青驚呼一聲道：「你都看著了！」

芷青頷首道：「你以爲我不知你偷偷出店麼？我就是一直跟隨著你來此林中！」

君青大聲道：「啊？那麼方才那人大哥可曾看見——」

芷青點首道：「怎會不見？呵，君弟，咱們回客舍談談吧！」

君青點點頭，滿懷驚奇的隨著走去。

兩兄弟的輕功都很爲上乘，騰身數奔，已回到客舍，由於天色太早，店門尚未開啓。

兄弟二人摸索入屋，各自閉目休息一會兒，恢復徹夜未眠的疲乏，然後並肩而坐。

君青忍不住問道：「大哥，那人到底是誰？」

芷青略一沉吟才道：「咱們先撇開這個不談——」

君青一怔，搶著插口道：「咱們先談些什麼？」

芷青微笑望著天真未泯的幼弟，緩緩道：「君弟，你可知道今日的形勢很危險麼？」

君青吃驚道：「什麼？」

芷青緩緩道：「你睡不安定，起身出房練劍，我一一明知，本想隨你一個人去靜靜思索，但突又想起希望能在暗中觀察你的缺點，反正我也睡不著，於是便緊隨而去。」

君青微覺驚詫的「啊」了一聲！

芷青皺皺眉又道：「一出店門，卻不見你的蹤跡，好不容易摸到這森林，便瞥見你一個人正練得起勁。突然我又瞥見另一樁事——」

君青一驚道：「什麼？」

芷青正色道：「無意中我看見一個人端立在樹梢上盯視著你！」

君青驚聲道：「什麼？難道便是那人？」

芷青一點首道：「當時我不敢斷定那廝是否對你有惡意，於是耐心守下來，哪知那人似早已知我來到，猛一回首，衝我一笑。」

君青睜大雙眼，芷青接著說下去：「我心中一怔，卻正聽到你喃喃自語道如何破不了青蝠的怪招，那人一笑，比了一個手勢，黑暗中我看不見他的面孔，但他分明能清晰的看見我。」

「這個手勢大約是叫我莫聲張，突地撕下一片布巾，蒙起面目。」

「這時我實在猜不透他是何居心，但有一種直覺告訴我，這傢伙的功夫，高深莫測——」

「以後他躍下樹去，逼著你動手，好幾次我都想下去相助，但愈看愈清明，那人分明是藉此而傳授你劍道上的道理。」

「我看出這一個道理，心中漸放，心想你大約也已領悟！」

君青用力點點頭：「正是！正是！」

芷青微微一笑道：「這人的一番言語，連我也聽得心悅誠服，直覺茅塞頓啓，心中平日很多不解的疑問，也可用這劍道上的理論解釋，不知不覺也聽出神，想不到那人竟一夕之間，連授我們兄弟兩人哩！」

君青一怔，半晌才道：「大哥，你方才說危險得很，是指什麼事？」

芷青一頓道：「你一心致於練劍，有這等高人伏在身側竟不知覺，若是那人貪念你劍招奇妙，下手相害，我雖在場，但也決非敵手，豈不危險？」

君青一聽，心中一凜，忖道：「我自見得那人，總是感到一種直覺的欽佩，根本未想到這一頭，照大哥說，方才確實萬分危急啦！」

芷青又道：「那人揚長而去——」

君青搶口道：「大哥，你可知道伯伯是什麼人麼？」

他心中甚是崇敬那人，是以口中仍以「伯伯」相稱。

芷青微微一笑道：「那人——君青，你不見——唉，我說，當今誰人的劍術造詣，及上那人？」

君青如夢初醒，失聲道：「胡笠——胡笠——」

芷青頷首道：「我雖不見他面目，但見他身材，口音，及劍術，斷定必是此公，但——」

君青大聲道：「大哥，劍神爲什麼要教授我？」

是的，劍神爲什麼要將這武林最高深的武學示之於人？

芷青歎口氣道：「我——我，不知！」

君青一怔，芷青又道：「先前我總有一個潛在的思想，那便是爸爸的功夫蓋世無敵，今日才知胡笠的功力簡直絲毫不在爸爸之下，唉，七奇之中，何嘗有任一弱者？」

君青爲之默然。

「大哥——」君青叫了一聲。

芷青輕應一聲，奇異的望著嚅嚅欲言的弟弟，他明白弟弟的心情，這——這一切都是那樣的複雜。

劍神——胡笠——

「喔」——荒雞第一次發出了黎明的呼喚。

夜，神秘的一切，不解的一切，像夜一般，飄飄而去，不留下一點影子——

請續看《鐵騎令》(三)

上官鼎武俠經典復刻版6

鐵騎令（二）

作者：上官鼎
發行人：陳曉林
出版所：風雲時代出版股份有限公司
地址：10576台北市民生東路五段178號7樓之3
電話：(02) 2756-0949
傳真：(02) 2765-3799
執行主編：劉宇青
美術設計：吳宗潔
業務總監：張瑋鳳

出版日期：2023年7月 新版一刷
ISBN：978-626-7303-47-4
風雲書網：http://www.eastbooks.com.tw
官方部落格：http://eastbooks.pixnet.net/blog
Facebook：http://www.facebook.com/h7560949
E-mail：h7560949@ms15.hinet.net
劃撥帳號：12043291
戶名：風雲時代出版股份有限公司

風雲發行所：33373桃園市龜山區公西村2鄰復興街304巷96號
電話：(03) 318-1378
傳真：(03) 318-1378
法律顧問：永然法律事務所 李永然律師
北辰著作權事務所 蕭雄淋律師

行政院新聞局局版台業字第3595號 營利事業統一編號22759935

定價：320元

國家圖書館出版品預行編目資料

鐵騎令 / 上官鼎著. -- 二版. -- 臺北市：風雲時代出版股份有限公司, 2023.05 冊； 公分

上官鼎精品集復刻版
ISBN 978-626-7303-46-7(第1冊：平裝). --
ISBN 978-626-7303-47-4(第2冊：平裝). --
ISBN 978-626-7303-48-1(第3冊：平裝). --

863.57　　112003683